CIUDAD FANTASMA

RELATO FANTÁSTICO DE LA CIUDAD DE MÉXICO (XIX-XXI)

ANTOLOGÍA DE BERNARDO ESQUINCA Y VICENTE QUIRARTE

NARRATIVA

Derechos reservados
© 2017 Almadía Ediciones S.A.P.I. de C.V.
Avenida Patriotismo 165,
Colonia Escandón,
Delegación Miguel Hidalgo,
Ciudad de México,
C.P. 11800.
RFC: AED140909BPA
© 2017 De la selección y prólogo: Bernardo Esquinca y Vicente Quirarte
© Artemio de Valle-Arizpe por "La Llorona"
© José María Roa Bárcena por "Lanchitas"
© Luis González Obregón por "La calle de la mujer herrada"
© Manuel Payno por "Don Juan Manuel"
D.R. © (1956) Alfonso Reyes por "La cena"
Fondo de Cultura de Económica
D.R. © (2000) Salvador Elizondo por "Teoría del Candingas"
Fondo de Cultura de Económica
Carretera Picacho-Ajusco 227, C.P. 14738, Ciudad de México
Esta edición consta de 1500 ejemplares
D.R. © (2009) Amparo Dávila por "Matilde espejo"
Fondo de Cultura de Económica
Carretera Picacho-Ajusco 227, C.P. 14738, Ciudad de México
Esta edición consta de 3000 ejemplares
Carlos Fuentes por "Tlactocatzine, del jardín de Flandes" de *Cuentos sobrenaturales*
© Herederos de Carlos Fuentes
© Pacheco, José Emilio, *El principio del placer*, Ediciones Era, México, 2012
© Emiliano González por "El museo"
© Guillermo Samperio por "Bodegón"
© Rafael Pérez Gay por "Venimos de la tierra de los muertos"
© Mauricio Molina por "La noche de la Coatlicue"
© Héctor de Mauleón por "Los habitantes"
© Alberto Chimal por "La mujer que camina para atrás"
© Bernardo Fernández, *Bef* por "Leones"
© Rodolfo J. M. por "A pleno día"
© Gonzalo Soltero por "Nadie lo verifique"
© Luis Jorge Boone por "En el nombre de los otros"
© Bibiana Camacho por "Espejos"
© Norma Macías Dávalos por "Noches de asfalto"
© Luisa Iglesias Arvide por "Perro callejero"

www.almadia.com.mx
www.facebook.com/editorialalmadia
@Almadia_Edit

Primera edición: noviembre de 2017

ISBN: 978-607-8486-47-2

CIUDAD FANTASMA

RELATO FANTÁSTICO DE LA CIUDAD DE MÉXICO (XIX-XXI)

ANTOLOGÍA DE BERNARDO ESQUINCA Y VICENTE QUIRARTE

Almadía

PRÓLOGO

I

**Librería *Inframundo*, calle de Donceles, Centro de la Ciudad de
México.** Una leyenda urbana sostiene que en esos lugares de *libros
leídos*, como los llama Héctor Abad Faciolince, ubicados en el seg-
mento de la urbe que va de las calles Brasil a Palma, existen en conjunto, tanto en locales como en bodegas sólo accesibles a iniciados,
más de dos millones de volúmenes. Tras dar por concluida la cacería
bibliográfica y bibliómana de la jornada, Gregorio Monge –lector
ágrafo, desinteresado y hedonista, erudito clandestino, explora-
dor de toda clase de bajos fondos– nos lanzó una de sus frases lapi-
darias y provocadoras:

–¿Cuántos fantasmas hay en esta calle?

Volteamos a vernos antes de responder a quien siempre habla
con paradojas:

–¿Quinientos?

–Dos millones.

–Todos –respondió, categórico, Monge.

Tras haber depositado en la caja los libros elegidos esa tarde, que
recogería tras concertar serenamente su precio, a la hora que mejor conviniera a vendedor y comprador, Monge nos invitó a salir
de la librería.

En unos cuantos pasos nos llevó frente a la placa, sobre la propia calle de Donceles —entonces Cordobanes— que consigna el lugar donde estuvo la casa de Joaquín Dongo.

—Aquí sucedió. Ya no está la casona pero sí la memoria. Los edificios guardan energía de lo que ocurrió en ellos. Los escritores llamados colonialistas sabían que cada puerta, cada ladrillo, cada arco conservan la huella de quienes los vivieron con todos los sentidos. Por eso exaltaron hitos, calles cuyos nombres provienen de las leyendas que tuvieron lugar en sus espacios. La noche del 23 de octubre de 1789 aquí fueron asesinadas once personas, cuando apenas comenzaba el mandato de don Vicente Güemes y Pacheco, conde de Revillagigedo, como virrey de la Nueva España. Una de sus primeras medidas fue localizar a los culpables y aplicarles la pena capital en una ejecución pública, a garrote vil, el 7 de noviembre de ese mismo año.

En el café Río de Donceles, Monge siguió con su discurso. Habló de la casa de la *Aura* de Carlos Fuentes, más cierta en la imaginación que en la topografía real de la calle, y por lo mismo más verdadera. Se refirió al proyecto de Ignacio Ramírez y Guillermo Prieto para escribir *Los misterios de México*, inspirados en *Los misterios de París*, de Eugenio Sue, que llevó a escritores de todas las latitudes a descifrar los enigmas urbanos que estaban frente a los ojos de quienes los miraban sin observarlos.

—Como la placa de la familia Dongo —continuó Monge—. Ustedes que frecuentan las oscuridades del alma, ¿por qué no hacen un libro donde elijan textos de autores que hayan escrito cuentos sobrenaturales que tengan como escenario o personaje a la Ciudad de México? Toda gran urbe es, en metáfora del poeta Francisco Hernández, un *imán para fantasmas*. La nuestra, con su antigüedad y su superposición de tiempos, sudores, razas, lenguas y pasiones, es uno de los más grandes acumuladores de energías e historias.

Antes de retirarse, Monge apuntó en su inseparable libreta una frase. Arrancó la hoja y nos la entregó.

–A ver qué les dice este epígrafe del maestro del Guillermo del Toro. Me avisan cuando tengan lista la selección de esta ciudad fantasma y volvemos a vernos.

En la apretada caligrafía de Monge, transcripción de su prodigiosa memoria, se leía: "¿Qué es un fantasma? Un evento terrible condenado a repetirse una y otra vez. Un instante de dolor quizás, algo muerto que parece por momentos vivo, un sentimiento suspendido en el tiempo, como una fotografía dolorosa, como un insecto atrapado en ámbar".

II

Estas páginas pretenden ser la respuesta al desafío de Gregorio Monge. De acuerdo con Luis Miguel Aguilar, el poema "El sueño de los guantes negros", de Ramón López Velarde, debe su inspiración a *"The City under the Sea"*, de Edgar Allan Poe. En ese, al igual que en otros textos, la Ciudad de México aparece como escenario fantasmal que la convierte en hechicera, escenario activo, surtidor de tradiciones y leyendas o de sucesos que entran en la categoría de lo extraño, lo ajeno a lo doméstico: lo siniestro, la incursión en la otredad. La presente antología es una invitación a internarse en *Los más nuevos misterios de México*, esos que desde el pretérito más remoto o bajo la luz del sol en tiempo actual, constituyen alteraciones radicales de la normalidad: más que un escenario, la capital mexicana es un personaje que actúa con vida propia o es determinante en las acciones de quienes constituyen su sangre, de la cual ella –supremo vampiro– igualmente se alimenta.

Esta selección está formada exclusivamente por cuentos donde la capital es motivo primordial. Iniciamos con la versión que Artemio de Valle-Arizpe –el escritor colonialista por excelencia– hizo de la leyenda de la Llorona, una de las más antiguas de la Ciudad de México, pues se remonta a la época prehispánica, donde las mujeres muertas en parto o *cihuateteos* acechaban a los incautos con su rostro descarnado en los cruces de caminos. Dicha leyenda comprueba que un solo suceso da pie a multitud de interpretaciones, como las que en su momento recogió Robert Howard Barlow, amigo de Lovecraft y distinguido antropólogo que murió en tierras mexicanas. El texto de Valle-Arizpe, al igual que los demás incluidos en este proyecto, pertenecen a un canon: el de los narradores –vivos o muertos, jóvenes o veteranos– que han sabido ver el otro rostro de la ciudad, aquel donde asoman presencias, fuerzas y enigmas que le otorgan identidad, tanto como las piedras y calles sobre las que se levanta.

III

La auténtica literatura es fantástica: vulnera, subvierte y transforma la existencia dictada por la norma. Sin embargo, de acuerdo con la definición clásica de Tzvetan Todorov, lo fantástico es "aquel acontecimiento imposible de explicar por las leyes del mundo familiar o cotidiano de nuestra realidad". Caso extremo, el de la literatura de terror o el cuento de fantasmas, a cuya estructura tradicional se acoge la mayor parte de nuestra selección.

El carácter insólito de ciertas situaciones aproximan los textos al sentido de lo siniestro, que Sigmund Freud establecía como opuesto a lo doméstico. De ahí el acierto de la definición de Arthur Machen cuando afirma que lo más terrorífico que podría sucedernos, lo más lejano a nuestros hábitos, es que una rosa hablara y nos diera los buenos días. Por lo tanto, aquí figuran narraciones insólitas o de una realidad que se antoja fantástica y barroca.

Ciudad fantasma no es el primer esfuerzo bibliográfico de esta naturaleza, pues existen volúmenes que le antecedieron y que han ido trazando el mapa de la literatura de la imaginación en México. En

1992, bajo el sello de Quadrivium Editores, Frida Varinia dio a luz un libro que merece ser reeditado: *Agonía de un instante. Antología del cuento fantástico mexicano,* cuyo primer autor incluido en el tiempo es José Justo Gómez de la Cortina, más conocido por su título nobiliario, Conde de la Cortina, con su versión de la calle de Don Juan Manuel. De acuerdo con Luis Leal, el del Conde la Cortina es el primer cuento legendario publicado en México, pues apareció en 1835 en *Revista mexicana.*[1] Coincidimos con Varinia en la inclusión del cuento "Lanchitas", de José María Roa Bárcena. El libro de Varinia incluye autores como los decadentistas Carlos Díaz Dufoo, Ciro B. Ceballos y José Bernardo Couto, a los que inicialmente quisimos introducir, pero que debimos dejar fuera; sus textos de naturaleza fantástica o extraña —*Tales of the Arabesque and the Grotesque* los denominó su maestro Poe— no nombran abiertamente a la Ciudad de México. Semejante prurito nos condujo a excluir a un autor imprescindible en la ortodoxia de la literatura fantástica mexicana: Francisco Tario, el cual no nombra el espacio de nuestra capital.

Existen otras referencias fundamentales para cualquier interesado en estudiar sistemáticamente la literatura fantástica con denominación de origen: el prólogo de Isabel Quiñones a las *Leyendas históricas, tradicionales y fantásticas de las calles de la Ciudad de México,* de Juan de Dios Peza. Investigadora de tiempo completo del Instituto Nacional de Antropología e Historia, en 1990, bajo el sello editorial del propio instituto, Quiñones publicó también —antes de convertirse ella misma en fantasma—, un libro antecesor y hermano del presente: *De Don Juan Manuel a Pachita la alfajorera. Legendaria publicada en la Ciudad de México,* un minucioso recuento de las historias que pasaron del boca en boca a la inmortalidad del papel.

---

[1] Cit. por Isabel Quiñones, en el prólogo a Juan de Dios Peza, de *Leyendas históricas, tradicionales y fantásticas de las calles de la Ciudad de México,* México, Porrúa, Colección Sepan Cuántos, 557, 1988, p. XXVIII.

IV

El siglo XVIII es el de la Razón pero también el de las supersticiones. En 1790 surgen a la superficie las monumentales Coatlicue y la piedra del Sol. Es en este siglo cuando la palabra *vampiro* aparece por escrito en documentos que dan constancia de extraños casos donde los muertos regresan a alimentarse con la sangre de los vivos: de ahí el nombre que se les da de *revinientes*. De los numerosos tratados sobre vampiros, uno de los más autorizados y completos fue el escrito por el fraile benedictino de la abadía de Sénones y exégeta de la Biblia Dom Augustin Calmet, quien en 1751 da a la luz su libro *Dissertation sur les Revenants en Corps, les Excommuniés, les Oupires ou Vampires, Brucolaques*, más conocido como *Tratado sobre los vampiros* y traducido al español por Lorenzo Martín del Burgo. En el siglo XVIII, el de la Razón y el Iluminismo, los vampiros despertaban curiosidad, interés y a veces franco fanatismo entre los escritores "serios" y clérigos. Aunque el espíritu de la Ilustración no invadió a los escritores españoles de manera tan violenta como a los franceses, el español Benito Jerónimo Feijóo fue uno de los autores más preocupados por desterrar las sombras de la superstición. El título completo de su texto es "Reflexiones críticas sobre las Disertaciones, que en orden de Apariciones de Espíritus, y los llamados Vampiros, dio a luz poco ha el célebre Benedictino y famoso expositor de la Biblia D. Agustín Calmet". Es revelador notar que Feijóo escribe en cursivas y con mayúscula la palabra *Vampiro*, pues en el siglo XVIII comenzaba apenas a ser una voz aceptada por la Academia, por generalizado que estuviera su uso.

En la célebre *Encyclopédie* dirigida por Denis Diderot y M. D'Alembert aparece la siguiente definición:

> **Vampiro.** Es el nombre que se les ha dado a pretendidos demonios que succionan durante la noche la sangre de cuerpos vivos y la lle-

van a cadáveres en los que puede verse la sangre salir de la boca, la nariz y los oídos. El padre Calmet hizo sobre el tema una obra absurda de la cual no se le hubiera creído capaz, pero que sirve para demostrar hasta qué grado el espíritu humano se deja llevar por la superstición.

La definición anterior da pie a varios elementos de discusión. Por una parte, deja claramente establecida la importancia que tenía una criatura clasificada en la "historia de las supersticiones". En su crítica a la existencia de los vampiros, Feijóo afirma:

> Por otra parte, pretender que por verdadero milagro los *Vampiros* o se conservan vivos en los sepulcros o, muertos como los demás, resucitan, es una extravagancia, indigna de que aún se piense en ella. ¿Qué fin se puede imaginar para esos milagros? ¿Por qué se obran sólo en el tiempo dicho? ¿Por qué sólo en las regiones expresadas? Se han visto resurrecciones milagrosas. Y no sólo se deben creer las que constan en la escritura, aunque no tengan el grado de certeza infalible que aquellas. Pero en esas resurrecciones se ha manifestado algún santo motivo, que Dios tuvo para obrarlas. En las de los *Vampiros* ninguna se descubre.

Si el siglo XVIII ensalzaba la razón, el XIX, con la llegada del Romanticismo, exaltó la presencia de fantasmas. El pensamiento de la Reforma deseaba expulsar toda idea de superstición. Escribe Francisco Zarco en una crónica fundamental, titulada "México de noche", publicada en 1851:

> Ya no hay ladrones astutos como Garatusa, ni ensebados ni endiablados como en los tiempos de Revillagigedo, ni todas aquellas aventuras extrañas de la época del buen conde, ni velorios en que se baile delante del muerto, ni espantos, ni apariciones en las casas

de vecindad, ni padres que dicen misa a medianoche, ni ahorcados que vagan por la ciudad. Ya aun la tradición se pierde en el vulgo mismo de la Llorona, del coche de la lumbre y de otras mil curiosidades que se prestan al romance y a la leyenda.[2]

El escéptico Zarco no alcanzó a ver que las realidades y leyendas del México colonial dotarían de un filón inagotable a futuros escritores donde la noche y sus fantasmas, concretos e intangibles, desempeñan un papel fundamental. Con la República triunfante, los autores liberales, en su afán por subrayar el retroceso que significó a su juicio la historia colonial, exploran los archivos de la Inquisición, cuyo resultado será una novela como *Monja, casada, virgen y mártir*, de Vicente Riva Palacio, que en 1871 publica, en coautoría con Manuel Payno, *El libro rojo*, donde al lado de los textos es preciso destacar la alta calidad de las litografías, verdaderos murales donde el analfabeto accedía de manera más democrática a la contemplación de los protagonistas de su historia. Aunque sus textos se ofrecen más como crónicas históricas que como textos literarios, hay en el libro una serie de acotaciones que mueven a reflexionar en las fronteras existentes entre la exposición concreta de los hechos y su exaltación lírica.

Desde el título, la obra explica su tesis: se trata de una historia de México —desde los tiempos anteriores a la Conquista hasta la muerte de Maximiliano— considerada como una síntesis de violencia, traición y sacrificio.

V

La evolución de las leyendas situadas en la Ciudad de México es resumida admirablemente por Isabel Quiñones:

[2] Francisco Zarco, "México de noche", *La Ilustración Mexicana* III, en *Obra literaria*. México, Centro de Investigación Científica Jorge L. Tamayo, 1994, p. 549.

De José Justo Gómez de la Cortina a Juan de Dios Peza se practican las anécdotas milagrosas, el tema sepulcral, las desgracias y dichas amorosas junto con historias de tiempos prehispánicos y narraciones de la saga independentista, las intervenciones y la Reforma.

En pleno positivismo, Luis González Obregón hizo aparecer el "tradicionalismo" (que creara en Perú Ricardo Palma), combinando en sus textos historia y literatura. Su actitud fue la del culto rescatador de "una lengua muerta que se corrompe, que se pierde cada día más y más". Tesitura semejante es la de los colonialistas. Atildados, arcaizantes, poco poetas pero bien documentados, los colonialistas traslucen el ansia de refugiarse en un pasado muerto para sustraerse de la eclosión revolucionaria que les tocó vivir.[3]

"La calle de la Mujer Herrada", la narración sensacionalista, sádica y truculenta concebida por González Obregón, y presente en *Ciudad fantasma*, es un claro ejemplo de ese "tradicionalismo". De acuerdo con él, durante el virreinato "la existencia de aquellos envidiables varones corría mansa como un arroyo, monótona como el chorro de una fuente y tranquila como la conciencia de una monja". Sin embargo, bajo este transcurrir idílico que recrea en su *México viejo*, el hereje era torturado en los sótanos de la Inquisición, la bruja elaboraba sus pócimas secretas, los amantes desafiaban la institución del matrimonio, y el asesino tenía la irónica decencia de interrogar a la víctima sobre la hora en la cual iba a matarlo: el mítico Don Juan Manuel, aquí retratado de manera inmejorable en la pluma de Manuel Payno.

Fue en la segunda mitad del siglo XX cuando el género fantástico experimentó cierto auge en México. Este libro busca mostrar la progresión del canon y cómo un autor iba influenciando a otro: de

---

[3] Isabel Quiñones: *op. cit.*, p. XXV.

Alfonso Reyes a Carlos Fuentes, de José Emilio Pacheco a Héctor de Mauleón. Amparo Dávila, Guillermo Samperio, Emiliano González, Rafael Pérez Gay y Mauricio Molina, entre otros, mantuvieron encendida la llama que dio rostro a las criaturas de nuestras pesadillas colectivas, como el Candingas, ese "duende tectónico, dios intermitente de las azoteas crepusculares", recreado por Salvador Elizondo.

Por fortuna, la Ciudad de México de este nuevo siglo no ha renunciado a la lectura alterna de sus rincones más ocultos y siniestros. Con frescas notas, autores del siglo XXI descifran los más recientes misterios de México, ya con referencia a mitos ancestrales, ya con la aparición de nuevas faunas. Así lo ilustran los relatos de Bibiana Camacho, Norma Macías Dávalos, Bernardo Fernández *Bef*, Luis Jorge Boone, Alberto Chimal, Rodolfo J. M. y Gonzalo Soltero: escritores que abrazan la tradición para reinventarla bajo una oscuridad nueva.

El último texto es obra de Luisa Iglesias Arvide, la más joven de las autoras de este libro, que demuestra la vigencia del género. Su texto apocalíptico sobre una Ciudad de México que espera el momento de su inevitable fin cierra el periplo iniciado con "La Llorona": el arco narrativo va de la leyenda fundacional de esta urbe al relato que anuncia su destrucción. Algo necesario pues, como nos enseña el tiempo cíclico de los mitos, de las ruinas renacen la vida y sus continuadores.

Confiamos en que la riqueza de esta *Ciudad fantasma* lleve al lector a pensar la urbe como lo que es: un escenario intenso, dinámico, inagotable, cuyo pasado está más presente y vivo que nunca.

Felices pesadillas.

BERNARDO ESQUINCA Y VICENTE QUIRARTE

LA LLORONA
ARTEMIO DE VALLE-ARIZPE

Artemio de Valle-Arizpe (1888-1961) hizo de la época colonial el eje de sus trabajos. Ninguno entre los autores mexicanos llamados colonialistas tuvo su riqueza de vocabulario, conocimiento de decorados, objetos, frases y hábitos de la época virreinal para emprender excursiones al pasado y ver la capital mexicana como un gran repositorio de sucesos; así lo demuestra su muy útil antología *La gran Ciudad de México según relatos de antaño y ogaño* (1918). En el libro *Historias, tradiciones y leyendas de calles de México. Tomo I* (1957), al cual pertenece su presente versión de "La Llorona", Valle-Arizpe toma algunos de los sucedidos más sensacionales de la imaginación colonial para insertarlos en historias aterradoras, clásicas del género.

¿Quién era el osado que, por más valiente que fuera, se atreviese a salir por la calle pasando las diez de la noche? Sonaba la queda en Catedral y todos los habitantes de México echaban cerrojos, fallebas, colanillas, ponían trancas y otras seguras defensas a sus puertas y ventanas. Se encerraban a piedra y lodo. No se atrevían a asomar ni medio ojo siquiera. Hasta los viejos soldados conquistadores, que demostraron bien su valor en la guerra, no trasponían el umbral de su morada al llegar esa hora temible. Amedrentada y poseída del miedo estaba toda la gente; él les había arrebatado el ánimo; era como si trajesen un clavo atravesado en el alma.

Los hombres se hallaban cobardes y temerosos; a las mujeres les temblaban las carnes; no podían dar ni un solo paso; se desmayaban o, cuando menos, se iban de las aguas. Los corazones se vestían de temor al oír aquel lamento largo, agudo, que venía de muy lejos e íbase acercando, poco a poco, cargado de dolor. No había entonces un corazón fuerte; a todos, al escuchar ese plañido, los dominaba el miedo; poníales carne de gallina, les erizaba los cabellos y enfriaba los tuétanos en los huesos. ¿Quién podía vencer la cobardía ante aquel lloro prolongado y lastimero que cruzaba, noche a noche, por toda la ciudad? ¡La Llorona!, clamaban los pasantes entre castañeteos de dientes, y apenas si podían murmurar una breve oración, con mano temblorosa se santiguaban, oprimían los rosarios, cruces, medallas y escapularios que les colgaban del cuello.

México estaba aterrorizado por aquellos angustiosos gemidos. Cuando se empezaron a oír, salieron muchos a cerciorarse de quién era el ser que lloraba de ese modo tan plañidero y doloroso. Varias personas afirmaron, desde luego, que era cosa ultraterrena, porque un llanto humano, a distancia de dos o tres calles se quedaba ahogado, ya no se oía; pero este traspasaba con su fuerza una gran extensión y llegaba claro, distinto, a todos los oídos con su amarga quejumbre. Salieron no pocos a investigar, y unos murieron de susto, otros quedaron locos de remate y poquísimos hubo que pudieron narrar lo que habían contemplado, entre escalofríos y sobresaltos. Se vieron llenos de terror pechos muy animosos.

Una mujer, envuelta en un flotante vestido blanco y con el rostro cubierto con velo levísimo que revolaba en torno suyo al fino soplo del viento, cruzaba con lentitud parsimoniosa por varias calles y plazas de la ciudad, unas noches por unas, y otras, por distintas; alzaba los brazos con desesperada angustia, los retorcía en el aire y lanzaba aquel trémulo grito que metía pavuras en todos los pechos. Ese tristísimo ¡Ay!, levantábase ondulante y clamoroso en el silencio de la noche, y luego que se desvanecía con su cohorte de ecos lejanos, se volvían a alzar los gemidos en la quietud nocturna, y eran tales que desalentaban cualquier osadía.

Así, por una calle y luego por otra, rodeaba las plazas y plazuelas, explayando el raudal de sus gemidos; y al final, iba a rematar con el grito más doliente, más cargado de aflicción, en la Plaza Mayor, toda en quietud y en sombras.

Allí se arrodillaba esa mujer misteriosa, vuelta hacia el Oriente; inclinábase como besando el suelo y lloraba con grandes ansias, poniendo su ignorado dolor en un alarido largo y penetrante; después se iba ya en silencio, despaciosamente, hasta que llegaba al lago, y en sus orillas se perdía; deshacíase en el aire como una vaga niebla, o se sumergía en las aguas; nadie lo llegó a saber; el caso es que allí desaparecía ante los ojos atónitos de quienes habían tenido la valerosa audacia de seguirla, siempre a distancia, eso sí, pues un profundo terror vedaba acercarse a aquella mujer extraña que hacía grandes llantos y se deshacía de pena.

Esto pasaba noche con noche en México a mediados del siglo XVI, cuando la Llorona, como dio en llamársele, henchía el aire de clamores sin fin. Las conjeturas y las afirmaciones iban y venían por la ciudad. Unos creían una cosa, y otros, otra muy distinta, pero cada quien aseguraba que lo que decía era la verdad pura, y que, por lo tanto, debe-ríasele dar entera fe. Con certidumbre y firmeza aseguraban muchos que esa mujer había muerto lejos del esposo a quien amaba con fuerte amor, y que venía a verle, llorando sin linaje de alivio, porque ya estaba casado, y que de ella borró todo recuerdo; varios afirmaban que no pudo lograr desposarse nunca con el buen caballero a quien quería, pues la muerte no la dejó darle su mano, y que sólo a mirarlo tornaba a este bajo mundo, llorando desesperada porque él andaba perdido entre vicios; muchos referían que era una desdichada viuda que se lamentaba así porque sus huérfanos estaban sumidos en lo más negro de la desgracia, sin lograr ayuda de nadie; no pocos eran los que sostenían que era una pobre madre a quien le asesinaron todos los hijos, y que salía de la tumba a hacerles el planto; gran número de gentes estaban en la firme creencia de que había sido una esposa infiel y que, como no hallaba quietud ni paz en la otra vida, volvía a la tierra a llorar de arrepentimiento, perdidas las esperanzas de alcanzar perdón; o bien numerosas personas contaban que un marido celoso le acabó con un puñal la existencia tranquila que llevaba, empujado sólo por sospechas injustas; y no faltaba quien estuviese persuadido de que la tal Llorona no era otra sino la célebre doña Marina, la hermosa Malinche, manceba de Hernán Cortés, que venía a este suelo con permisión divina a henchir el aire de clamores, en señal de un gran arrepentimiento por haber traicionado a los de su raza, poniéndose al lado de los soldados hispanos que tan brutalmente la sometieron.

No sólo por la Ciudad de México andaba esta mujer extraña, sino que se la veía en varias poblaciones del reino. Atravesaba, blanca y doliente, por los campos solitarios; ante su presencia se espantaba el ganado, corría a la desbandada como si lo persiguiesen; a lo largo de los caminos llenos de luna, pasaba su grito; escuchábase su quejumbre lastimera entre el vasto rumor de mar de los árboles de los bosques; se la miraba cruzar, llena de desesperación, por la aridez de los cerros; la habían visto echada al pie de las cruces que se alzaban en montañas y senderos; caminaba por veredas desviadas, y sentábase en una peña a sollozar; salía, misteriosa, de las grutas, de las cuevas en que vivían las feroces animalias del monte; caminaba lenta por las orillas de los ríos, sumando sus gemidos con el rumor sin fin del agua.

Esta conseja es antiquísima en México; existía ya cuando los conquistadores entraron en la gran Tenochtitlan de Moctezuma, pues fray Bernardino de Sahagún al hablar de la diosa Cihuacoatl, en el capítulo IV del libro I de su *Historia general de las cosas de Nueva España*, escribe "que aparecía muchas veces como una señora compuesta con unos atavíos como se usan en Palacio; decían también que de noche voceaba y bramaba en el aire... Los atavíos con que esta mujer aparecía eran blancos, y los cabellos los tocaba de tal manera que tenía como unos cornezuelos cruzados sobre la frente", y en el libro XI pone, además, al enumerar los agüeros con los que se anunció en México la llegada de los españoles y la destrucción de la ciudad azteca, que el sexto pronóstico fue "que de noche se oyeran voces muchas veces como de una mujer que angustiada y con lloro decía: '¡Oh, hijos míos, que ya ha llegado vuestra destrucción!' Y otras veces decía: '¡Oh, hijos míos, ¿dónde os llevaré para que no os acabéis de perder?!'"

Hasta los primeros años del siglo XVII anduvo la Llorona por las calles y campos de México; después desapareció para siempre y no se volvió a oír su gemido largo y angustioso en la quietud de las noches.

LANCHITAS
José María Roa Bárcena

José María Roa Bárcena (1827-1908) es uno de los enemigos unánimes del liberalismo: su militancia en el partido conservador lo condujo a ver en el imperio de Maximiliano una posibilidad de verdadero cambio para México. Sin embargo, su pluma fue una de las más versátiles y prolíficas de su tiempo. Miembro fundador de la Academia Mexicana de la Lengua, escribió cuentos en doble sentido originales, tradujo a Dickens, Horacio, Byron y Hoffman, publicó *La Quinta Modelo*, novela de anticipación política en que satiriza las costumbres liberales. "Lanchitas" es un cuento de fantasmas fiel al consejo de Montague Rhode James en el sentido de permitir que un leve rayo de la razón lógica penetre en lo inexplicable, y se sitúa en barrios y calles localizables de la Ciudad de México: Santa Catalina Mártir (Argentina), Apartado (Argentina) y el callejón del Padre Lecuona (República de Nicaragua), donde tiene lugar la parte culminante del relato.

El título puesto a la presente narración no es el diminuto de lanchas, como a primera vista ha podido figurarse el lector, sino –por más que de pronto se resista a creerlo– el diminutivo del apellido Lanzas, que a principios de este siglo llevaba en México un sacerdote muy conocido en casi todos los círculos de nuestra sociedad. Nombrábasele con tal derivado, no sabemos si simplemente en señal de cariño y confianza, o si también en parte por lo pequeño de su estatura; mas sea que militaran entrambas causas juntas o aislada alguna de ellas, casi seguro es que las dominaba la sencillez pueril del personaje, a quien, por su carácter, se aplicaba generalmente la frase vulgar de "no ha perdido la gracia del bautismo". Y, como por algún defecto de la organización de su lengua, daba a la *t* y a la *c*, en ciertos casos, el sonido de la *ch*, convinieron sus amigos y conocidos en llamarle Lanchitas, a ciencia y paciencia suya; exponiéndose de allí a poco los que quisieran designarle por su verdadero nombre, a malgastar tiempo y saliva.

¿Quién no ha oído alguno de tantos cuentos, más o menos salados, en que Lanchitas funge de protagonista, y que la tradición oral va transmitiendo a la nueva generación? Algunos me hicieron reír más de veinte años ha, cuando acaso aún vivía el personaje, sin que las preocupaciones y agitaciones de mi malhadada carrera de periodista me dejaran tiempo ni humor de procurar su conocimiento. Hoy que, por dicha, no tengo que ilustrar o rectificar o lisonjear la opinión pública, y que por desdicha voy envejeciéndome a grandes pasos, qué de veces al seguir en el humo de mi cigarro, en el silencio de mi alcoba, el curso de las ideas y de los sucesos que me visitaron en la juventud, se me ha presentado, en la especie de linterna mágica de la imaginación, Lanchitas, tal como me lo describieron sus coetáneos: limpio, manso y sencillo de corazón, envuelto en sus hábitos clericales, avanzando por esas calles de Dios con la cabeza siempre descubierta y los ojos en el suelo; no dejando asomar en sus pláticas y exhortaciones la erudición de Fénelon, ni la elocuencia de Bossuet pero pronto a todas horas del día y de la noche a socorrer una necesidad, a prodigar los auxilios de su ministerio a los moribundos, y a enjugar las lágrimas de la viuda y el huérfano; y en materia de humildad, sin término de comparación, pues no le hay, ciertamente, para la humildad de Lanchitas.

Y, sin embargo, me dicen que no siempre fue así; que si no recibió del cielo un talento de primer orden, ni una voluntad firme y altiva, era hombre medianamente resuelto y despejado, y por demás estudioso e investigador. En una época en que la fe y el culto católico no se hallaban a discusión en estas comarcas, y en que el ejercicio del sacerdocio era relativamente fácil y tranquilo, bastaban la pureza de costumbres, la observancia de la disciplina eclesiástica, el ordinario conocimiento de las ciencias sagradas y morales, y un juicio recto para captarse el aprecio del clero y el respeto y la estimación de la sociedad. Pero Lanzas, ávido de saber, no se había dado por satisfecho con la instrucción seminarista; en los ratos que el desempeño de sus obligaciones de capellán le dejaba libres, profundizaba las investigaciones teológicas, y, con autorización de sus prelados, seguía curiosamente las controversias entabladas en Europa entre adversarios y defensores del catolicismo, no siéndole extrañas ni las burlas de Voltaire, ni las aberraciones de Rousseau, ni las abstracciones de

Spinoza, ni las refutaciones victoriosas que provocaron en su tiempo. Quizá hasta se haya dedicado al estudio de las ciencias naturales, después de ejercitarse en el de las lenguas antiguas y modernas; todo en el límite que la escasez de maestros y de libros permitía aquí a principios del siglo. Y este hombre, superior en conocimientos a la mayor parte de clérigos de su tiempo, consultado a veces por obispos y oidores, y considerado, acaso, como un pozo de ciencia por el vulgo, cierra o quema repentinamente sus libros, responde a las consultas con la risa de la infancia o del idiotismo, no vuelve a cubrirse la cabeza ni a levantar del suelo sus ojos, y se convierte en personaje de broma para los desocupados. Por rara y peregrina que haya sido la transformación, fue real y efectiva; y he aquí cómo, del respetable Lanzas, resultó Lanchitas, el pobre clérigo que se aparece entre las nubes de humo de mi cigarro.

No ha muchos meses, pedía yo noticias de él a una persona ilustrada y formal que le trató con cierta intimidad y, como acababa de figurar en nuestra conversación el tema del espiritismo, hoy en boga, mi interlocutor me tomó del brazo y, sacándome de la reunión de amigos en que estábamos, me refirió una anécdota más rara todavía que la transformación de Lanchitas, y que acaso la explique. Para dejar consignada tal anécdota, trazo estas líneas, sin meterme a calificar. Al cabo, si es absurda, vivimos bajo el pleno reinado de lo absurdo.

No recuerdo el día, el mes, ni el año del suceso, ni si mi interlocutor los señaló, sólo entiendo que se refería a la época de 1820 a 1830; y en lo que no me cabe duda es en que se trataba del principio de una noche oscura, fría y lluviosa, como suelen serlo las de invierno. El padre Lanzas tenía ajustada una partida de malilla o tresillo con algunos amigos suyos, por el rumbo de Santa Catalina Mártir, y, terminados sus quehaceres del día, iba del centro de la ciudad a reunírseles esa noche, cuando, a corta distancia de la casa en que tenía lugar la modesta tertulia, alcanzóle una mujer del pueblo, ya entrada en años y miserablemente vestida, quien, besándole la mano, le dijo:

—¡Padrecito! ¡Una confesión! Por amor de Dios, véngase conmigo Su Merced, pues el caso no admite espera.

Trató de informarse el padre de si se había o no acudido previamente a la parroquia respectiva en solicitud de los auxilios espirituales que se le pedían, pero la mujer, con frase breve y enérgica, le contestó que el interesado pretendía que él precisamente le confesara y, que si se malograba el momento, pesaría sobre la conciencia del sacerdote; a lo cual este no dio más respuesta que echar a andar detrás de la vieja.

Recorrieron en toda su longitud una calle de poniente a oriente, mal alumbrada y fangosa, yendo a salir cerca del Apartado y de allí tomaron hacia el norte, hasta torcer a mano derecha y detenerse en una miserable accesoria del callejón del Padre Lecuona. La puerta del cuartucho estaba nada más entornada, y empujándola simplemente, la mujer penetró en la habitación llevando al padre Lanzas de una de las extremidades del manteo. En el rincón más amplio y sobre una estera sucia y medio desbaratada, estaba el paciente, cubierto con una frazada; a corta distancia, una vela de sebo puesta sobre un jarro boca abajo en el suelo, daba su escasa luz a toda la pieza, enteramente desamueblada y con las paredes llenas de telarañas. Por terrible que sea el cuadro más acabado de la indigencia, no daría idea del desmantelamiento, desaseo y lobreguez de tal habitación en que la voz humana parecía apagarse antes de sonar, y cuyo piso de tierra exhalaba el hedor especial de los sitios que carecen de la menor ventilación.

Cuando el padre, tomando la vela, se acercó al paciente y levantó con suavidad la frazada que le ocultaba por completo, descubrióse una cabeza huesosa y enjuta, amarrada con un pañuelo amarillento y a trechos roto. Los ojos del hombre estaban cerrados y notablemente hundidos, y la piel de su rostro y de sus manos, cruzadas sobre el pecho, aparentaba la sequedad y rigidez de la de las momias.

—¡Pero este hombre está muerto! —exclamó el padre Lanzas dirigiéndose a la vieja.

—Se va a confesar, padrecito —respondió la mujer, quitándole la vela, que fue a poner en el rincón más distante de la pieza, quedando casi a oscuras el resto de ella; al mismo tiempo el hombre, como si quisiera demostrar la verdad de las palabras de la mujer, se incorporó en su petate, y comenzó a recitar con voz cavernosa, pero suficientemente inteligible, el *Confiteor Deo*.

Tengo que abrir aquí un paréntesis a mi narración, pues el digno sacerdote jamás a alma nacida refirió la extraña y probablemente horrible confesión que aquella noche le hicieron. De algunas alusiones y medias palabras suyas se infiere que, al comenzar su relato, el penitente se refería a fechas tan remotas que el padre, creyéndole difuso o divagado y comprendiendo que no había tiempo que perder, le excitó a concretarse a lo que importaba; que a poco entendió que aquel se daba por muerto de muchos años atrás, en circunstancias violentas que no le habían permitido descargar su conciencia como había acostumbrado pedirlo diariamente a Dios, aun en el olvido casi total de su deberes y en el seno de los vicios, y quizá hasta del crimen; que por permisión divina lo hacía en aquel momento, viniendo de la eternidad para volver a ella inmediatamente. Acostumbrado Lanzas, en el largo ejercicio de su ministerio, a los delirios y extravagancias de los febricitantes y de los locos, no hizo mayor aprecio de tales declaraciones, juzgándolas efecto del extravío anormal o inveterado de la razón del enfermo, contentándose con exhortarle al arrepentimiento, y explicarle lo grave del trance a que estaba orillado, y con absolverle bajo las condiciones necesarias, supuesta la perturbación mental de que le consideraba dominado. Al pronunciar las últimas palabras del rezo, notó que el hombre había vuelto a acostarse, que la vieja no estaba ya en el cuarto, y que la vela, a punto de consumirse por completo, despedía sus últimas luces. Llegando él a la puerta, que permanecía entornada, quedó la pieza en profunda oscuridad y, aunque al salir atrajo con suavidad la hoja entreabierta, cerróse esta de firme, como si de adentro la hubieran empujado. El padre, que contaba con hallar a la mujer en la parte de afuera, y con recomendarle el cuidado del moribundo y que volviera a llamarle a él mismo, aun a deshora, si advertía que recobraba aquel la razón, desconcertóse al no verla; esperóla en vano durante algunos minutos, quiso volver a entrar en la accesoria, sin conseguirlo, por haber quedado cerrada, como de firme, la puerta; y apretando en la calle la oscuridad y la lluvia, decidióse al fin a alejarse, proponiéndose efectuar al siguiente día, muy temprano, nueva visita.

Sus compañeros de malilla o tresillo le recibieron amistosa y cordialmente, aunque no sin reprocharle su tardanza. La hora de la cita había, en efecto, pasado ya con mucho, y Lanzas, sabiéndolo o sospechándolo, había venido aprisa y estaba sudando. Echó mano al bolsillo en busca del pañuelo para limpiarse la frente, y no lo halló. No se trataba de un pañuelo cualquiera, sino de la obra acabadísima de alguna de sus hijas espirituales más consideradas de él; finísima batista con las iniciales del padre, primorosamente bordadas en blanco, entre laureles y trinitarias de gusto más o menos monjil. Prevalido de su confianza en la casa, llamó al criado, le dio las señas de la accesoria en que seguramente había dejado el pañuelo y le despachó en su busca, satisfecho de que se le presentara, así, ocasión de tener nuevas noticias del enfermo y de aplacar la inquietud en que él mismo había quedado a su respecto. Y con la fruición que produce en una noche fría y lluviosa llegar de la calle a un pieza abrigada y bien alumbrada, y hallarse en amistosa compañía cerca de un mesa espaciosa, a punto de comenzar el juego que por espacio de más de veinte años nos ha entretenido una o dos horas cada noche, repantigóse nuestro Lanzas en uno de esos sillones de vaqueta que se hallaban frecuentemente en las celdas de monjes, y que yo prefiero al más pulido asiento de brocatel o terciopelo, y encendiendo un buen cigarro habano, y arrojando bocanadas de humo aromático, al colocar sus cartas en la mano izquierda en forma de abanico y como si no hiciera más que continuar en voz alta el hilo de sus reflexiones relativas al penitente a quien acababa de oír, dijo a sus compañeros de tresillo:

—¿Han leído ustedes la comedia de don Pedro Calderón de la Barca, intitulada *La devoción de la cruz?*

Alguno de los comensales la conocía, y recordó al vuelo las principales peripecias del galán noble y valiente, al par que corrompido, especie de Tenorio de su época, que, muerto a hierro, obtiene por defecto de su constante devoción a la sagrada insignia del cristiano el raro privilegio de confesarse momentos u horas después de haber cesado de vivir. Recordado lo cual, Lanzas prosiguió diciendo, en tono entre grave y festivo:

—No se puede negar que el pensamiento del drama de Calderón es altamente religioso, no obstante que algunas de sus escenas causarían positivo escándalo hasta en los tristes días que alcanzamos. Mas, para que se vea que las obras de imaginación suelen causar daño efectivo aun con lo poco de bueno que contengan, les diré que acabo de confesar a un infeliz que no pasó de artesano en sus buenos tiempos, que apenas sabía leer y que, indudablemente, había leído o visto *La devoción de la cruz*, puesto que en las divagaciones de su razón creía reproducido en sí mismo el milagro del drama...

—¿Cómo, cómo? —exclamaron los comensales de Lanzas, mostrando repentino interés.

—Como ustedes lo oyen, amigos míos. Uno de los mayores obstáculos con que, en los tiempos de ilustración que corren, se tropieza en el confesionario es el deplorable efecto de las lecturas, aun de aquellas que a primera vista no es posible calificar de nocivas. No pocas veces me he encontrado, bajo la piel de beatas compungidas y feas, con animosas Casandras y tiernas y remilgadas Atalas; algunos delincuentes honrados, a la manera del de Jovellanos, han recibido de mi mano la absolución; y en carácter de muchos hombres sesudos, he advertido fuertes conatos de imitación de las fechorías del *Periquillo*, de Lizardi. Pero ninguno tan preocupado ni porfiado como mi ultimo penitente; loco, loco de remate. ¡Lástima de alma, que a vueltas de un verdadero arrepentimiento, se está en sus trece de que hace quién sabe cuántos años dejó el mundo, y que por altos juicios de Dios... ¡Vamos! ¡Lo del protagonista del drama consabido! Juego...

En estos momentos se presentó el criado de la casa diciendo al padre que en vano había llamado durante media hora en la puerta de la accesoria; habiéndose acercado, al fin, el sereno, a avisarle caritativamente que la tal pieza y las contiguas llevaban mucho tiempo de estar vacías, lo cual le constaba perfectamente, por razón de su oficio y de vivir en la misma calle.

Con extrañeza oyó esto el padre; y los comensales que, según he dicho, habían ya tomado interés en su aventura, dirigiéronle nuevas preguntas, mirándose unos a otros. Daba la casualidad de hallarse entre ellos nada menos que el dueño de las accesorias, quien declaró que, efectivamente, así éstas como la casa toda a que pertenecían, llevaban cuatro años de vacías y cerradas, a consecuencia de estar pendiente en los tribunales un pleito en que se le disputaba la propiedad de la finca, y no haber querido él, entre tanto, hacer las reparaciones indispensables para arrendarla. Indudablemente, Lanzas se había equivocado respecto a la localidad por él visitada, y cuyas señas, sin embargo, correspondían con toda exactitud a la finca cerrada y en pleito; a menos que, a excusas del propietario, se hubiera cometido el abuso de abrir y ocupar accesorias, defraudándole su renta. Interesados igualmente, aunque por motivos diversos, el dueño de la casa y el padre en salir de dudas, convinieron esa noche en reunirse al otro día, temprano, para ir juntos a reconocer la accesoria.

Aún no eran las ocho de la mañana siguiente, cuando llegaron a su puerta, no sólo bien cerrada, sino mostrando entre las hojas y el marco, en el ojo de la llave, las telarañas y polvo que daban la seguridad material de no haber sido abierta en algunos años. El propietario llamó sobre esto la atención del padre, quien retrocedió hasta el principio del callejón, volviendo a recorrer cuidadosamente, y guiándose por sus recuerdos de la noche anterior, la distancia que mediaba desde la esquina hasta el cuartucho, a cuya puerta se detuvo nuevamente, asegurando con toda formalidad ser la misma por donde había entrado a confesar al enfermo, a menos que, como este, no hubiera perdido el juicio. A creerlo así se iba inclinando el propietario, al ver la inquietud y hasta la angustia con que Lanzas examinaba la puerta y la calle, ratificándose en sus afirmaciones y suplicándole hiciese abrir la accesoria a fin de registrarla por dentro.

Llevaron allí un manojo de llaves viejas, tomadas de orín, y probando algunas, después de haber sido necesario desembarazar de tierra y telarañas, por medio de clavo o estaca, el agujero de la cerradura, se abrió al fin la puerta, saliendo por ella el aire malsano y apestoso a humedad que Lanzas había aspirado allí la noche anterior. Penetraron en el cuarto nuestro clérigo y el dueño de la finca, y a pesar de su oscuridad, pudieron notar desde luego que estaba enteramente deshabitado y sin mueble ni rastro alguno de inquilinos. Disponíase el dueño a salir, invitando a Lanzas a seguirle o procederle, cuando este, renuente a convencerse de que había simplemente soñado lo de la confesión, se dirigió al ángulo del cuarto en que recordaba haber estado el enfermo, y halló en el suelo y cerca del rincón su pañuelo, que la escasísima luz de la pieza no le había dejado ver antes. Recogióle con profunda ansiedad y corrió hacia la puerta para examinarle a toda la claridad del día. Era el suyo, y las marcas bordadas no le dejaban duda alguna. Inundados en sudor su semblante y sus manos, clavó en el propietario de la finca los ojos, que el terror parecía hacer salir de sus órbitas; se guardó el pañuelo en el bolsillo, descubrióse la cabeza, y salió a la calle con el sombrero en la mano, delante del propietario, quien, después de haber cerrado la puerta y entregado a su dependiente el manojo de llaves, echó a andar al lado del padre, preguntándole con cierta impaciencia:

—Pero, ¿y cómo se explica usted lo acaecido?

Lanzas le vio con señales de extrañeza, como si no hubiera comprendido la pregunta y siguió caminando con la cabeza descubierta a sombra y a sol, y no se la volvió a cubrir desde aquel punto. Cuando alguien le interrogaba sobre semejante rareza, contestaba con risa como de idiota, y llevándose la diestra al bolsillo, para cerciorarse de que tenía consigo el pañuelo. Con infatigable constancia siguió desempeñando las tareas más modestas del ministerio sacerdotal, dando señalada preferencia a las que más en contacto le ponían con los pobres y los niños, a quienes mucho se asemejaba en sus conversaciones y en sus gustos. ¿Tenía, acaso, presente el pasaje de la Sagrada Escritura relativo a los párvulos? Jamás se le vio volver a dar el menor indicio de enojo o impaciencia, y si en las calles era casual o intencionalmente atropellado o vejado, continuaba su camino con la vista en el suelo y moviendo sus labios como si orara. Así le suelo contemplar todavía en el silencio de mi alcoba, entre las nubes de humo de mi cigarro, y me pregunto si a los ojos de Dios no era Lanchitas más sabio que Lanzas, y si los que nos reímos con la narración de sus excentricidades y simplezas, no estamos, en realidad, más trascordados que el pobre clérigo.

Diré, por vía de apéndice, que poco después de su muerte, al reconstruir alguna de las casas del callejón del Padre Lecuona, extrajeron del muro más grueso de una pieza, que ignoro si sería la consabida accesoria, el esqueleto de un hombre que parecía haber sido emparedado mucho tiempo antes, y a cuyo esqueleto se dio sepultura con las debidas formalidades.

LA CALLE DE LA MUJER HERRADA

Sucedido de la calle de la puerta falsa
de Santo Domingo, ahora del Perú

Luis González Obregón

Luis González Obregón (1865-1938). Discípulo de Ignacio Manuel Altamirano y heredero de su pasión nacionalista, desde muy joven viajó con su pluma al pasado colonial de México y colaboró en los periódicos de su tiempo con crónicas y artículos históricos, los cuales aparecieron en forma de libro en 1891 y bajo el título *México viejo*, el cual tuvo numerosas y aumentadas ediciones. En ese tenor publicó *Vetusteces* en 1911, y *Las calles de México* en 1922, de donde hemos extraído "La Calle de la Mujer Herrada". Director del Archivo General de la Nación, perteneció a la Academia Mexicana de la Lengua y a la de Historia. En 1923, el cabildo municipal determinó dar en vida su nombre a la calle en la que habitaba, el cual conserva en la actualidad.

Protesto bajo mi palabra de honor, y no lo juro por no ser ya costumbre de estos tiempos, que el suceso "formidable y espantoso" que voy a referir está consignado en el capítulo VIII, páginas 40 y 41, de la *Vida* del padre Don José Vidal, de la Compañía de Jesús, impresa el año de 1752, en el muy antiguo Colegio de San Ildefonso; *Vida* que escribió el muy reverendo padre Juan Antonio de Oviedo, también de la dicha Compañía, el cual halló el suceso relatado por el dicho padre Vidal en los escritos de sus misiones, formados por mandato superior.

Protesto a la vez que lo propio refiere en sus *Noticias de México*, el muy curioso y erudito vecino Don Francisco de Sedano, quien escuchó el mencionado "espantoso y formidable suceso" de los labios de otro religioso jesuita, en sermón que predicó en el templo de la Casa Profesa, allá en una de las cuaresmas de 1760, y que fueron testigos del supradicho suceso un sacerdote secular, un religioso carmelita y un padre de San Ignacio, cuyos nombres encontrarán los pacientes lectores en el curso de esta verídica, aunque estupenda narración, pero que ya han trovado inspirados vates.

* * *

Por los años de 1670 a 1680, según las sesudas investigaciones de Don Francisco de Sedano, vivía en esta Ciudad de México y en la casa número tres de la calle de la Puerta Falsa de Santo Domingo, ahora número cien, calle atravesada entonces de Oriente a Poniente por una acequia, vivía digo, un clérigo eclesiástico; mas no honesta y honradamente como Dios manda, sino en incontinencia con una mala mujer y como si fuera su legítima esposa.

No muy lejos de allí, pero tampoco no muy cerca, en la calle de las Rejas de Balvanera, bajos de la ex Universidad, había una casa que hoy está reedificada, la cual antiguamente se llamó Casa de Pujavante, porque tenía sobre la puerta "esculpido en la cantería un pujavante y tenazas cruzadas", que Sedano vio varias veces y que decían ser memoria del siguiente sobrenatural caso histórico que el incrédulo lector quizá tendrá sin duda por conseja popular.

En esta casa habitaba y tenía su banco un antiguo herrador, grande amigo del clérigo amancebado, ítem más, compadre suyo, quien estaba al tanto de aquella mala vida, y como este frecuentaba la casa y tenía con aquel mucha confianza, repetidas ocasiones exhortó a su compadre y le dio consejos sanos para que abandonase la senda torcida a que le había conducido su ceguedad. Vanos fueron los consejos, estériles las exhortaciones del "buen herrador" para con su errado compadre: que, cuando el demonio tórnase en travieso AMOR, la amistad es impotente para vencer tan satánico enemigo.

Cierta noche en que el buen herrador estaba ya dormido, oyó llamar a la puerta del taller con grandes y descomunales golpes que le hicieron despertar y levantarse más que de prisa.

Salió a ver quién era, perezoso por lo avanzado de la hora, pero a la vez alarmado por temor de que fuesen ladrones, y se halló con que los que llamaban eran dos negros que traían una mula y un recado de su compadre, el clérigo, suplicándole que le herrase inmediatamente la bestia, pues muy temprano tenía que ir al Santuario de la Virgen de Guadalupe.

Reconoció, en efecto, la cabalgadura que solía usar su compadre, y aunque de mal talante por la incomodidad de la hora, aprestó los chismes del oficio, y clavó sendas herraduras en las cuatro patas del animal. Concluida la tarea, los negros se llevaron la mula, pero dándole tan crueles y repetidos golpes, que el cristiano herrador les reprendió agriamente su poco caritativo proceder.

* * *

Muy de mañana, al día siguiente, se presentó el herrador en casa de su compadre para informarse de por qué iría tan temprano a Guadalupe, como le habían informado los negros, y halló al clérigo aún recogido en la cama al lado de su manceba.

—Lúcidos estamos, señor compadre —le dijo—; despertarme tan de noche para herrar una mula, y todavía tiene vuestra merced tirantes las piernas debajo de las sábanas, ¿qué sucede con el viaje?

—Ni he mandado herrar mi mula, ni pienso hacer viaje alguno —replicó el aludido.

Claras y prontas explicaciones mediaron entre los dos amigos, y al fin de cuentas convinieron en que algún travieso había querido correr aquel chasco al bueno del herrador, y para celebrar toda la chanza, el clérigo comenzó a despertar a la mujer con quien vivía.

Una y dos veces la llamó por su nombre, y la mujer no respondió. Una y dos veces movió su cuerpo, y estaba rígido. No se notaba en ella respiración, había muerto.

Los dos compadres se contemplaron, mudos de espanto; pero su asombro fue inmenso cuando vieron horrorizados que en cada una de las manos y en cada uno de los pies de aquella desgraciada se hallaban las mismas herraduras con los mismos clavos, que había puesto a la mula el buen herrador.

Ambos se convencieron, repuestos de su asombro, que todo aquello era efecto de la Divina Justicia, y que los negros habían sido los demonios salidos del infierno.

Inmediatamente avisaron al cura de la parroquia de Santa Catarina, doctor Don Francisco Antonio Ortiz, y al volver con él a la casa, hallaron en ella al reverendo padre José Vidal y a un religioso carmelita, que también habían sido llamados, y mirando con atención a la difunta vieron que tenía un freno en la boca y las señales de los golpes que le dieron los demonios cuando la llevaron a herrar con aspecto de mula.

Ante caso tan estupendo y por acuerdo de los tres respetables testigos, se resolvió hacer un hoyo en la misma casa para enterrar a la mujer, y una vez ejecutada la inhumación, guardar el más profundo secreto entre los presentes.

* * *

Cuentan las crónicas que ese mismo día, temblando de miedo y protestando cambiar de vida, salió de la *casa número tres de la calle de la* Puerta Falsa *de Santo Domingo*, el clérigo protagonista de esta verídica historia, sin que nadie después volviera a tener noticia de su paradero. Que el cura de Santa Catarina "andaba movido a entrar en religión, y con este caso acabó de resolverse y entró a la Compañía de Jesús, donde vivió hasta la edad de ochenta y cuatro años, y fue muy estimado por sus virtudes, y refería este caso con asombro". Que el padre José Vidal murió en 1702, en el Colegio de San Pedro y San Pablo de México, a la edad de setenta y dos años, después de asombrar con su ejemplar vida y de haber introducido el culto de la Virgen, bajo la advocación de los Dolores, en todo el reino de la Nueva España.

Sólo callan las viejas crónicas el fin del reverendo padre carmelita, testigo ocular del suceso, y del bueno del herrador, que Dios tenga en su Santa Gloria.

DON JUAN MANUEL
Manuel Payno

Manuel Payno (1810-1894). Buen lector de Eugene Sue, de cuya novela *Los misterios de París* hizo una reseña temprana, Payno es autor de lo que pueden ser llamados los misterios de México: su novela *Los bandidos de Río Frío* es un vasto mural de la sociedad mexicana decimonónica en sus vestidos, sus hábitos, su gastronomía, su habla. En 1871 publicó al lado de Vicente Riva Palacio *El libro rojo*, suma de las atrocidades cometidas a lo largo de la historia de México, desde los tiempos más remotos hasta los vividos por los autores. La leyenda de Don Juan Manuel, recreada por varias plumas y en diversas versiones, adquiere en la de Payno sus notas más altas y lúgubres, y reafirma la idea de Carlos Montemayor de que los textos incluidos en dicho libro son "muestra de lo mejor del género del cuento histórico en el siglo XIX".

Pues oíd:
Cierta noche apareció
Muerto de herida cruel,
Don Fernando Pimentel
En la calle. –¿Quién le hirió?

RODRÍGUEZ GALVÁN, *El privado del virrey*

Hay en México una calle formada de los más altos y suntuosos edificios, y donde hace años vive gente comerciante, acaudalada y principal. Colocada en lo más poblado, en lo más céntrico de la gran ciudad, es una calle que podríamos llamar aristocrática. Sin embargo, de día tiene un aspecto triste y de noche, lúgubre. Los grandes zaguanes de maderas antiguas y labradas parecen las entradas de unos castillos: en lo alto de las paredes de los edificios se proyectan las sombras y los alternados reflejos de los faroles de una manera singular, y parece que de las cornisas churriguerescas de los balcones se desprenden algunos fantasmas que tan pronto se incrustan y se esconden en los zaguanes, y tan pronto toman formas colosales y se suben a las cornisas de las azoteas y allí se asoman y ríen y muestran unos semblantes deformes y fantásticos a los que pasan.

Así se presentó a mi imaginación una noche oscura, ventosa y fría, la calle de Don Juan Manuel, una noche que se moría un amigo querido y que tuve que correr en busca de un virtuoso clérigo para que le echara la última bendición que el hombre cristiano apetece el día que parte para siempre de la vida.

Esa noche soplaban por intervalos unas ráfagas del viento helado de los volcanes, caían repentinamente algunas gruesas gotas de lluvia, que el aire arrebataba y azotaba contra las vidrieras oscuras de los balcones, no había más que un perro negro, flaco y macilento que roía los restos de un hueso arrojado por algún sirviente; las luces de aceite más bien daban sombras que luz, y la llama rojiza y pequeña temblaba siniestra en la alcuza negruzca de lata. El sereno dormía en la esquina arrebujado en su capotón azul, y el eco de mis pisadas en las losas de la acera se repercutía en toda la extensión de esa lúgubre a la vez que majestuosa calle, y turbaba el silencio que también se interrumpía de vez en cuando con el graznido de alguna ave nocturna. Llegué en casa del sacerdote, que era un hombre blanco con la venerable aureola de las canas.

* * *

En el año de 1636, en que colocamos nuestra narración, la calle de Don Juan Manuel no se hallaba como ahora la encontrarán los viajeros. México estaba ya como quien dice trazado y formado; pero las calles, con pocas excepciones, no estaban completas. Había grandes y buenos edificios junto de otros de un solo piso y de una pobre y defectuosa construcción; otras casas tenían una grande y alta cerca que cubría las huertas o jardines, y en otras, como en la de Celada, que es hoy San Bernardo, y la de que hablamos, había muchos solares intercalados entre las casas y con una cerca de espinos secos, de adobes o madera. El propietario de los solares y casas de ese rumbo era un caballero llamado Don Juan Manuel.

Era un personaje por todos capítulos rodeado de misterios y de sombras que no dejaban nunca verle en toda la verdadera realidad. Entraba de noche al palacio del virrey, embozado hasta los ojos en una larga capa negra, y permanecía varias horas conversando. Nadie le veía salir, y algunos que por curiosidad le observaban al entrar, decían que antes de tocar la puerta excusada de palacio, Don Juan Manuel se desembozaba, se persignaba tres veces, sacaba un estoque con puño de plata, le reconocía, examinaba la punta y le volvía a meter en la vaina. Los que alguna vez vieron esto, temían que el virrey amaneciese algún día asesinado en su cama.

Don Juan Manuel era hombre muy caritativo. Se contaba que una vez había ido a verle una viuda pobre que tenía dos niñas doncellas, muy jóvenes y bellas. Don Juan Manuel regaló cinco mil pesos a cada muchacha, y jamás quiso ni conocerlas.

Don Juan Manuel era celoso, y se decía que su esposa era una dama principal y de una rara hermosura; pero nadie la había visto, pues permanecía encerrada en su casa, y salía únicamente a misa a las cinco de la mañana cubierta con un mantón de lana negro. Nadie visitaba la casa, y sólo el confesor entraba de vez en cuando a tomar chocolate después de la misa.

Don Juan Manuel era valiente. Una noche le acometieron seis bandidos con puñales. El sacó la tizona, se colocó de espaldas contra un zaguán y no dejó acercarse a ninguno de ellos hasta que por la esquina asomó una ronda que observó después los rastros de sangre, pues los cinco agresores habían sido heridos por el bravo caballero.

Don Juan Manuel era hombre no sólo virtuoso sino hasta santo, porque confesaba y comulgaba cada ocho días, se daba disciplina todas las noches en la iglesia más cercana, socorría a muchos pobres, asistía a las festividades de la Virgen, y costeaba, velas de cera y lámparas que ardían día y noche en los templos.

Todo esto decían de Don Juan Manuel, pero en verdad era un hombre misterioso, y se podía asegurar que todos le conocían y ninguno le conocía realmente, porque si se preguntaba por sus señas, unos lo describían de alta estatura, muy derecho y arrogante, de fisonomía pálida y casi cetrina, con espesa barba negra y ojos centelleantes pequeños y hundidos; otros, por el contrario, aseguraban que era de estatura regular, de semblante apacible y caritativo, de ojos expresivos y llenos de dulzura, y con sólo un corto bigote. Tampoco estaban todos conformes en cuanto a su traje, añadiendo los mejor informados que vestía siempre de negro, mientras otros le conocían riquísimos ferreruelos; pero los más convenían en que de noche se le encontraba por las calles más sombrías, entrando y saliendo en casas de mala apariencia, y envuelto en una luenga capa.

Éstas eran lo que se llaman las hablillas del vulgo, que partiendo de un fondo de verdad, poetiza o trastorna las cosas y las figuras, dándoles el carácter raro, misterioso e indefinido que tanto halaga la imaginación humana, y de esto tienen origen la mayor parte de las leyendas y tradiciones de todos los pueblos.

Pasó y pasó el tiempo, y cada año se añadía alguna particularidad, algún nuevo rasgo al carácter de Don Juan Manuel. Repentinamente el caballero se dio enteramente a la devoción, y de la devoción pasó a una melancolía tan negra y tan profunda, que nada podía consolarle. Sus mejillas se hundieron, al derredor de sus ojos apareció un círculo morado, y el color de su semblante blanco y limpio, tornose en un amarillo opaco y lustroso, que revelaba desde luego que estaba devorado no sólo por una enfermedad moral, sino por terribles padecimientos físicos.

* * *

Por algún tiempo don Juan Manuel se encerró en su casa, y no se volvió a hablar de él. Después, en secreto, y con mil reservas, decían las viejas y las beatas: Don Juan Manuel ha hecho pacto con el diablo, y se santiguaban y ponían la cruz al enemigo malo. La verdad era tal vez que Don Juan Manuel tenía celos de su mujer, de quien estaba locamente enamorado, y sin poder descubrir ni averiguar de una manera cierta quién era el que le robaba su honra, estaba a punto de volverse loco de rabia y desesperación.

Una noche se encontró el cadáver de un hombre asesinado; pero como había en esa época una falta absoluta de vigilancia y de policía, no había alumbrado en la ciudad, y los bandidos abundaban, se atribuyó a ellos esta desgracia; sin embargo, llamó la atención el que se encontrase en los bolsillos del vestido de la víctima bastante cantidad de monedas.

A los ocho días, otro cadáver tirado en las cercanías de la que hoy se llama calle de Don Juan Manuel; al día siguiente otro, y después periódicamente otros y otros más. La ciudad se llenó de terror porque algunos de los muertos pertenecían a familias conocidas y honradas de la ciudad.

Inmediatamente el vulgo inquirió quién era el autor de estos crímenes. Don Juan Manuel, seducido enteramente por el diablo y habiéndole entregado su alma con tal de que le señalase al amante de su esposa, salía todas las noches de su casa embozado hasta los ojos y con un agudo puñal desnudo en la mano. En el momento que en las cercanías de la casa encontraba a alguno, los celos le cegaban y suponía que era ese alguno de los muchos que trataban de ofender su honra, y le preguntaba: "¿Qué horas son?" Las once, contestaba inocentemente el transeúnte. "Dichoso tú, que sabes la hora en que mueres", respondía Don Juan Manuel, y al mismo tiempo le clavaba el puñal en el corazón o en la garganta, y dejándole ya muerto y nadando en su sangre, regresaba a su casa, se oía el estruendo pavoroso de la pesada puerta que se cerraba, y todo quedaba después en las tinieblas y en el silencio. Las horas más críticas eran desde las once hasta las doce de la noche, y nadie, ni aun para pedir los Santos Óleos, se aventuraba en las calles desde las ocho en adelante, a no ser acompañados de dos o tres alguaciles. Sin embargo, había muchos que porque no creían en tan vulgares consejas o por absoluta necesidad, transitaban por los dominios de Don Juan Manuel, y era seguro que esa noche, sabiendo exactamente la hora, morían víctimas del sanguinario furor que el demonio había inspirado a este extraño caballero.

El hecho era que los asesinatos se cometían con frecuencia, que los cadáveres se encontraban al día siguiente con todas sus ropas y prendas, y que aunque en secreto y con reservas se señalaba a Don Juan Manuel como el autor de estos crímenes; pero en lo visible no había sino pruebas en contrario. Don Juan Manuel, aunque triste y sombrío como hemos dicho, concurría a la misa, daba sus limosnas y visitaba como de costumbre a su amigo el virrey. ¿Quién había de atreverse a acusar a un hombre acaudalado y respetable, ni qué pruebas podían presentarse?; así, todo el mundo callaba y cumplía con encerrarse en su casa desde que se escuchaba el toque de ánimas.

Había en la calle de Don Juan Manuel (probablemente donde hoy se encuentra la magnífica finca del señor Dozal) una casa de pobre apariencia y que era propiedad de una beata que tendría sus cincuenta años. Alguna de las faltas de que es víctima la juventud cuando es demasiado confiada en el otro sexo, hizo que la madre Mariana, que así la llamaban, tomara el hábito de beata y además hiciese la promesa de rezar un número de credos a la Preciosa Sangre, igual al día de cada mes, de modo que nunca se acostaba antes de la media noche, y el día 25, por ejemplo, empleaba más de media hora en rezar los veinticinco credos que le tocaban. En la calle oscura, sin empedrado, muda y completamente sola desde las ocho de la noche, no se veía más que una luz, como la de una sola y lejana estrella en un cielo nebuloso. Era la luz que salía por un estrecho postigo de la casa de la beata Mariana que encendía una lamparita delante de una imagen de Jesucristo atado en la columna, y no cerraba el postigo sino después de haber acabado de rezar sus credos.

Las más noches oía cerrarse con estruendo una puerta, y este ruido casi a una misma hora le hizo ponerse en observación hasta que se cercioró que era la puerta de la casa que habitaba Don Juan Manuel. Otra noche, hacia el fin de un mes en que tenía que rezar muchos credos y había permanecido de rodillas delante de la imagen, escuchó un quejido. Apagó en el acto su lámpara, de puntillas se dirigió al postigo y asomó la cabeza con precaución. Un hombre corrió, y otro detrás de él le alcanzó casi en la misma puerta de la casa de Mariana y le dio cuatro o cinco puñaladas. El hombre gimió dolorosamente y cayó a poca distancia. El asesino se alejó de allí, y a poco, en vez del estruendo de costumbre, la beata oyó que se abría suavemente una puerta y que un hombre embozado entraba en ella. Era la casa de Don Juan Manuel, y no podía ser otro sino el mismo Don Juan Manuel.

Mariana se acostó llena de terror, y al día siguiente, ya que habían levantado el cadáver, fue a referir al confesor lo que había pasado y le dio parte también de las vehementes sospechas que tenía. El confesor obtuvo una audiencia del virrey y le contó el suceso, pero el virrey se rio, dijo al padre que todas eran consejas del vulgo y que no había que hablar ni que hacer caso de todo ello. Mariana había, sin embargo, referido algo a las beatas, y desde este suceso el terror se aumentó y las apariciones fueron ya más terribles.

Se refería que de los muchos escombros y andamios de la obra de la catedral salía todos los viernes a las doce de la noche una procesión de monjes con unos largos sayales y unos capuchones negros que les cubrían la cara. Que las caras de esos monjes eran unas calaveras a medio descarnar, pues eran nada menos que todas las víctimas de Don Juan Manuel que se levantaban de sus sepulcros. Esos cadáveres revestidos del hábito de los frailes, se dirigían en procesión por el cementerio de catedral con unos gruesos cirios en la mano y cantando con una voz que parece salía del sepulcro, el oficio de difuntos. Llevaban cargando un ataúd vacío, llegaban a la calle de Don Juan Manuel y volvían con el ataúd, ya con un hombre atado de pies y manos. En el atrio de la catedral había una horca, elevaban en ella del pescuezo al hombre, apagaban los cirios y cantaban el *Miserere*. Cada semana se repetía esto, y los que por casualidad habían visto esta terrible procesión, regresaban a su casa con fiebre y morían a pocos días.

* * *

Así oí referir el cuento de Don Juan Manuel, en la edad de las ilusiones y del mundo ideal de fantasmas, de espectros y de apariciones. Al calor del fogón de la cocina oímos cosas siempre maravillosas y nuevas, y nos dormimos en el seno maternal, o soñando en los príncipes generosos y las magas lindas y benéficas, o estremeciéndonos con los espectros y las sombras de los avaros y de los malvados que brotan del sepulcro para ejemplo y enseñanza de los mortales.

El hecho cierto fue que Don Juan Manuel amaneció repentinamente ahorcado, y que el pueblo tenía razón, porque en el fondo había una historia terrible y verdadera.

* * *

Pasaron muchos años antes de que se supiera lo que había de verdad en todo lo que no parecía más que un cuento, hasta que Don José Gómez de la Cortina, literato distinguido y además curioso indagador de todas nuestras antiguas crónicas, publicó un escrito con el título de la *Calle de Don Juan Manuel*, en cuya primera parte refiere la leyenda popular tal como se la contó su barbero, y que difiere en algunos puntos de la que acaba de leerse. En cuanto a la parte exactamente histórica, no habiendo encontrado ningún otro dato ni documento nuevo, copio la que escribió el finado conde de la Cortina. Dice así:

Por los años de 1623 a 1630 vivía en México un caballero español muy principal, natural de Burgos, llamado Don Juan Manuel de Solórzano, que había venido a esta América con la comitiva que trajo consigo el virrey Don Diego Fernández de Córdova, marqués de Guadalcázar, y ya disfrutaba de grandes bienes de fortuna y consideración, cuando tomó posesión del virreinato de Nueva España Don Lope Díaz de Armendáriz, marqués de Cadereita. La privanza que logró Don Juan Manuel con este personaje fue tanta que se le hicieron cargos de ella al virrey en la corte de España, y no contribuyó poco a la ruidosa desgracia con que fueron recompensados sus servicios Hacia 1636 contrajo matrimonio Don Juan Manuel con Doña Mariana Laguna, hija única de un rico minero de Zacatecas, cuya dote aumentó considerablemente las riquezas de su esposo, y ambos consortes pasaron a habitar una casa contigua al palacio del virrey. Esta proximidad de habitaciones parece que estrechó mucho más las relaciones amistosas que existían entre el marqués y Don Juan Manuel, llegando a tal grado que pasaban juntos la mayor parte del día, aunque no sin graves murmuraciones del público que no estaba acostumbrado a ver a los virreyes visitar las casas de los particulares. Aumentóse el desafecto hacia el virrey cuando se supo que daba a Don Juan Manuel la administración general de todos los ramos de real hacienda, y por consiguiente la intervención de las flotas que venían de la península; y como en estos ramos siempre había tenido gran parte la Audiencia, pronto empezaron las quejas y representaciones al rey, pintando al marqués con los colores más odiosos, y amenazando con una revolución más violenta que la que pocos años antes había angustiado a la Nueva España en tiempo del marqués de Gelves. Los resortes que el virrey puso en movimiento debieron de ser muy poderosos, puesto que inutilizaron los efectos de las cuantiosas sumas de dinero que envió a Madrid la Audiencia, y consiguieron que Felipe IV aprobase la conducta del virrey y confirmase a Don Juan Manuel en el goce de sus nuevas concesiones. Por este tiempo llegó a México la noticia de las victorias obtenidas en Francia por el ejército español a las órdenes del príncipe de Saboya, que penetró hasta la ciudad de Pontoise y puso en la mayor consternación a la capital de aquel reino. En el mismo buque que trajo estas nuevas, plausibles entonces para los habitantes de México, llegó a Veracruz una señora española llamada Doña Ana Porcel de Velasco, viuda de un oficial superior de marina, de muy ilustre nacimiento y de singular hermosura, a quien un encadenamiento de desgracias había puesto en la necesidad de venir a implorar el amparo del virrey, que en tiempos más felices para ella la había distinguido en la corte, y aun le había dedicado algunos obsequios amorosos. Luego que el marqués supo la llegada de esa señora, manifestó a Don Juan Manuel el placer que tendría en alojarla en México de un modo correspondiente a su clase, y al punto Don Juan, deseando corresponder a esta confianza, ofreció sus servicios al virrey, y no solamente le cedió la casa que entonces habitaba, sino que costeó con espléndida profusión todos los gastos que hizo doña Ana en su viaje desde Veracruz hasta la capital. Ignóranse los acontecimientos que mediaron desde esta época hasta que se supieron en México las noticias del levantamiento de Cataluña; pero según se ve, sirvió este suceso de pretexto a las autoridades de México para ejercer terribles venganzas. La Audiencia, que desde la revolución del marqués de Gelves había permanecido contraria a los virreyes, no fue la que menos se aprovechó de esta circunstancia, y a fuerza de buscar la ocasión de humillar al virrey y de perjudicar a Don Juan Manuel, debió de hallarla, puesto que a fines del año 1640 permanecía este preso en la cárcel pública, en virtud de mandamiento del alcalde del crimen Don Francisco Vélez de Pereira. Don Juan Manuel sufría tranquilamente su prisión, esperando un cambio de fortuna, cuando supo que el mismo alcalde visitaba a su esposa con más frecuencia de la que exigía la urbanidad o el deseo de ser útil. Hallábase igualmente preso en la cárcel, y por el mismo motivo un caballero muy rico llamado Don Prudencio de Armendia, que había sido traído a México desde Orizaba, en donde poseía inmensos bienes, y en donde el rigor de que había usado al desempeñar varios cargos públicos le había proporcionado la enemistad y el odio de todos los que aspiraban a vivir sin freno y a costa de las turbulencias públicas. Este sujeto que era corresponsal de Don Juan Manuel, y de quien se había valido este último para arreglar el viaje de Doña Ana Porcel de Velasco, halló el modo de facilitar a su amigo el medio de salir de la cárcel y de poder examinar por sí mismo la conducta de su mujer. Don Juan Manuel salió varias noches, y en una de ellas dio muerte al alcalde Don Francisco Vélez de Pereira, casi en los brazos de la adúltera esposa. Fácilmente pueden inferirse las consecuencias que debió tener este acontecimiento. El virrey dobló sus esfuerzos por salvar a Don Juan Manuel; la Audiencia por su parte no se atrevía a manifestar al público los pormenores del delito, y ya empezaba a creerse que Don Juan Manuel saldría victorioso, cuando repentinamente amaneció su cadáver suspendido en la horca pública, un día del mes de octubre de 1641: suceso digno de la sombría y misteriosa política de aquellos tiempos... La calle en que acaeció la muerte del alcalde es la misma que hoy se llama de *Don Juan Manuel*, tanto por vivir este en ella, como por haber construido la mayor parte de las casas que la formaban; así es que entonces tenía el nombre de *Calle Nueva*, y era una de las extremidades de la ciudad, pues concluía el caserío de aquel lado poco más allá del hospital de Jesús.

—¡Qué reflexiones me inspira todo lo que acaba usted de referirme! —dijo mi amigo lanzando un suspiro de aquellos que acostumbraba.

—Pues aún hay más —le contesté—. Creo que la conducta de la mujer de Don Juan Manuel era en cierto modo disculpable, porque, a lo que parece, su debilidad fue el precio que puso el alcalde a la libertad de Don Juan...

—Lo creo así, y vea usted la razón porque no se atrevieron los oidores a quitarlo la vida públicamente... Y luego era preciso inventar lo del diablo, y lo de la horca, y hacérselo tragar al pobre pueblo... ¡Ah qué tiempos!

—Yo le aseguro a usted que desde hoy no vuelvo a entrar en mi casa sin acordarme de Don Juan Manuel, y dar mil gracias a mi barbero.

—Pues yo desde hoy miraré esa calle con toda la veneración que se debe a un monumento que nos recuerda los progresos de la ilustración del siglo en que hemos nacido.

LA CENA
ALFONSO REYES

Alfonso Reyes (1889-1959). El carácter caudaloso, polígrafo y por lo mismo a veces temible de su escritura provoca que en el regiomontano universal el bosque no permita ver los árboles. "La cena" es uno de sus textos más antologados, tanto por su misteriosa elegancia como por la recreación de la atmósfera de la ciudad nocturna, el final ambiguo que propicia toda clase de interpretaciones. La enigmática pareja femenina prefigura la *Dama de corazones* de Xavier Villaurrutia y, más señaladamente, la *Aura* de Carlos Fuentes. El texto fue escrito en 1912, un año antes de la trágica muerte de Bernardo Reyes, y se incorporó al libro *El plano oblicuo. Cuentos y diálogos*, publicado en 1920.

La cena, que recrea y enamora.
SAN JUAN DE LA CRUZ

Tuve que correr a través de calles desconocidas. El término de mi marcha parecía correr delante de mis pasos, y la hora de la cita palpitaba ya en los relojes públicos. Las calles estaban solas. Serpientes de focos eléctricos bailaban delante de mis ojos. A cada instante surgían glorietas circulares, sembrados arriates, cuya verdura, a la luz artificial de la noche, cobraba una elegancia irreal. Creo haber visto multitud de torres —no sé si en las casas, si en las glorietas— que ostentaban a los cuatro vientos, por una iluminación interior, cuatro redondas esferas de reloj.

Yo corría, azuzado por un sentimiento supersticioso de la hora. Si las nueve campanadas, me dije, me sorprenden sin tener la mano sobre la aldaba de la puerta, algo funesto acontecerá. Y corría frenéticamente, mientras recordaba haber corrido a igual hora por aquel sitio y con un anhelo semejante. ¿Cuándo?

Al fin los deleites de aquella falsa recordación me absorbieron de manera que volví a mi paso normal sin darme cuenta. De cuando en cuando, desde las intermitencias de mi meditación, veía que me hallaba en otro sitio, y que se desarrollaban ante mí nuevas perspectivas de focos, de placetas sembradas, de relojes iluminados... No sé cuánto tiempo transcurrió, en tanto que yo dormía en el mareo de mi respiración agitada.

De pronto, nueve campanadas sonoras resbalaron con metálico frío sobre mi epidermis. Mis ojos, en la última esperanza, cayeron sobre la puerta más cercana: aquel era el término.

Entonces, para disponer mi ánimo, retrocedí hacia los motivos de mi presencia en aquel lugar. Por la mañana, el correo me había llevado una esquela breve y sugestiva. En el ángulo del papel se leían, manuscritas, las señas de una casa. La fecha era del día anterior. La carta decía solamente: "Doña Magdalena y su hija Amalia esperan a usted a cenar mañana, a las nueve de la noche. ¡Ah, si no faltara!..." Ni una letra más.

Yo siempre consiento en las experiencias de lo imprevisto. El caso, además, ofrecía singular atractivo: el tono, familiar y respetuoso a la vez, con que el anónimo designaba a aquellas señoras desconocidas; la ponderación: "¡Ah, si no faltara!...", tan vaga y tan sentimental, que parecía suspendida sobre un abismo de confesiones, todo contribuyó a decidirme. Y acudí, con el ansia de una emoción informulable. Cuando, a veces, en mis pesadillas, evoco aquella noche fantástica (cuya fantasía está hecha de cosas cotidianas y cuyo equívoco misterio crece sobre la humilde raíz de lo posible), paréceme jadear a través de avenidas de relojes y torreones, solemnes como esfinges en la calzada de algún templo egipcio.

La puerta se abrió. Yo estaba vuelto a la calle y vi, de súbito, caer sobre el suelo un cuadro de luz que arrojaba, junto a mi sombra, la sombra de una mujer desconocida.

Volvíme: con la luz por la espalda y sobre mis ojos deslumbrados, aquella mujer no era para mí más que una silueta, donde mi imaginación pudo pintar varios ensayos de fisonomía, sin que ninguno correspondiera al contorno, en tanto que balbuceaba yo algunos saludos y explicaciones.

—Pase usted, Alfonso.

Y pasé, asombrado de oírme llamar como en mi casa. Fue una decepción el vestíbulo. Sobre las palabras románticas de la esquela (a mí, al menos, me parecían románticas), había yo fundado la esperanza de encontrarme con una antigua casa, llena de tapices, de viejos retratos y de grandes sillones; una antigua casa sin estilo, pero llena de respetabilidad. A cambio de esto, me encontré con un vestíbulo diminuto y con una escalerilla frágil, sin elegancia; lo cual más bien prometía dimensiones modernas y estrechas en el resto de la casa. El piso era de madera encerada; los raros muebles tenían aquel lujo frío de las cosas de Nueva York, y en el muro, tapizado de verde claro, gesticulaban, como imperdonable signo de trivialidad, dos o tres máscaras japonesas. Hasta llegué a dudar... Pero alcé la vista y quedé tranquilo: ante mí, vestida de negro, esbelta, digna, la mujer que acudió a introducirme me señalaba la puerta del salón. Su silueta se había colorado ya de facciones; su cara me habría resultado insignificante, a no ser por una expresión marcada de piedad; sus cabellos castaños, algo flojos en el peinado, acabaron de precipitar una extraña convicción en mi mente: todo aquel ser me pareció plegarse y formarse a las sugestiones de un nombre.

—¿Amalia? —pregunté.

—Sí. Y me pareció que yo mismo me contestaba.

El salón, como lo había imaginado, era pequeño. Mas el decorado, respondiendo a mis anhelos, chocaba notoriamente con el del vestíbulo. Allí estaban los tapices y las grandes sillas respetables, la piel de oso al suelo, el espejo, la chimenea, los jarrones; el piano de candeleros lleno de fotografías y estatuillas —el piano en que nadie toca—, y, junto al estrado principal, el caballete con un retrato amplificado y manifiestamente alterado: el de un señor de barba partida y boca grosera.

Doña Magdalena, que ya me esperaba instalada en un sillón rojo, vestía también de negro y llevaba al pecho una de aquellas joyas gruesísimas de nuestros padres: una bola de vidrio con un retrato interior, ceñida por un anillo de oro. El misterio del parecido familiar se apoderó de mí. Mis ojos iban, inconscientemente, de doña Magdalena a Amalia, y del retrato a Amalia. Doña Magdalena, que lo notó, ayudó mis investigaciones con alguna exégesis oportuna.

Lo más adecuado hubiera sido sentirme incómodo, manifestarme sorprendido, provocar una explicación. Pero doña Magdalena y su hija Amalia me hipnotizaron, desde los primeros instantes, con sus miradas paralelas. Doña Magdalena era una mujer de sesenta años; así es que consintió en dejar a su hija los cuidados de la iniciación. Amalia charlaba; doña Magdalena me miraba; yo estaba entregado a mi ventura.

A la madre tocó —es de rigor— recordarnos que era ya tiempo de cenar. En el comedor la charla se hizo más general y corriente. Yo acabé por convencerme de que aquellas señoras no habían querido más que convidarme a cenar, y a la segunda copa de Chablis me sentí sumido en un perfecto egoísmo del cuerpo lleno de generosidades espirituales. Charlé, reí y desarrollé todo mi ingenio, tratando interiormente de disimularme la irregularidad de mi situación. Hasta aquel instante las señoras habían procurado parecerme simpáticas; desde entonces sentí que había comenzado yo mismo a serles agradable.

El aire piadoso de la cara de Amalia se propagaba, por momentos, a la cara de la madre. La satisfacción, enteramente fisiológica, del rostro de doña Magdalena descendía, a veces, al de su hija. Parecía que estos dos motivos flotasen en el ambiente, volando de una cara a la otra.

Nunca sospeché los agrados de aquella conversación. Aunque ella sugería, vagamente, no sé qué evocaciones de Sudermann, con frecuentes rondas al difícil campo de las responsabilidades domésticas y —como era natural en mujeres de espíritu fuerte— súbitos relámpagos ibsenianos, yo me sentía tan a mi gusto como en casa de alguna tía viuda y junto a alguna prima, amiga de la infancia, que ha comenzado a ser solterona.

Al principio, la conversación giró toda sobre cuestiones comerciales, económicas, en que las dos mujeres parecían complacerse. No hay asunto mejor que este cuando se nos invita a la mesa en alguna casa donde no somos de confianza.

Después, las cosas siguieron de otro modo. Todas las frases comenzaron a volar como en redor de alguna lejana petición. Todas tendían a un término que yo mismo no sospechaba. En el rostro de Amalia apareció, al fin, una sonrisa aguda, inquietante. Comenzó visiblemente a combatir contra alguna interna tentación. Su boca palpitaba, a veces, con el ansia de las palabras, y acababa siempre por suspirar. Sus ojos se dilataban de pronto, fijándose con tal expresión de espanto o abandono en la pared que quedaba a mis espaldas, que más de una vez, asombrado, volví el rostro yo mismo. Pero Amalia no parecía consciente del daño que me ocasionaba. Continuaba con sus sonrisas, sus asombros y sus suspiros, en tanto que yo me estremecía cada vez que sus ojos miraban por sobre mi cabeza.

Al fin, se entabló, entre Amalia y doña Magdalena, un verdadero coloquio de suspiros. Yo estaba ya desazonado. Hacia el centro de la mesa y, por cierto, tan baja que era una constante incomodidad, colgaba la lámpara de dos luces. Y sobre los muros se proyectaban las sombras desteñidas de las dos mujeres, en tal forma que no era posible fijar la correspondencia de las sombras con las personas. Me invadió una intensa depresión, y un principio de aburrimiento se fue apoderando de mí. De lo que vino a sacarme esta invitación insospechada:

—Vamos al jardín.

Esta nueva perspectiva me hizo recobrar mis espíritus. Condujéronme a través de un cuarto cuyo aseo y sobriedad hacía pensar en los hospitales. En la oscuridad de la noche pude adivinar un jardincillo breve y artificial, como el de un camposanto.

Nos sentamos bajo el emparrado. Las señoras comenzaron a decirme los nombres de las flores que yo no veía, dándose el cruel deleite de interrogarme después sobre sus recientes enseñanzas. Mi imaginación, destemplada por una experiencia tan larga de excentricidades, no hallaba reposo. Apenas me dejaba escuchar y casi no me permitía contestar. Las señoras sonreían ya (yo lo adivinaba) con pleno conocimiento de mi estado. Comencé a confundir sus palabras con mi fantasía. Sus explicaciones botánicas, hoy que las recuerdo, me parecen monstruosas como un delirio: creo haberles oído hablar de flores que muerden y de flores que besan; de tallos que se arrancan a su raíz y os trepan, como serpientes, hasta el cuello.

La oscuridad, el cansancio, la cena, el Chablis, la conversación misteriosa sobre flores que yo no veía (y aún creo que no las había en aquel raquítico jardín), todo me fue convidando al sueño; y me quedé dormido sobre el banco, bajo el emparrado.

—¡Pobre capitán! —oí decir cuando abrí los ojos. Lleno de ilusiones marchó a Europa. Para él se apagó la luz.

En mi alrededor reinaba la misma oscuridad. Un vientecillo tibio hacía vibrar el emparrado. Doña Magdalena y Amalia conversaban junto a mí, resignadas a tolerar mi mutismo. Me pareció que habían trocado los asientos durante mi breve sueño; eso me pareció…

—Era capitán de artillería —me dijo Amalia—; joven y apuesto si los hay.

Su voz temblaba.

Y en aquel punto sucedió algo que en otras circunstancias me habría parecido natural, pero que entonces me sobresaltó y trajo a mis labios mi corazón. Las señoras, hasta entonces, sólo me habían sido perceptibles por el rumor de su charla y de su presencia. En aquel instante alguien abrió una ventana en la casa, y la luz vino a caer, inesperada, sobre los rostros de las mujeres. Y —¡oh cielos!— los vi iluminarse de pronto, autonómicos, suspensos en el aire —perdidas las ropas negras en la oscuridad del jardín— y con la expresión de piedad grabada hasta la dureza en los rasgos. Eran como las caras iluminadas en los cuadros de Echave el Viejo, astros enormes y fantásticos.

Salté sobre mis pies sin poder dominarme ya.

—Espere usted —gritó entonces doña Magdalena—; aún falta lo más terrible.

Y luego, dirigiéndose a Amalia:

—Hija mía, continúa; este caballero no puede dejarnos ahora y marcharse sin oírlo todo.

—Y bien —dijo Amalia—: el capitán se fue a Europa. Pasó de noche por París, por la mucha urgencia de llegar a Berlín. Pero todo su anhelo era conocer París. En Alemania tenía que hacer no sé qué estudios en cierta fábrica de cañones... Al día siguiente de llegado, perdió la vista en la explosión de una caldera.

Yo estaba loco. Quise preguntar; ¿qué preguntaría? Quise hablar; ¿qué diría? ¿Qué había sucedido junto a mí? ¿Para qué me habían convidado?

La ventana volvió a cerrarse, y los rostros de las mujeres volvieron a desaparecer. La voz de la hija resonó:

—¡Ay! Entonces, y sólo entonces, fue llevado a París. ¡A París, que había sido todo su anhelo! Figúrese usted que pasó bajo el Arco de la Estrella: pasó ciego bajo el Arco de la Estrella, adivinándolo todo a su alrededor... Pero usted le hablará de París, ¿verdad? Le hablará del París que él no pudo ver. ¡Le hará tanto bien!

("¡Ah, si no faltara!"... "¡Le hará tanto bien!")

Y entonces me arrastraron a la sala, llevándome por los brazos como a un inválido. A mis pies se habían enredado las guías vegetales del jardín; había hojas sobre mi cabeza.

—Helo aquí —me dijeron mostrándome un retrato. Era un militar. Llevaba un casco guerrero, una capa blanca, y los galones plateados en las mangas y en las presillas como tres toques de clarín. Sus hermosos ojos, bajo las alas perfectas de las cejas, tenían un imperio singular. Miré a las señoras: las dos sonreían como en el desahogo de la misión cumplida. Contemplé de nuevo el retrato; me vi yo mismo en el espejo; verifiqué la semejanza: yo era como una caricatura de aquel retrato. El retrato tenía una dedicatoria y una firma. La letra era la misma de la esquela anónima recibida por la mañana.

El retrato había caído de mis manos, y las dos señoras me miraban con una cómica piedad. Algo sonó en mis oídos como una araña de cristal que se estrellara contra el suelo.

Y corrí, a través de calles desconocidas. Bailaban los focos delante de mis ojos. Los relojes de los torreones me espiaban, congestionados de luz... ¡Oh, cielos! Cuando alcancé, jadeante, la tabla familiar de mi puerta, nueve sonoras campanadas estremecían la noche.

Sobre mi cabeza había hojas; en mi ojal, una florecilla modesta que yo no corté.

TEORÍA DEL CANDINGAS
SALVADOR ELIZONDO

Salvador Elizondo (1932-2006) escribió una de las obras más originales y perturbadoras de la literatura mexicana. Sostenidos en el poder del lenguaje y la invocación poética, sus cuentos y novelas dinamitaron las convenciones narrativas, y ahondaron en tabúes como el erotismo transgresor y la tortura. Obtuvo el premio Xavier Villaurrutia en 1965 por *Farabeuf*, y en 1990 el Premio Nacional de Letras por el conjunto de su obra. Durante buena parte de su vida llevó un diario íntimo, en el que también volcó su otra pasión: la pintura. "Teoría del Candingas" pertenece a *El retrato de Zoe y otras mentiras*, editado en 1967.

Las ciudades guardan en sus resquicios la posibilidad de toda suerte de mitos estrafalarios. Los callejones olorosos a orina conservan a veces algo de la presencia de antiguos personajes inquietantes que nunca han existido. Esa mitología astrosa se define en los nombres de sus héroes por boca de las sibilas secretas que profetizan en el oráculo de las azoteas o en la atmósfera olorosa a ropa mojada, en los cuartos de criados, después de la lluvia. Allí, en esos cubículos de japán, de *flit* y de humo de rajas de ocote para prender el boiler, nacen y mueren los pequeños mitos urbanos, extraídos, tal vez, de las páginas alucinantes del *Policía*. El coco es una abstracción mediterránea. El niño mexicano aspira a ogros más característicos dentro de su ambigüedad. Aspiramos a ser aterrorizados por demonios-evento cuya existencia discurre fuera de una de las dos grandes dimensiones del espíritu: el espacio y el tiempo. Nos complace esa condición de nuestros espantajos interiores que definitivamente no tienen un carácter escatológico (digo *eskathos* y no *skatos*) sino más bien patológico, criminalístico y esencialmente "funambulesco". El Leproso es el dios de la higiene y de la profilaxis. El Robachicos es el dios de los perímetros y el Candingas, duende tectónico de la época del general Cárdenas, era el dios intermitente de las azoteas crepusculares.

El Leproso ha sido desterrado por el progreso. En aquella época merodeaba por las calles del centro de la capital. Esto lo infiero del hecho de que cuando salíamos de Cinelandia (universo equívoco al que siempre penetrábamos en compañía de alguna persona mayor, pues en ese mundo reinaban dos divinidades maléficas: el Degenerado y el Trailaraila, que poco después también fue conocido como el Cuarenta y uno), se nos prevenía contra tocar el tubo del barandal del pasaje subterráneo de la calle 16 de Septiembre... porque hace un rato pasó el Leproso por allí y lo tocó. El Leproso era el que investía los objetos banales con un significado turbador. Yo lo imagino lampiño, con la piel negra como tinta, con el tacto dotado de vagas propiedades eléctricas, como si su roce irradiara una sensación agria y dolorosa como la de una descarga, pero sufrida en los niveles en que se experimenta, como sensación, la putrefacción de la carne, algo que hubiera recordado el contacto de la piel de los reptiles; lo imagino el habitante de ese hipogeo oloroso a fruta descompuesta, restañando sus llagas lentísimas entre los montones de pantaletas y tobilleras elásticas, socavando la estructura rectilínea de la luz con su mirada de león, mascando los bagazos de una naranja podrida.

Como el Leproso, el Robachicos era un demonio esencialmente destinado a los niños. Andaba en las calles a caza de muchachos que salían solos. Era un viejo campesino de barba hirsuta y cana. Llevaba un sombrero de palma de ala ancha, huaraches, pero no calzones de manta, sino ropa de mezclilla relavada. Llevaba al hombro un ayate con naranjas (quizá las mismas cuyos restos recoge el Leproso en los rincones del Túnel del Simplón). Esas naranjas le servían de señuelo y ya que se había robado a un niño las arrojaba al montón de basura. Se llevaba a los niños a su pueblo y los ponía a desgranar maíz y si se portaban mal los encerraba en los chiqueros en donde, a veces, los puercos se los comían. Otros decían que el Robachicos se disfrazaba de vendedor de globos y que con su pito de hojalata atraía a los niños, que lo seguían como al flautista de Hamelín.

El Candingas se conformaba a patrones ligeramente inusitados en la descripción de los dioses. Era quizá un demonio demasiado humano; por melancólico, claro. Y también por irónico. Su recuerdo persiste más que el del Leproso o el del Robachicos, pero no como el recuerdo de alguien, sino como la memoria de algo. El Candingas era *algo*, una indeterminada substancia faunesca que a veces rondaba las azoteas de entonces. Un habitante de ese universo de tepetate renegrido, oloroso a tractolina y al olor que tiene el té cuando empieza a pudrirse, que, mediante unas cuantas, tristes, pensativas, fatigadas, nostálgicas, esperanzadas, silenciosas, retrospectivas, furtivas, ensoñadas, lánguidas aspiraciones de un cigarrillo de mariguana liado a hurtadillas, pero con una técnica indiferente, ciega, consuetudinaria y perfecta, se manifestaba a los sentidos. A la hora del crepúsculo las criadas se sentaban en los rebordes salitrosos; es esa hora que precede al momento en que las luces eléctricas se encienden y en que se empieza a soplar en las brasas para reavivar el fuego. Cuando los pájaros revolotean en los follajes trinando neuróticamente; cuando los tranvías y las siempre inesperadas y turbadoras ululaciones de la locomotora del camotero son una invocación de algo así como la música de Malher, muy imperfectamente escuchada y ejecutada. Es el intervalo de tiempo que media entre subir a quitar la ropa del tendedero y bajar a *hacer* las camas, a echar *flit* y a tapar los canarios. En ese lapso se generan los pequeños mitos de la ciudad. Se quedaban viendo esos crepúsculos la mayor parte de las veces poco espectaculares, pero muy transparentes (como Ingres y no como Delacroix), de nuestra ciudad y entonces, de repente —decían—, se les aparecía el Candingas con su overol enrollado en torno a los tobillos canijos, enfundados en unos calcetines guangos y agujerados en el tendón de Aquiles, y con sus zapatos amarillos puntiagudos y chiquitos. Bien lustrados; eso sí. Supongo, unas veces, que el Candingas, en el mundo de los hechos y de las cosas demostrables, debe ser bolero de allá por las riberas de la Calzada de Tlalpan de Aquel

Tiempo, a la altura de Portales, por los rumbos del Cine Bretaña, aunque otros dicen que lo han visto de cobrador, con su gorra y su bolsa de cuero para los centavos, en la línea de Circunvalación. El Candingas no más se ríe cuando se aparece de pronto entre las macetas despotrilladas de los helechos. Unos dientes blancos y parejos, pequeñitos, le salen de unas encías moradas y caídas. La sudadera deportiva que lleva debajo del overol invoca un sombrío campeonato de *béis*, intramuros de algún orfelinato o correccional inquietantes. El Candingas no más se ríe. Lleva las manos renegridas por el cobre de las monedas o por el betún para calzado, enfundadas en los bolsillos de su chamarra de cuero con los puños de lana deshilachados. Traía las manos muy calientes. Estaba retefrío el cemento. Yo creo que eso fue. Pórtese bien o mando llamar al Candingas que vive allá arriba. Y yo les preguntaba que cómo era el Candingas. "¡Pos cómo! ¡Pos como el candingas!" "Bueno, pero ¿cómo es?" "Pos así, etcétera." El Candingas era, por su inconcreción, un personaje fácilmente olvidable, como el candidato de la oposición de aquel entonces, de quien nadie supo jamás cómo era.

Otras veces, el Candingas se aparecía con una gorra de aviador, como la de Francisco Sarabia, de quien se decía que había muerto porque había echado azúcar en la gasolina. El águila que cae dulcemente. También decían que el Candingas rondaba los llanos de Aviación. Otros decían que vivía por los Baños. Es el caso que nadie se pone de acuerdo y sólo puede ser definido como el patrimonio secreto de algunas infancias solitarias dirimidas en compañía de viejas criadas mutantes, conocedoras de un trasmundo urbano de fotografías tomadas en las zacateras de los prados de la Alameda por algún fotógrafo ambulante, en una mañana de domingo polvoso. Asocio ahora su memoria con una época imprecisa, pero persistente en su pretericidad. Su disolución en el olvido ha sido semejante a una de esas descomposiciones de la materia que hubiera provocado el contacto con el barandal del túnel de 16 de Septiembre; pero en ese orden de procesos muchas veces lo más deleznable es lo más duradero. En un callejón de bardas de adobe empapado de súbita lluvia vespertina, un rectángulo de hojalata, enmohecido en sus esquinas, que brilla con reflejos amarillos. De pronto, no se sabe de dónde, el universo precario de esos barrios malditos se llena del aroma de un hueledenoche. Eso es lo que queda. ¿Ves ese niño cómo está cojo y ciego? Así lo hizo El Candingas porque no se quiso tomar la cucharada. El Candingas hubiera sido el habitante de un universo hecho de aceite de hígado de bacalao (de *bacalado*, como decían las criadas) o de Mentholatum. Emanaría de él una luz casi líquida, de vela de sebo, para empapar de sangre ágil los muros encalados y los techos de bóveda catalana. En el orden de los olores, el Candingas huele fundamentalmente a sudor y a cobre. A veces, cuando se lo roba a alguna criada reumática, su cabellera erizada y grasienta emana un efluvio de Linimento de Sloan. Lleva en el bolsillo de la pechera del overol un espejito redondo en el que a veces se mira los dientes y otras veces se echa unas risotadas que hasta se bambolea todo; como si estuviera bailando el danzón. Se ha llevado a algunas criadas. Se hace pasar por abonero. Para ello se pone un sombrero de palma con una cintilla negra y lleva un fajo de tarjetas liadas con una gruesa liga de hule de color rojo, como con las que las criadas se detienen las medias, en uno de los bolsillos traseros de su overol. Les dice a las criadas que vende vestidos y delantales, pero que si se van a pasear con él, se los regala. Y así las embauca, y luego a los cuantos meses le cuentan a las otras que se las llevó el Candingas, y que el Candingas es casado; que su mujer es una lavandera de la colonia de los Doctores. Pero en realidad prefiere la compañía de las viejas y gordas, las cocineras legendarias que se lo encuentran en las azoteas cuando por las tardes suben a tronársela antes de bajar a hacer la cena. Ellas lo tratan familiarmente porque no tienen nada que perder. El Candingas les cuenta que en su tierra hablan puro inglés. Juasamaramexicogüey. Y a veces se queda un buen rato con ellas.

Demonio esencial aunque totalmente inepto a su condición de habitante de las ruinosas techumbres de viejos burdeles decrépitos, poblador de ese sueño absurdo y remoto. Un sueño de palabras que se refieren a las cualidades de hechos inexplicablemente voluptuosos. Es el universo de las obscuras trastiendas olorosas a granos y a hierbas secas. Por allí ronda el Candingas con su gorra de aviador, al anochecer, cuando el ruido de los tranvías como que se oye más fuerte.

El Candingas no más se ríe con sus dientes blancos de rata.

MATILDE ESPEJO
Amparo Dávila

Amparo Dávila (1928) es autora de una obra breve pero contundente. Recopilados en cuatro volúmenes —*Tiempo destrozado, Música concreta, Árboles petrificados* y *Con los ojos abiertos*— sus cuentos exploran los territorios del delirio y la pesadilla. Es la única escritora mexicana que consagró la totalidad de su narrativa a la literatura de terror. Aclamada en su momento por Julio Cortázar, fue becaria del Centro Mexicano de Escritores y obtuvo el Premio Xavier Villaurrutia en 1977. Alejada hace tiempo de los reflectores y el mundo literario, su vida personal es tan misteriosa como sus relatos. El Fondo de Cultura Económica editó sus *Cuentos reunidos* (2009), de donde hemos tomado "Matilde espejo", originalmente publicado en 1961.

Es increíble cómo pasa el tiempo: entonces era 1940 y estamos en 1962. ¡Veintidós años!, apenas puedo creerlo. Es uno joven y saludable, tiene el cabello negro y el cutis terso, y cuando se acuerda está con la cabeza completamente blanca y lleno de arrugas y de achaques. Veintidós años y todavía me duele la historia de Doña Matilde, porque yo sé muy bien, y no me lo podrán quitar nunca de la cabeza, que era la persona más buena del mundo, incapaz de hacerle daño a nadie, ni siquiera a una mosca. Conocí a Doña Matilde mucho antes del cuarenta; este retrato que nos sacó Pancho en Chapultepec fue en ese año, pero ya teníamos algún tiempo de ser amigas. Como en 1935 nos fuimos a vivir a la calle del Chopo. Así conocí a Doña Matilde que era la dueña de aquella casita. Ella también vivía en la misma calle del Chopo, en el número 12, a dos cuadras de la casa que nos rentaba. Me acuerdo como si fuera ayer de la primera vez que la vi. Toqué la puerta y salió a abrir una señora o señorita de bastante edad, toda vestida de negro. Pregunté por Doña Matilde Espejo, como me habían dicho que se llamaba.

—Yo soy Matilde Espejo, ¿en qué puedo servirle? —dijo ella con una voz que me agradó mucho y que denotaba su fina educación.

—Estoy interesada en la casa que renta usted —le contesté, mientras miraba y miraba su hermoso cabello blanco, peinado con tanto gusto y esmero que me llamó la atención. Después me fijé en sus ojos que eran de un color muy raro, entre verde y azul, parecidos a esas piedras de aguamarina; luego caí en cuenta de que eran iguales a los de Filidor, nuestro gato, y por eso me gustaban tanto.

Ella me invitó a pasar para que pudiéramos hablar con toda calma y comodidad, y me llevó a la sala. Yo sentí que entraba en otra época o en un sueño al penetrar en aquella maravillosa sala con muebles dorados Luis XV, un piano de cuarto de cola, cortinas de terciopelo verde jade, alfombras finísimas, tapices y gobelinos por todos lados, tibores, flores de porcelana, quinqués, licoreras de cristal cortado, medallones con angelitos y enormes espejos en donde uno se veía de cuerpo entero. Me senté con sumo cuidado y precaución, temiendo que aquella delicada silla cediera ante mi peso. Estaba a tal punto impresionada por tantas cosas hermosas y por las atenciones y la amabilidad de la señora que apenas pude decirle cuánto nos gustaba la casa y nuestro deseo de rentarla.

—¿De veras les gusta? —preguntó complacida—. Si viera usted el cariño que le tengo a esa casita, ahí vivió mi querida hermana Sofía.

Al decir esto se le llenaron los ojos de lágrimas. Sacó entonces un pañuelo de lino con encaje de Bruselas y se los secó con suma discreción. Yo no sabía qué hacer ni qué decirle y me sentí apenada pensando que, de seguro, le había removido algún recuerdo triste; sospeché que la hermana se había muerto.

—Perdóneme usted —dije por fin—, no era mi intención...

—No se apene usted, querida. Mi dolor está todavía reciente y no puedo aún dominarme cuando me pongo a hablar de ciertas cosas. Pero ya pasó. Si le gusta a usted la casa se la rento de inmediato.

—Muchas gracias —dije gustosa. Luego le expliqué que yo necesitaba saber cuáles eran la renta y las garantías que ella pedía para ver si ambas estaban dentro de nuestras posibilidades. Y pensaba, con desencanto, que lo más probable era que esa renta no estuviera a nuestro alcance.

—Las garantías que pido son sólo el cumplimiento puntual de los pagos, nada más —dijo ella—. Y la renta es lo que ustedes puedan pagar, es decir, lo que tengan asignado para ello.

Debe de haberse dado cuenta de la sorpresa y estupor que me produjeron sus palabras, porque dijo:

—Piensa usted, seguramente, que soy muy bondadosa, pero no es eso. El que a usted le guste tanto la casa lo explica todo. Yo deseaba rentarla a alguien a quien le gustara de verdad y supiera apreciarla, porque quiero que se conserve como está sin ser destruida. No sabe usted cómo la cuidaba mi pobre hermana.

Al despedirnos me dio la mano, una mano pequeña y tan suave y tersa como la de una niña. Yo apenas la toqué porque temí lastimarla con la mía, áspera y tosca, como de campesina.

Inmediatamente nos mudamos a la casa del Chopo. Daba gusto ver cómo nos lucían ahí los muebles que, a decir verdad, no eran gran cosa y ya estaban bastante usados, sobre todo el ajuar de la sala que compramos cuando nos casamos y que tenía el tapiz muy decolorado y rasguñado por Filidor y Titina. Yo había quedado tan deslumbrada por Doña Matilde que no hacía sino hablar de ella, a todas horas, con Pancho y los muchachos: que era una señora muy fina y elegante y que su casa era como un palacio; no se me caía de la boca.

Como a los ocho días de vivir en la nueva casa sentí que debía notificárselo a la señora. Después de la comida me fui a verla. Estaba a unos cuantos pasos de su casa, cuando la vi que salía cargando un enorme ramo de claveles blancos. Quise regresarme, pensando que no era oportuno interrumpirla, pero como ella ya me había visto, me acerqué y la saludé. Me dio la impresión de que le había dado gusto verme, porque sonrió amablemente mientras contestaba a mi saludo y me preguntaba a su vez cómo estaban todos por mi casa.

—He pasado sólo a comunicarle que ya estamos instalados y al mismo tiempo a ponernos a sus órdenes —le dije.

—Qué amable es usted, querida. No sabe cuánto agradezco su gentileza y me apena muchísimo no invitarla a pasar, pero mire usted —dijo señalando los claveles—, ahora salgo a llevarles estas flores a mis queridos muertos. Dígame usted si mañana le sería posible tomar conmigo una tacita de té.

—Claro que sí, muchas gracias —me apresuré a contestarle entusiasmada con la idea, ya que eran pocas o ninguna las oportunidades que tenía de relacionarme con personas de la categoría de Doña Matilde. Las señoras que yo trataba eran las esposas de los músicos compañeros de Pancho y a nadie más.

Al día siguiente, después de la comida, me vestí y arreglé lo mejor que pude. Hasta el corsé me puse, pues siempre he creído que uno debe estar de acuerdo con el lugar y las personas a las que visita. Y como Doña Matilde era una gran dama yo debía presentarme ante ella lo más decorosamente posible. Pancho estaba dando una clase de violín cuando me oyó salir y se sorprendió de verme tan prendida.

—¿Adónde vas tan emperifollada? —preguntó mirándome por arriba de sus lentes.

—Voy a tomar el té con Doña Matilde Espejo —le contesté sintiéndome bastante importante y satisfecha.

Doña Matilde me condujo hasta la sala tomándome del brazo, con tal atención y afecto como si yo hubiera sido una señora de su misma clase y muy amiga suya. Eso es algo que jamás olvidaré. Me hizo sentar junto a ella en el sofá, para que estuviera más cómoda, y se dispuso a servir el té mientras me preguntaba por Pancho y los muchachos. Nunca había tomado un té más rico, así se lo dije a Doña Matilde.

—Me alegro mucho de que le guste, querida. Es un té delicioso que yo adoro. Un té chino de pequeñas flores silvestres, difícil de conseguir y bien caro. Pero qué quiere usted, estoy tan mal acostumbrada a las cosas buenas que me es imposible privarme de ellas. Le aseguro a usted que soy capaz de cualquier cosa antes que prescindir de mis pequeños vicios.

Esto lo dijo con mucha gracia y con un encanto especial que lo cautivaba a uno. De una cajita de lámina roja me ofreció un cigarrillo.

—Es otro de los vicios —dijo sonriendo—. Uno de los tabacos más rubios que existen en el mundo, y tan suaves que jamás lastiman la garganta. Pruébelos usted, estoy segura de que le gustarán.

Acepté uno de los cigarrillos observando cómo ella colocaba el suyo, de la manera más delicada, en una larga boquilla de marfil. Después del té tomamos coñac, mientras ella me mostraba un álbum de familia lleno de fotografías de caballeros y de damas sumamente elegantes y distinguidos, y me iba explicando quiénes habían sido, pues todos habían muerto ya. Conocí a su hermana Sofía, la que vivió en nuestra casita, a su mamá y a su papá, a sus dos hermanos. Entonces me di cuenta de que eran pasadas las seis de la tarde y me dije que debía marcharme, aunque no tuviera ganas, porque no era nada correcto prolongar la primera visita. Eso me lo había dicho, alguna vez, mi madre y yo no quería hacer nada que no estuviera bien frente a la señora.

—Me apena mucho que se vaya, querida. Vivo tan sola que momentos como estos son verdaderamente inapreciables. Pero prométame usted que volverá otro día a tomar el té conmigo.

Le aseguré que era un honor para mí gozar de su compañía y que volvería siempre que ella me lo permitiera.

Como a la semana me llegó una nota en papel color de rosa muy fino, donde me invitaba de nuevo a visitarla. Fue entonces cuando me dijo Pancho que le parecía absurdo que yo quisiera cultivar la amistad de Doña Matilde, que pertenecíamos a dos mundos diferentes y yo nunca podría corresponder a sus atenciones. Esto me entristeció mucho, pero luego me dije que si la señora me invitaba yo no le iba a hacer un desaire y me fui a tomar el té con ella, sin hacer caso, por primera vez, de lo que Pancho decía. Yo siempre respetaba y tomaba muy en cuenta todas sus opiniones porque era más instruido que yo.

Así fue como se inició aquella amistad que iba a durar por años y a través de los cuales llegamos a querernos tanto. A pesar de que Doña Matilde era una señora aristócrata y de un medio totalmente distinto al nuestro, jamás nos hizo un solo desaire y siempre nos dio infinidad de pruebas y demostraciones de cariño. Al principio nos veíamos una vez a la semana en que me invitaba a tomar el té. Después de algún tiempo, comenzó a pedirme de cuando en cuando que la acompañara al cementerio a dejarles flores a sus muertos. Ella acostumbraba ir todos los sábados, con una devoción y cariño como no he visto otros. En una ocasión en que le dije cuánto admiraba su constancia, ella me contestó: "Que no les falten nunca flores, es lo menos que puedo hacer por ellos, amiga mía. Debo tanto a mis queridos muertos". Siempre llevaba claveles blancos, decía que los rojos eran para los vivos y los blancos para los muertos. Tenía una propiedad en el panteón donde estaban enterrados todos sus familiares, y no sólo les llevaba flores cada semana sino que pagaba a un muchacho para que barriera la capilla y quitara el polvo. Cuando yo la acompañaba arreglábamos las flores en las macetas de cantera; al terminar, ella se sentaba y permanecía un buen rato quieta y pensativa, seguramente rezando. Yo también rezaba, sin saber ni para quién, nada más por acompañarla. De regreso del cementerio me invitaba a merendar, lo cual yo esperaba con entusiasmo pues siempre me servía algo exquisito. Una de esas noches después de merendar, sacó otra vez su álbum de retratos y me mostró el de un caballero rubio de porte muy distinguido: "Este es Wilberto, mi primer esposo. ¡Qué amor más tierno fue el nuestro, querida! Cuando murió quedé completamente desolada". Así supe que Doña Matilde había sido ca-

sada y de seguro por dos veces puesto que dijo "mi primer esposo".
Recuerdo que comenté que Don Wilberto debió de haber sido un
hombre muy guapo.

—Era bastante bien parecido –dijo ella–. Aun muerto se veía como
un príncipe, lo vistieron con su frac y parecía como si sólo estuviera
durmiendo. Lo velamos aquí en esta sala.

Yo no podía dejar de mirar la fotografía de Don Wilberto y trataba de imaginarme cómo sería vivir con un hombre tan guapo, y
como en la fotografía se veía muy fuerte y lleno de vida, pensé que tal
vez había sufrido algún accidente y se lo pregunté a Doña Matilde.

—No, querida –me contestó ella–, se fue acabando poco a poco,
como una vela que se consume lentamente.

Pancho y yo siempre nos preguntábamos por qué, siendo una dama
de tan buena posición y con una casa tan elegante, no tenía sirvien-
tes de planta; sólo había una señora de entrada y salida que le hacía
la comida y le arreglaba la casa y su ropa. El huerto ella misma lo
cuidaba. Nunca entendí cómo podía hacerlo con aquellas manos tan
finas. Cuando le tuve más confianza se lo pregunté: "Amo mi soledad,
querida, tan llena de recuerdos, y me molesta la presencia de ciertas
gentes". Nosotros pensamos que por tener tantas cosas de valor tal
vez desconfiaba de la servidumbre. No dejaba también de parecernos
extraño el que no tuviera amistades entre las personas de su misma
clase, o por lo menos que nunca las frecuentara y viviera tan aislada,
pero como ella misma me lo dijo, le gustaba estar sola con todos sus
recuerdos.

Al principio yo era la única de mi familia que llevaba amistad
con ella. Con el tiempo, también Pancho comenzó a tratarla y a ad-
mirarla como yo. Él iba, algunas veces, por las noches a recogerme
y entonces ella lo invitaba a pasar. Conversábamos un rato mientras
saboreábamos un brandy o algún otro licor finísimo de esos que ella

siempre nos ofrecía. Doña Matilde adoraba la buena música y según me di cuenta, por lo que platicaban Pancho y ella, conocía bastante. En su juventud había tocado el piano, nos confesó una noche. Pero hacía muchos años que no lo tocaba, por lo que ya debía de estar completamente desafinado y sordo. Pancho se ofreció a afinárselo y ella rehusó de una manera cortés, diciendo que ya no podría volver a tocar, después de tanto tiempo y tantas desdichas. Sin embargo, una noche ella misma le pidió a Pancho que cuando pudiera le diera una revisada al piano. En dos o tres veces mi marido lo dejó como nuevo y le sacó unas voces que daba gusto. Un día Pancho llevó su violín y cuando menos acordé se pusieron los dos a tocar. ¡Cómo me acuerdo de ese tiempo y de las cosas tan bellas y sentidas que tocaban: la *Serenata* de Toselli, *Para Elisa*, la *Estrellita* de Ponce! La primera vez que tocaron la *Serenata*, Doña Matilde suspiró con mucha tristeza al terminar la ejecución y las lágrimas asomaron a sus ojos.

—¡Cómo le gustaba esta melodía a mi querido Reynaldo! —nos dijo conmovida.

—¿Hermano suyo? —preguntó Pancho.

—No, amigo mío, Reynaldo fue mi segundo esposo —contestó ella y nos mostró una miniatura de un caballero muy distinguido, con grandes bigotes oscuros y unos ojos de mirada penetrante.

—¿También murió? —le pregunté.

—Sí, querida, mis tres maridos murieron. El último, Octaviano, hace apenas cinco años. Desde entonces sólo vivo de recuerdos y añoranzas —dijo con una voz tan desalentada, que Pancho y yo no encontrábamos la manera de distraerla y quitarla de pensar en sus infortunios.

Algunos domingos o días festivos íbamos los tres al Bosque de Chapultepec a pasear por las calzadas de los Poetas o de los Filósofos, que eran sus preferidas. Nos sentábamos en una banca a la sombra de los altos árboles y ella nos contaba de los lugares maravillosos que había conocido, cuando fue con sus padres y sus hermanos al viejo mundo. ¡Qué bonito conversaba! Se iban las horas oyéndola. Parecía que uno estaba viendo aquellas bellas ciudades o paseando en una góndola en Venecia, en donde decía que habían vivido un año. También nos platicaba de los hermosos conciertos que había escuchado en los mejores teatros del mundo y de las óperas fastuosas. Era increíble cuántas cosas había visto y sabía Doña Matilde, y todo eso lo contaba sin presunción y no como otras gentes que yo he conocido y que sólo tratan de deslumbrarlo a uno y hacerlo sentir ignorante y sin cultura.

Cuando cumplimos nuestras bodas de plata, Doña Matilde fue nuestra madrina. ¡Qué día fue aquel! Por la mañana la misa, con la iglesia llena de flores que ella envió y una música como no recuerdo otra, ni siquiera la del día en que nos casamos porque entonces no pudimos pagar sino el órgano. Desayunamos en su casa con los muchachos y nos sirvió unos bocados como para reyes. Ella estaba muy contenta, decía que las bodas la emocionaban mucho y no paraba de hacer recuerdos de las suyas. Después que terminamos de desayunar nos llevó a la sala para darnos su regalo. Nos quedamos atontados, y sin saber ni qué decirle, al recibir las escrituras, a nuestro nombre, de la casa que nos alquilaba. Fue la sorpresa mayor y más agradable de nuestra vida, no podíamos creerlo, era como estar soñando. Pancho y yo la abrazamos y no pudimos contener las lágrimas. "No se pongan así, amigos míos, es una celebración, no un entierro –decía ella–. Vamos a tomar una copita y a platicar." Nos dio un licor muy fuerte y muy fino que le gustaba mucho a Don Wilberto, su primer esposo. Y con aquel licor cuyo nombre no recuerdo porque era muy difícil, nos pusimos, Pancho y yo, tan contentos como si tuviéramos veinte años. A ella nunca se le subían los vinos, de seguro porque estaba acostumbrada a ellos de toda su vida. "Mi pobre Willie terminaba una botella diariamente, lo paladeaba con verdadera delicia.

Hasta el último día de su vida lo bebió", nos dijo, y sonrió con ternura al recordar a su primer compañero.

Al poco tiempo de nuestro aniversario Filidor y Titina tuvieron gatitos y uno de ellos, un machito, sacó los mismos ojos de Filidor y de Doña Matilde. Decidimos regalárselo por tener el color de sus ojos. Era precioso el gatito aquel, todo gris y con sus ojitos como dos piedras de aguamarina. A Doña Matilde le gustó tanto que aceptó el obsequio, no obstante que nunca en su vida había tenido ningún animal en su casa. Le puso el nombre de Minou y lo quería que daba gusto: le compraba carne picada especial y le arregló una cesta muy linda para que durmiera al lado de la cama de ella. Todos los días lo peinaba y le ponía moños de listones finos. Creció muy bonito Minou con la buena vida que le daba Doña Matilde, pero un día 14 de octubre que nunca olvidaré, se comió no sé qué alimaña del huerto y se envenenó. Doña Matilde nos mandó llamar con urgencia. La encontramos descompuesta y con los ojos enrojecidos y al pobre Minou que apenas si respiraba. Todas las luchas que se le hicieron resultaron inútiles. Buscamos un veterinario que cobró cien pesos sólo por la visita; le aplicó inyecciones y suero pero Minou ya no pudo reanimarse y murió en las faldas de Doña Matilde que lloraba inconsolable. Cuando se serenó un poco lo arregló en su canasta con flores y perfume y lo colocó en la sala, arriba del piano. Le preguntamos qué pensaba hacer con el gatito y ella nos dijo que lo enterraría en el huerto para tenerlo más cerca. Pancho se ofreció a hacerlo pero Doña Matilde no aceptó. "Muchas gracias, amigos míos, son cosas que prefiero hacer yo misma", dijo con su voz más triste. La dejamos sentada junto al gatito muerto; con un dolor tan grande que partía el alma. ¡Y quién nos hubiera dicho que era la última vez que veríamos a Doña Matilde en su casa!

Al día siguiente de la muerte de Minou, después de comer, yo estaba lavando los trastes y Pancho dando una clase de solfeo, cuando llegó Don Roberto, el boticario de la esquina que era muy amigo de Pancho, a decirnos todo excitado que habían llegado unos automóviles llenos de policías. Se llevaron a Doña Matilde con ellos y habían dejado la casa vigilada. Nos quedamos tan sorprendidos y asustados como si hubiéramos visto una aparición y sin saber ni qué pensar. Cuando nos recobramos un poco nos fuimos a ver qué había sucedido. Don Roberto estaba parado en la puerta de la botica y nos detuvo al pasar.

—Será mejor que no lleguen hasta la casa. Parece que la cosa está algo fea y como ustedes son tan amigos de la señora no vaya a ser que también les toque algo —dijo Don Roberto.

—Como amigos de ella sabemos que debe ser algún malentendido, algo que se aclarará. No veo de qué o por qué tengamos que ocultarnos —le dije muy molesta.

—Pues yo, en su lugar, no me daría mucho a ver —volvió a insistir Don Roberto.

—Don Roberto tiene razón —dijo Pancho, que siempre había sido miedoso y enemigo de andar en enredos—, será mejor que nos vayamos a nuestra casa y esperemos a ver qué se sabe. Después de todo, ¿qué podemos hacer nosotros? —dijo dirigiéndose a mí que lo estaba mirando de feo modo.

Nos fuimos a nuestra casa y nos sentamos a preguntarnos una y otra vez qué podía haber pasado. Así estuvimos hasta bien entrada la noche. Al día siguiente había gran revuelo en la calle del Chopo. Parecía una feria por la cantidad de gente que iba y venía y la que se aglomeraba frente a la casa de Doña Matilde. No se metían en ella porque los gendarmes no dejaban entrar a nadie, pero se subían a las ventanas y a donde podían. Aún conservo los recortes de los periódicos: ¡era horrible lo que decían de la pobre señora! Por supuesto, meras calumnias y difamaciones de gente mala. Alguien, yo creo que unos vecinos que no la querían, y siempre estaban buscando la manera de molestarla porque nunca se relacionó con ellos, dieron parte a la policía de que la señora estaba haciendo un entierro en el jardín de su casa. Entonces fueron los agentes y aprehendieron, sin más, a Doña Matilde y escarbaron el huerto. ¡Y claro que encontraron la cajita con el pobre Minou!, y unos esqueletos humanos que fue por lo que hicieron tanto escándalo, inventando las cosas más espantosas. Seguramente, como me explicó Pancho, aquellos esqueletos serían de algunos pobres indios de los que los españoles sacrificaron por montones y enterraron por todas partes. Pero con la buena e indefensa señora se ensañaron los periódicos, la policía y los malos vecinos. Nosotros maliciamos que, a lo mejor, lo que querían era que ella les diera una fuerte suma de dinero para que se quedaran callados, lo cual sucede con mucha frecuencia.

Para complicar más el asunto aparecieron dos güeras que según decían los periódicos eran las hijas del difunto Don Octaviano de los Monteros, el último esposo de Doña Matilde. Y estas señoras o señoritas, sabrá Dios lo que serían, abrigaban dudas de que su padre no hubiera muerto de muerte natural y pidieron a la policía que se hiciera una investigación exhumando el cadáver de Don Octaviano. Alegaban que su padre le había dejado su fortuna íntegra a Doña Matilde y a ellas ni un solo centavo, lo cual resultaba sumamente extraño porque su padre las quería mucho. Como ellas se encontraban estudiando en un colegio en Suiza cuando el señor murió, siempre habían sospechado de Doña Matilde. También decían que era demasiada casualidad que sus tres maridos hubieran muerto de manera misteriosa, de enfermedades que nunca se supo qué habían sido, y que no sólo ellos sino otros parientes de Doña Matilde murieron en igual forma, que todos eran ricos y ella siempre quedaba como única heredera.

Parecía que de pronto todo mundo se hubiera vuelto loco; fueron al cementerio y sacaron de sus tumbas a los parientes de Doña Matilde y se pusieron a analizar huesos y cabellos y cuanto encontraban. Entre tanto era espantoso lo que decían los periódicos de nuestra querida amiga: "Asesina a sus tres maridos y a sus parientes para quedarse con las herencias". "Cuando inhumaba a un gato se le descubrieron sus crímenes ocultos a través de los años", y más cosas tan terribles y crueles como éstas. Pancho y yo hicimos infinidad de luchas para que nos dejaran ver a Doña Matilde, pero no nos lo permitían. Las hijas de Don Octaviano aseguraban que no escatimarían nada hasta no averiguar la verdad sobre la muerte de su padre. Nosotros comentábamos que lo que se proponían era apoderarse de los bienes de Doña Matilde, lo cual estaba tan claro como el agua, y por lo mismo ponían tal empeño en decir las cosas más horribles sobre ella.

A los pocos días salió en los periódicos que se habían encontrado vestigios de arsénico en los cadáveres del cementerio, en los encontrados en el huerto, y hasta en el gato. Que Doña Matilde los había asesinado suministrándoles pequeñas y diarias dosis del veneno. Era de no creerse hasta dónde llevaron las calumnias y la voracidad de las hijas de Don Octaviano, quienes sin duda sí pagaron a los periódicos y a los jueces. Pancho me explicó que los huesos y los cabellos de aquellos esqueletos ya no podían tener más que ceniza después de tantos años, especialmente Don Wilberto, el primer esposo de Doña Matilde y sus dos hermanos que, llevaban más de veinte años de muertos.

Cómo nos dolía que no hubiera nadie que hiciera algo por Doña Matilde, la pobrecita estaba sola en el mundo sin quien viera por ella y la defendiera de tantas infamias. Nosotros suplicábamos que nos dejaran hablar en su favor, pero nunca nos hicieron el menor caso ni nos tomaron en cuenta. Los periódicos siguieron publicando cosas y más cosas, mientras duró el juicio. Por fin la declararon culpable de la muerte de sus tres maridos, dos hermanos, la hermana, un tío y una tía. Ocho personas en total, y nuestra pobre amiga que era de veras la persona más bondadosa y buena del mundo incapaz de matar una mosca, y que había llorado tanto por la muerte del gatito quedó sentenciada, por asesina maniática y peligrosa, a prisión perpetua.

Después supimos que habían vuelto a colocar a los muertos en sus nichos, en la propiedad de Doña Matilde; menos a Don Octaviano, al cual sus hijas se llevaron a otra tumba. A los esqueletos que encontraron en el huerto y que inventaron que eran los de un tío y una tía de Doña Matilde que vivieron con ella y que de la noche a la mañana habían desaparecido sin que nunca nadie diera razón de ellos, los pusieron en la bóveda de Don Octaviano, que estaba desocupada.

Un día logramos verla. A través de las rejas de fierro ni siquiera pudimos abrazarnos. Se había consumido por completo. Aparte de sus setenta y cinco años y de su delicado físico, aquella pena tan terrible la había deshecho. El mal trato, las incomodidades de la prisión, las groserías y las inhumanas calumnias que tuvo que soportar, habían sido demasiado para una señora de su condición social y de su refinada educación. Estuvimos con ella todo el rato que nos permitieron, tomados de sus manos por entre las rejas. Pancho y yo no podíamos contener el llanto, ella sólo se enjugaba una lágrima de vez en cuando, yo pienso que su educación le impedía llorar a lágrima viva en un lugar como la cárcel, pero nos decía palabras tiernas y afectuosas: que nuestro recuerdo y cariño la acompañaban siempre, que no la olvidáramos. Entonces nos dijeron que ya teníamos que irnos porque había terminado la visita. Nos quedamos mirándola hasta que desapareció tras la puerta de fierro.

Esta fue la última vez que vimos a Doña Matilde, porque a los pocos días de nuestra visita murió repentinamente. Una mañana nos estábamos desayunando cuando llegó Don Roberto el boticario con el periódico en la mano. En él leímos que había muerto la anciana asesina y como sospechaban que se había suicidado se le iba a practicar la autopsia. Nos pusimos a llorar como si se nos hubiera muerto de nuevo nuestra madre y mirábamos y mirábamos el periódico sin lograr convencernos de que era cier-to lo que estaba escrito. Después de tantas cosas como le habían hecho, no creyeron que hubiera muer-to de muerte natural, que la mataron con sus crueles calumnias. Así son algunas gentes, especialmente la policía y los jueces. Y para sa-lirse con la suya afirmaron que se envenenó con arsénico, igual que como había matado a sus víctimas, sólo que ella tomó la dosis de una vez. Aseguraban que escondía el veneno dentro de un medallón con el retrato de sus padres que siempre llevaba puesto. Y como nadie salió en defensa de Doña Matilde así se quedaron las cosas.

Después de muchos trámites y súplicas nos dejaron asistir a su entierro. Sólo fuimos nosotros dos de particulares Y varios agentes de la policía y los sepultureros. Parece ser que accedieron, según supimos, porque ella pidió, en una carta, que cuando muriera les fue-ra permitido al maestro de música Francisco Escobar y a su digna esposa, amigos suyos muy dilectos, acompañarla a su sepelio. Tam-bién fue, ahora que me acuerdo, un sacerdote que no se cansaba de echar agua bendita hacia todos lados y a cada rato, y que parecía muy nervioso. La enterraron, conforme a sus deseos, junto con sus pa-dres, por los que había tenido verdadera adoración. Dentro de la caja de Doña Matilde pusieron dos pequeños cofres con las cenizas de los señores. Pancho y yo le llevamos sus claveles blancos y lloramos sin parar durante el entierro, y después, siempre que nos acordábamos de ella y de su triste historia. Nos consolaba un poco verle los ojos a Filidor, porque era como estar viendo los ojos de Doña Matilde.

TLACTOCATZINE, DEL JARDÍN DE FLANDES
CARLOS FUENTES

Carlos Fuentes (1927-2012) dialogó desde muy joven con fantasmas. Autor de *La región más transparente* (1958), primera novela donde la Ciudad de México es personaje central, tuvo un digno antecedente en el volumen de cuentos *Los días enmascarados* (1954). Uno de ellos, "Chac-Mol", ingresó de inmediato en las antologías y prefigura la futura poética de Fuentes: la presencia omnipotente de la Historia, su retorno como tiempo cíclico al tiempo profano de los hombres. La naturaleza imita al arte: el descubrimiento de los grandes monolitos prehispánicos, su poder atribuido a los terremotos de 1985 y el retorno del Quinto Sol, evocan la tiranía que la escultura del ídolo del cuento de Fuentes ejerce sobre su inocente comprador. En una de sus múltiples entrevistas, el autor habla sobre la fascinación que desde niño ejerció sobre él una fotografía de Carlota de Bélgica, anciana y con su cofia de niña. "Tlactocatzine, del jardín de Flandes" exorciza tal obsesión y prefigura textos futuros del autor, como "La muñeca reina" y *Aura*.

19 sept. ¡El licenciado Brambila tiene cada idea! Ahora acaba de comprar esa vieja mansión del Puente de Alvarado, suntuosa pero inservible, construida en tiempos de la Intervención Francesa. Naturalmente, supuse que se trataba de una de tantas operaciones del licenciado, y que su propósito, como en otra ocasión, sería el de demoler la casa y vender el terreno a buen precio, o en todo caso construir allí un edificio para oficinas y comercios. Esto, como digo, creía yo entonces. No fue poca mi sorpresa cuando el licenciado me comunicó sus intenciones: la casa, con su maravilloso parquet, sus brillantes candiles, serviría para dar fiestas y hospedar a sus colegas norteamericanos —historia, folklore, elegancia reunidos. Yo debería pasarme a vivir algún tiempo a la mansión, pues Brambila, tan bien impresionado por todo lo demás, sentía cierta falta de calor humano en esas piezas, de hecho deshabitadas desde 1910, cuando la familia huyó a Francia. Atendida por un matrimonio de criados que vivían en la azotea, mantenida limpia y brillante —aunque sin más mobiliario que un magnífico Pleyel en la sala durante cuarenta años—, se respiraba en ella (añadió el licenciado Brambila) un frío muy especial, notoriamente intenso con relación al que se sentiría en la calle.

—Mire, mi güero. Puede usted invitar a sus amigos a charlar, a

97

tomar la copa. Se le instalará lo indispensable. Lea, escriba, lleve su vida habitual.

Y el licenciado partió en avión a Washington, dejándome conmovido ante su fe inmensa en mis poderes de calefacción.

19 sept. Esa misma tarde me trasladé con una maleta al Puente de Alvarado. La mansión es en verdad hermosa, por más que la fachada se encargue de negarlo, con su exceso de capiteles jónicos y cariátides del Segundo Imperio. El salón, con vista a la calle, tiene un piso oloroso y brillante, y las paredes, apenas manchadas por los rectángulos espectrales donde antes colgaban los cuadros, son de un azul tibio, anclado en lo antiguo, ajeno a lo puramente viejo. Los retablos de la bóveda (Zobeniga, el embarcadero de Juan y Pablo, Santa María de la Salud) fueron pintados por los discípulos de Francesco Guardi. Las alcobas, forradas de terciopelo azul, y los pasillos, túneles de maderas, lisas y labradas, olmo, ébano y boj, en el estilo flamenco de Viet Stoss algunas, otras más cercanas a Berruguete, al fasto dócil de los maestros de Pisa. Especialmente, me ha gustado la biblioteca. Esta se encuentra a espaldas de la casa, y sus ventanas son las únicas que miran al jardín, pequeño, cuadrado, lunar de siemprevivas, sus tres muros acolchonados de enredadera. No encontré entonces las llaves de la ventana, y sólo por ella puede pasarse al jardín. En él, leyendo y fumando, habrá de empezar mi labor humanizante de esta isla de antigüedad. Rojas, blancas, las siemprevivas brillaban bajo la lluvia; una banca del viejo estilo, de fierro verde retorcido en forma de hojas, y el pasto suave, mojado, hecho un poco de caricias y persistencia. Ahora que escribo, las asociaciones del jardín me traen, sin duda, las cadencias de Rodenbach... *"Dans l'horizon du soir où le soleil recule... la fumée éphémère et pacifique ondule... comme une gaze où des prunelles sont cachées; et l'on sent, rien qu'à voir ces brumes détachées, un douloureux regret de ciel et de voyage..."*

20 sept. Aquí se está lejos de los "males parasitarios" de México. Menos de veinticuatro horas entre estos muros, que son de una sensibilidad, de un fluir que corresponde a otros litorales, me han inducido a un reposo lúcido, a un sentimiento de las inminencias; en todo momento, creo percibir con agudeza mayor determinados perfumes propios de mi nueva habitación, ciertas siluetas de memoria que, conocidas otras veces en pequeños relámpagos, hoy se dilatan y corren con la viveza y lentitud de un río. Entre los remaches de la ciudad, ¿cuándo he sentido el cambio de las estaciones? Más: no lo sentimos en México; una estación se diluye en otra sin cambiar de paso, "primavera inmortal y sus indicios"; y las estaciones pierden su carácter de novedad reiterada, de casilleros con ritmos, ritos y goces propios de fronteras a las que enlazar nostalgias y proyectos, de señas que nutran y cuajen la conciencia. Mañana es el equinoccio. Hoy, aquí, sí he vuelto a experimentar, con un dejo nórdico, la llegada del otoño. Sobre el jardín que observo mientras escribo, se ha desbaratado un velo gris; de ayer a hoy, algunas hojas han caído del emparrado, hinchando el césped; otras, comienzan a dorarse, y la lluvia incesante parece lavar lo verde, llevárselo a la tierra. El humo del otoño cubre el jardín hasta las tapias, y casi podría decirse que se escuchan pasos, lentos, con peso de respiración, entre las hojas caídas.

21 sept. Por fin, he logrado abrir la ventana de la biblioteca. Salí al jardín. Sigue esta llovizna, imperceptible y pertinaz. Si ya en la casa rozaba la epidermis de otro mundo, en el jardín me pareció llegar a sus nervios. Esas siluetas de memoria, de inminencia, que noté ayer, se crispan en el jardín; las siemprevivas no son las que conozco: éstas están atravesadas de un perfume que se hace doloroso, como si las acabaran de recoger en una cripta, después de años entre polvo y mármoles. Y la lluvia misma remueve, en el pasto, otros colores que quiero insertar en ciudades, en ventanas; de pie en el centro del

jardín, cerré los ojos… tabaco javanés y aceras mojadas… arenque…
tufos de cerveza, vapor de bosques, troncos de encina… Girando,
quise retener de un golpe la impresión de este cuadrilátero de luz
incierta, que incluso a la intemperie parece filtrarse por vitrales
amarillos, brillar en los braseros, hacerse melancolía aun antes de
ser luz… y el verdor de las enredaderas, no era el acostumbrado en
la tierra cocida de las mesetas; tenía otra suavidad, en que las copas
lejanas de los árboles son azules y las piedras se cubren con limos
grotescos… ¡Memling, por una de sus ventanas había yo visto este
mismo paisaje, entre las pupilas de una virgen y el reflejo de los co-
bres! Era un paisaje ficticio, inventado. ¡El jardín no estaba en México!… y la lluviecilla… Entré corriendo a la casa, atravesé el pasillo,
penetré al salón y pegué la nariz en la ventana: en la Avenida del
Puente de Alvarado, rugían las sinfonolas, los tranvías y el Sol, Sol
monótono, Dios-Sol sin matices ni efigies en sus rayos, Sol-piedra
estacionario, Sol de los siglos breves. Regresé a la biblioteca: la llovizna del jardín persistía, vieja, encapotada.

21 sept. He permanecido, mi aliento empañando los cristales, viendo el jardín. Quizá horas, la mirada fija en su reducido espacio. Fija
en el césped, a cada instante más poblado de hojas. Luego, sentí el
ruido sordo, el zumbido que parecía salir de sí mismo, y levanté la
cara. En el jardín, casi frente a la mía, otra cara, levemente ladeada,
observaba mis ojos. Un resorte instintivo me hizo saltar hacia atrás.
La cara del jardín no varió su mirada, intransmisible en la sombra
de las cuencas. Me dio la espalda, no distinguí más que su pequeño
bulto, negro y encorvado, y escondí entre los dedos mis ojos.

22 sept. No hay teléfono en la casa, pero podría salir a la avenida,
llamar a mis amigos, irme al Roxy… ¡pero si estoy viviendo en mi

ciudad, entre mi gente! ¿Por qué no puedo arrancarme de esta casa, diría mejor, de mi puesto en la ventana que mira al jardín?

22 sept. No me voy a asustar porque alguien saltó la tapia y entró al jardín. Voy a esperar toda la tarde, ¡sigue lloviendo, día y noche!, y agarrar al intruso... Estaba dormitando en el sillón, frente a la ventana, cuando me despertó la intensidad del olor a siempreviva. Sin vacilar, clavé la vista en el jardín —allí estaba. Recogiendo las flores, formando un ramillete entre sus manos pequeñas y amarillas... Era una viejecita... tendría ochenta años, cuando menos, ¿pero cómo se atrevía a entrar, o por dónde entraba? Mientras desprendía las flores, la observé: delgada, seca, vestía de negro. Falda hasta el suelo, que iba recogiendo rocío y tréboles, la tela caía con la pesantez, ligera pesantez, de una textura de Caravaggio; el saco negro, abotonado hasta el cuello, y el tronco doblegado, aterido. Ensombrecía la cara una cofia de encaje negro, ocultando el pelo blanco y despeinado de la anciana. Sólo pude distinguir los labios, sin sangre, que con el color pálido de su carne penetraban en la boca recta, arqueada en la sonrisa más leve, más triste, más permanente y desprendida de toda motivación. Levantó la vista; en sus ojos no había ojos... era como si un camino, un paisaje nocturno partiera de los párpados arrugados, partiera hacia adentro, hacia un viaje infinito en cada segundo. La anciana se inclinó a recoger un capullo rojo; de perfil, sus facciones de halcón, sus mejillas hundidas, vibraban con los ángulos de la guadaña. Ahora caminaba, ¿hacia...? No, no diré que cruzó la enredadera y el muro, que se evaporó, que penetró en la tierra o ascendió al cielo; en el jardín pareció abrirse un sendero, tan natural que a primera vista no me percaté de su aparición, y por él, con... lo sabía, lo había escuchado ya... con la lentitud de los rumbos perdidos, con el peso de la respiración, mi visitante se fue caminando bajo la lluvia.

23 sept. Me encerré en la alcoba; atranqué la puerta con lo que encontré a mano. Posiblemente no serviría para nada; por lo menos, pensé que me permitiría hacerme la ilusión de poder dormir tranquilo. Esas pisadas lentas, siempre sobre hojas secas, creía escucharlas a cada instante; sabía que no eran ciertas, hasta que sentí el mínimo crujido junto a la puerta, y luego el frotar por la rendija. Encendí la luz: la esquina de un sobre asomaba sobre el terciopelo del piso. Detuve un minuto su contenido en la mano; papel viejo, suntuoso, palo-de-rosa. Escrita con una letra de araña, empinada y grande, la carta contenía una sola palabra:

TLACTOCATZINE

23 sept. Debe venir, como ayer y anteayer, a la caída del Sol. Hoy le dirigiré la palabra; no podrá escaparse, la seguiré por su camino, oculto entre las enredaderas...

23 sept. Sonaban las seis cuando escuché música en el salón; era el famoso Pleyel, tocando valses. A medida que me acerqué, el ruido cesó. Regresé a la biblioteca: ella estaba en el jardín; ahora daba pequeños saltos, describía un movimiento... como el de una niña que juega con su aro. Abrí la ventana; salí. Exactamente, no sé qué sucedió; sentí que el cielo, que el aire mismo, bajaban un peldaño, caían sobre el jardín; el aire se hacía monótono, profundo, y todo ruido se suspendía. La anciana me miró, su sonrisa siempre idéntica, sus ojos extraviados en el fondo del mundo; abrió la boca, movió los labios: ningún sonido emanaba de aquella comisura pálida; el jardín se comprimió como una esponja, el frío metió sus dedos en mi carne...

24 sept. Después de la aparición del atardecer, recobré el conocimiento sentado en el sillón de la biblioteca; la ventana estaba cerrada; el jardín solitario. El olor de las siemprevivas se ha esparcido por la casa; su intensidad es particular en la recámara. Allí esperé una nueva misiva, otra señal de la anciana. Sus palabras, carne de silencio, querían decirme algo… A las once de la noche, sentí cerca de mí la luz parda del jardín. Nuevamente, el roce de las faldas largas y tiesas junto a la puerta; allí estaba la carta:

> Amado mío:
>> La luna acaba de asomarse y la escucho cantar; todo es tan indescriptiblemente bello.

Me vestí y bajé a la biblioteca; un velo hecho luz cubría a la anciana, sentada en la banca del jardín. Llegué junto a ella, entre el zumbar de abejorros; el mismo aire, del cual el ruido desaparece, envolvía su presencia. La luz blanca agitó mis cabellos, y la anciana me tomó de las manos, las besó; su piel apretó la mía. Lo supe por revelación, porque mis ojos decían lo que el tacto no corroboraba: sus manos en las mías, no tocaba sino viento pesado y frío, adivinaba hielo opaco en el esqueleto de esta figura que, de hinojos, movía sus labios en una letanía de ritmos vedados. Las siemprevivas temblaban, solas, independientes del viento. Su olor era de féretro. De allí venían, todas, de una tumba; allí germinaban, allí eran llevadas todas las tardes por las manos espectrales de una anciana… y el ruido regresó, la lluvia se llenó de amplificadores, y la voz, coagulada, eco de las sangres vertidas que aún transitan en cópula con la tierra, gritó:

–¡*Kapuzinergruft*! ¡¡*Kapuzinergruft*!!

Me arranqué de sus manos, corrí a la puerta de la mansión —hasta allá me perseguían los rumores locos de su voz, las cavernas de una garganta de muertes ahogadas—, caí temblando, agarrado a la manija, sin fuerza para moverla.

De nada sirvió; no era posible abrirla.

Está sellada, con una laca roja y espesa. En el centro, un escudo de armas brilla en la noche, su águila de coronas, el perfil de la anciana, lanza la intensidad congelada de una clausura definitiva.

Esa noche escuché a mis espaldas —no sabía que lo iba a escuchar por siempre— el roce de las faldas sobre el piso; camina con una nueva alegría extraviada, sus ademanes son reiterativos y delatan satisfacción. Satisfacción de carcelero, de compañía, de prisión eterna. Satisfacción de soledades compartidas. Era su voz de nuevo, acercándose, sus labios junto a mi oreja, su aliento fabricado de espuma y tierra sepultada:

—...y no nos dejaban jugar con los aros, Max, nos lo prohibían; teníamos que llevarlos en la mano, durante nuestros paseos por los jardines de Bruselas... pero eso ya te lo conté en una carta, en la que te escribía de Bouchot, ¿recuerdas? Pero desde ahora, no más cartas, ya estamos juntos para siempre, los dos en este castillo... Nunca saldremos; nunca dejaremos entrar a nadie... Oh, Max, contesta, las siemprevivas, las que te llevo en las tardes a la cripta de los capuchinos, ¿no saben frescas? Son como las que te ofrendaron cuando llegamos aquí, tú, *Tlactocatzine... Nis tiquimopielia inin maxochtzintl...*

Y sobre el escudo leí la inscripción:

CHARLOTTE, KAISERIN VOLT MEXIKO

LA FIESTA BRAVA
JOSÉ EMILIO PACHECO

José Emilio Pacheco (1939) es uno de los escritores más queridos y leídos en México. Tanto su vasta obra poética –reunida en el volumen *Tarde o temprano*–, como sus cuentos o novelas, están marcados por la inminencia de la catástrofe y una mirada implacable al pasado. Su *nouvelle Las batallas en el desierto* es un clásico de las letras mexicanas, que ha sido llevada al cine y al teatro, e incluso fue tema de una canción de Café Tacuba. Obtuvo el Premio Nacional de Ciencias y Artes en 1992 y el Premio Cervantes en 2009. Algunos de sus fantasmas son parte ya de las leyendas urbanas de la ciudad, que relatan los taxistas. "La fiesta brava" es el primer cuento que utiliza al metro como personaje, y está tomado de *El principio del placer*, editado en 1972.

A Lauro Zavala

SE GRATIFICARÁ AL TAXISTA o a
cualquier persona que informe sobre el paradero del señor Andrés Quintana, cuya
fotografía aparece al margen. Se extravió
el pasado viernes 13 de agosto de 1971 en
el trayecto de la avenida Juárez a la calle de
Tonalá en la colonia Roma, hacia las 23:30 (once y media)
de la noche. Cualquier dato que pueda ayudar a su localiza-
ción se agradecerá en los teléfonos 511 93 03 y 533 12 50.

LA FIESTA BRAVA
UN CUENTO DE ANDRÉS QUINTANA

La tierra parece ascender, los arrozales flotan en el aire, se agrandan
los árboles comidos por el defoliador, bajo el estruendo concéntrico
de las aspas el helicóptero hace su aterrizaje vertical, otros quince
se posan en los alrededores, usted salta a tierra metralleta en mano,
dispara y ordena disparar contra todo lo que se mueva y aun lo inmóvil, no quedará bambú sobre bambú, no habrá ningún sobreviviente
en lo que fue una aldea a orillas del río de sangre, bala, cuchillo,

107

bayoneta, granada, lanzallamas, culata, todo se vuelve instrumento de muerte, al terminar con los habitantes incendian las chozas y vuelven a los helicópteros, usted, capitán Keller, siente la paz del deber cumplido, arden entre las ruinas cadáveres de mujeres, niños, ancianos, no queda nadie porque, como usted dice, todos los pobladores pueden ser del Vietcong, sus hombres regresan sin una baja y con un sentimiento opuesto a la compasión, el asco y el horror que les causaron los primeros combates,

ahora, capitán Keller, se encuentra a miles de kilómetros de aquel infierno que envenena de violencia y de droga al mundo entero y usted contribuyó a desatar, la guerra aún no termina pero usted no volverá a la tierra arrasada por el napalm, porque, pensión de veterano, camisa verde, Rolleiflex, de pie en la Sala Maya del Museo de Antropología, atiende las explicaciones de una muchacha que describe en inglés cómo fue hallada la tumba en el Templo de las Inscripciones en Palenque,

usted ha llegado aquí sólo para aplazar el momento en que deberá conseguir un trabajo civil y olvidarse para siempre de Vietnam, entre todos los países del mundo escogió México porque en la agencia de viajes le informaron que era lo más barato y lo más próximo, así pues no le queda más remedio que observar con fugaz admiración esta parte de un itinerario inevitable,

en realidad nada le ha impresionado, las mejores piezas las había visto en reproducciones, desde luego en su presencia real se ven muy distintas, pero de cualquier modo no le producen mayor emoción los vestigios de un mundo aniquilado por un imperio que fue tan poderoso como el suyo, capitán Keller, salen, cruzan el patio, el viento arroja gotas de la fuente, entran en la Sala Mexica, vamos a ver, dice la guía, apenas una mínima parte de lo que se calcula produjeron los artistas aztecas sin instrumentos de metal ni ruedas para transportar los grandes bloques de piedra, aquí está casi todo lo que sobrevivió a la destrucción de México-Tenochtitlan, la gran ciudad enterrada bajo el mismo suelo que, señoras y señores, pisan ustedes,

la violencia inmóvil de la escultura azteca provoca en usted una respuesta que ninguna obra de arte le había suscitado, cuando menos lo esperaba se ve ante el acre monolito en que un escultor sin nombre fijó como quien petrifica una obsesión la imagen implacable de Coatlicue, madre de todas las deidades, del Sol, la Luna y las estrellas, diosa que crea la vida en este planeta y recibe a los muertos en su cuerpo,

usted queda imantado por ella, imantado, no hay otra palabra, suspenderá los *tours* a Teotihuacan, Taxco y Xochimilco para volver al Museo jueves, viernes y sábado, sentarse frente a Coatlicue y reconocer en ella algo que usted ha intuido siempre, capitán,

su insistencia provoca sospechas entre los cuidadores, para justificarse, para disimular esa fascinación aberrante, usted se compra un bloc y empieza a dibujar en todos sus detalles a Coatlicue,

el domingo le parecerá absurdo su interés en una escultura que le resulta ajena, y en vez de volver al Museo se inscribirá en la excursión FIESTA BRAVA, los amigos que ha hecho en este viaje le preguntarán por qué no estuvo con ellos en Taxco, en Cuernavaca, en las pirámides y en los jardines flotantes de Xochimilco, en dónde se ha metido durante estos días, ¿acaso no leyó a D. H. Lawrence, no sabe que la Ciudad de México es siniestra y en cada esquina acecha un peligro mortal?, no, no, jamás salga solo, capitán Keller, con estos mexicanos nunca se sabe,

no se preocupen, me sé cuidar, si no me han visto es porque me paso todos los días en Chapultepec dibujando las mejores piezas, y ellos, para qué pierde su tiempo, puede comprar libros, postales, *slides*, reproducciones en miniatura,

cuando termina la conversación, en la plaza México suena el clarín, se escucha un pasodoble, aparecen en el ruedo los matadores y sus cuadrillas, sale el primer toro, lo capotean, pican, banderillean y matan, usted se horroriza ante el espectáculo, no resiste ver lo que le hacen al toro, y dice a sus compatriotas, salvajes mexicanos, cómo se puede torturar así a los animales, qué país, esta maldita FIESTA BRAVA explica su atraso, su miseria, su servilismo, su agresividad, no tienen ningún futuro, habría que fusilarlos a todos, usted se levanta, abandona la plaza, toma un taxi, vuelve al Museo a contemplar a la diosa, a seguir dibujándola en el poco tiempo en que aún estará abierta la sala,

después cruza el Paseo de la Reforma, llega a la acera sobre el lago, ve iluminarse el Castillo de Chapultepec en el cerro, un hombre que vende helados empuja su carrito de metal, se le acerca y dice, buenas tardes, señor, dispense usted, le interesa mucho todo lo azteca ¿no es verdad?, antes de irse ¿no le gustaría conocer algo que nadie ha visto y usted no olvidará nunca?, puede confiar en mí, señor, no trato de venderle nada, no soy un estafador de turistas, lo que le ofrezco no le costará un solo centavo, usted en su difícil español responde, bueno, qué es, de qué se trata,
no puedo decirle ahora, señor, pero estoy seguro de que le interesará, sólo tiene que subirse al último carro del último metro el viernes 13 de agosto en la estación Insurgentes, cuando el tren se detenga

en el túnel entre Isabel la Católica y Pino Suárez y las puertas se abran por un instante, baje usted y camine hacia el oriente por el lado derecho de la vía hasta encontrar una luz verde, si tiene la bondad de aceptar mi invitación lo estaré esperando, puedo jurarle que no se arrepentirá, como le he dicho es algo muy especial, *once in a lifetime*, pronuncia en perfecto inglés para asombro de usted, capitán Keller,

el vendedor detendrá un taxi, le dará el nombre de su hotel, cómo es posible que lo supiera, y casi lo empujará al interior del vehículo, en el camino pensará, fue una broma, un estúpido juego mexicano para tomar el pelo a los turistas, más tarde modificará su opinión, y por la noche del viernes señalado, camisa verde, Rolleiflex, descenderá a la estación Insurgentes y cuando los magnavoces anuncien que el tren subterráneo se halla a punto de iniciar su recorrido final, usted subirá al último vagón, en él sólo hallará a unos cuantos trabajadores que vuelven a su casa en Ciudad Nezahualcóyotl, al arrancar el convoy usted verá en el andén opuesto a un hombre de baja estatura que lleva un portafolios bajo el brazo y grita algo que usted no alcanzará a escuchar,

ante sus ojos pasarán las estaciones Cuauhtémoc, Balderas, Salto del Agua, Isabel la Católica, de pronto se apagarán la iluminación externa y la interna, el metro se detendrá, bajará usted a la mitad del túnel, caminará sobre el balasto hacia la única luz aún encendida cuando el tren se haya alejado, la luz verde, la camisa brillando fantasmal bajo la luz verde, entonces saldrá a su encuentro el hombre que vende helados enfrente del Museo, ahora los dos se adentran por una galería de piedra, abierta a juzgar por las filtraciones y el olor a cieno en el lecho del lago muerto sobre el que se levanta la ciudad, usted pone un *flash* en su cámara, el hombre lo detiene, no, capitán, no gaste sus fotos, pronto tendrá mucho que retratar, habla

111

en un inglés que asombra por su naturalidad, ¿en dónde aprendió?, le pregunta, nací en Buffalo, vine por decisión propia a la tierra de mis antepasados,

el pasadizo se alumbra con hachones de una madera aromática, le dice que es ocote, una especie de pino, crece en las montañas que rodean la capital, usted no quiere confesarse, tengo miedo, cómo va a asaltarme aquí, el miedo que no sentí en Vietnam,

¿para qué me ha traído?, para ver la Piedra Pintada, la más grande escultura azteca, la que conmemora los triunfos del emperador Ahuizotl y no pudieron encontrar durante las excavaciones del metro, usted, capitán Keller, fue elegido, usted será el primer blanco que la vea desde que los españoles la sepultaron en el lodo para que los vencidos perdieran la memoria de su pasada grandeza y pudieran ser despojados de todo, marcados a hierro, convertidos en bestias de trabajo y de carga,

el habla de este hombre lo sorprende por su vehemencia, capitán Keller, y todo se agrava porque los ojos de su interlocutor parecen resplandecer en la penumbra, usted los ha visto antes, ¿en dónde?, ojos oblicuos pero en otra forma, los que llamamos indios llegaron por el Estrecho de Bering, ¿no es así? México también es asiático, podría decirse, pero no temo a nada, pertenecí al mejor ejército del mundo, invicto siempre, soy un veterano de guerra,

ya que ha aceptado meterse en todo esto, confía en que la aventura valga la pena, puesto que ha descendido a otro infierno espera el premio de encontrar una ciudad subterránea que reproduzca al detalle la México-Tenochtitlan con sus lagos y sus canales como la representan las maquetas del Museo, pero, capitán Keller, no hay nada semejante, sólo de trecho en trecho aparecen ruinas, fragmentos de adoratorios y palacios aztecas, cuatro siglos atrás sus piedras se emplearon como base, cimiento y relleno de la ciudad española,

el olor a fango se hace más fuerte, usted tose, se ha resfriado por la humedad intolerable, todo huele a encierro y a tumba, el pasadizo es un inmenso sepulcro, abajo está el lago muerto, arriba la ciudad moderna, ignorante de lo que lleva en sus entrañas, por la distancia recorrida, supone usted, deben de estar muy cerca de la gran plaza, la catedral y el palacio,

quiero salir, sáqueme de aquí, le pago lo que sea, dice a su acompañante, espere, capitán, no se preocupe, todo está bajo control, ya vamos a llegar, pero usted insiste, quiero irme ahora mismo le digo, usted no sabe quién soy yo, lo sé muy bien, capitán, en qué lío puede meterse si no me obedece,

usted no ruega, no pide, manda, impone, humilla, está acostumbrado a dar órdenes, los inferiores tienen que obedecerlas, la firmeza siempre da resultado, el vendedor contesta en efecto, no se preocupe, estamos a punto de llegar a una salida, a unos cincuenta metros le muestra una puerta oxidada, la abre y le dice con la mayor suavidad, pase usted, capitán, si es tan amable,

y entra usted sin pensarlo dos veces, seguro de que saldrá a la superficie, y un segundo más tarde se halla encerrado en una cámara de tezontle sin más luz ni ventilación que las producidas por una abertura de forma indescifrable, ¿el glifo del viento, el glifo de la muerte?, a diferencia del pasadizo allí el suelo es firme y parejo, ladrillo antiquísimo o tierra apisonada, en un rincón hay una estera que los mexicanos llaman petate, usted se tiende en ella, está cansado y temeroso pero no duerme, todo es tan irreal, parece tan ilógico y tan absurdo que usted no alcanza a ordenar las impresiones recibidas, qué vine a hacer aquí, quién demonios me mandó venir a este maldito país, cómo pude ser tan idiota de aceptar una invitación a ser asaltado, pronto llegarán a quitarme la cámara, los cheques de viajero y el pasaporte, son simples ladrones, no se atreverán a matarme,

la fatiga vence a la ansiedad, lo adormecen el olor a légamo, el rumor de conversaciones lejanas en un idioma desconocido, los pasos en el corredor subterráneo, cuando por fin abre los ojos comprende, anoche no debió haber cenado esa atroz comida mexicana, por su culpa ha tenido una pesadilla, de qué manera el inconsciente saquea la realidad, el Museo, la escultura azteca, el vendedor de helados, el metro, los túneles extraños y amenazantes del ferrocarril subterráneo, y cuando cerramos los ojos le da un orden o un desorden distintos,

qué descanso despertar de ese horror en un cuarto limpio y seguro del Holiday Inn, ¿habrá gritado en el sueño?, menos mal que no fue el otro, el de los vietnamitas que salen de la fosa común en las mismas condiciones en que usted los dejó pero agravadas por los años de corrupción, menos mal, qué hora es, se pregunta, extiende la mano que se mueve en el vacío y trata en vano de alcanzar la lámpara, la lámpara no está, se llevaron la mesa de noche, usted se levanta para encender la luz central de su habitación,

en ese instante irrumpen en la celda del subsuelo los hombres que lo llevan a la Piedra de Ahuizotl, la gran mesa circular acanalada, en una de las pirámides gemelas que forman el Templo Mayor de México-Tenochtitlan, lo aseguran contra la superficie de basalto, le abren el pecho con un cuchillo de obsidiana, le arrancan el corazón, abajo danzan, abajo tocan su música tristísima, y lo levantan para ofrecerlo como alimento sagrado al dios-jaguar, al sol que viajó por las selvas de la noche, y ahora, mientras su cuerpo, capitán Keller, su cuerpo deshilvanado rueda por la escalinata de la pirámide, con la fuerza de la sangre que acaban de ofrendarle el sol renace en forma de águila sobre México-Tenochtitlan, el sol eterno entre los dos volcanes.

Andrés Quintana escribió entre guiones el número 78 en la hoja de papel revolución que acababa de introducir en la máquina eléctrica Smith-Corona y se volvió hacia la izquierda para leer la página de *The Population Bomb*. En ese instante, un grito lo apartó de su trabajo: —FBI. Arriba las manos. No se mueva—. Desde las cuatro de la tarde el televisor había sonado a todo volumen en el departamento contiguo. Enfrente los jóvenes que formaban un conjunto de *rock* atacaron el mismo pasaje ensayado desde el medio día:

> *Where's your momma gone?*
> *Where's your momma gone?*
> *Little baby don*
> *Little baby don*
> *Where's your momma gone?*
> *Where's your momma gone?*
> *Far, far away.*

Se puso de pie, cerró la ventana abierta sobre el lúgubre patio interior, volvió a sentarse al escritorio y releyó:

SCENARIO II. *In 1979 the last non-Communist Government in Latin America, that of Mexico, is replaced by a Chinese supported military junta. The change occurs at the end of a decade of frustration and failure for the United States. Famine has swept repeatedly across Africa and South America. Food riots have often became anti-American riots.*

Meditó sobre el término que traduciría mejor la palabra *scenario*. Consultó la sección *English/Spanish* del *New World*. "Libreto, guión, argumento." No en el contexto. ¿Tal vez "posibilidad, hipótesis"? Releyó la primera frase y con el índice de la mano izquierda (un accidente infantil le había paralizado la derecha) escribió a gran velocidad:

> *En 1979 el gobierno de México* (¿el gobierno mexicano?), *último no-comunista que quedaba en América Latina* (¿Latinoamérica, Hispanoamérica, Iberoamérica, la América española?), *es reemplazado* (¿derrocado?) *por una junta militar apoyada por China* (¿con respaldo chino?).

Al terminar, Andrés leyó el párrafo en voz alta: "que quedaba", suena horrible. Hay dos "pores" seguidos. E "ina-ina". Qué prosa. Cada vez traduzco peor. Sacó la hoja y bajo el antebrazo derecho la prensó contra la mesa para romperla con la mano izquierda. Sonó el teléfono.

–Diga.

–Buenas tardes. ¿Puedo hablar con el señor Quintana?

–Sí, soy yo.

–Ah, *quihúbole*, Andrés, como estás, qué me cuentas.

–Perdón… ¿quién habla?

–¿Ya no me reconoces? Claro, hace siglos que no conversamos. Soy Arbeláez y te voy a dar lata como siempre.

–Ricardo, hombre, qué gusto, qué sorpresa. Llevaba años sin saber de ti.

–Es increíble todo lo que me ha pasado. Ya te contaré cuando nos reunamos. Pero antes déjame decirte que me embarqué en un proyecto sensacional y quiero ver si cuento contigo.

–Sí, cómo no. ¿De qué se trata?

–Mira, es cuestión de reunirnos y conversar. Pero te adelanto algo a ver si te animas. Vamos a sacar una revista como no hay otra en *Mexiquito*. Aunque es difícil calcular estas cosas, creo que va a salir algo muy especial.

—¿Una revista literaria?

—Bueno, en parte. Se trata de hacer una especie de *Esquire* en español. Mejor dicho, una mezcla de *Esquire, Playboy, Penthouse* y *The New Yorker* —¿no te parece una locura?— pero desde luego con una proyección *latina*.

—Ah, pues muy bien —dijo Andrés en el tono más desganado.

—¿Verdad que es buena onda el proyecto? Hay dinero, anunciantes, distribución, equipo: todo. Meteremos publicidad distinta según los países y vamos a imprimir en Panamá. Queremos que en cada número haya reportajes, crónicas, entrevistas, caricaturas, críticas, humor, secciones fijas, un "desnudo del mes" y otras dos encueradas, por supuesto, y también un cuento inédito escrito en español.

—Me parece estupendo.

—Para el primero se había pensado en *comprarle* uno a *Gabo*... No estuve de acuerdo: insistí en que debíamos lanzar con proyección continental a un autor mexicano, ya que la revista se hace aquí en *Mexiquito*, tiene ese defecto, ni modo. Desde luego, pensé en ti, a ver si nos haces el honor.

—Muchas gracias, Ricardo. No sabes cuánto te agradezco.

—Entonces, ¿aceptas?

—Sí, claro... Lo que pasa es que no tengo ningún cuento nuevo... En realidad hace mucho que no escribo.

—¡No me digas! ¿Y eso?

—Pues... problemas, chamba, desaliento... En fin, lo de siempre.

—Mira, olvídate de todo y siéntate a pensar en tu relato ahora mismo. En cuanto esté me lo traes. Supongo que no tardarás mucho. Queremos sacar el primer número en diciembre para salir con todos los anuncios de fin de año... A ver: ¿a qué estamos...? 12 de agosto... Sería perfecto que me lo entregaras... el día primero no se trabaja, es el informe presidencial... el 2 de septiembre ¿te parece bien?

—Pero, Ricardo, sabes que me tardo siglos con un cuento... Hago diez o doce versiones... Mejor dicho: *me tardaba, hacía.*

—Oye, debo decirte que por primera vez en este pinche país se trata de pagar bien, como se merece, un texto literario. A nivel internacional no es gran cosa, pero con base en lo que suelen darte en *Mexiquito* es una fortuna... He pedido para ti mil quinientos dólares.

—¿Mil quinientos dólares por un cuento?

—No está nada mal ¿verdad? Ya es hora de que se nos quite lo subdesarrollados y aprendamos a cobrar nuestro trabajo... De manera, mi querido Andrés, que te me vas poniendo a escribir en este instante. Toma mis datos, por favor.

Andrés apuntó la dirección y el teléfono en la esquina superior derecha de un periódico en el que se leía: HAY QUE FORTALECER LA SITUACIÓN PRIVILEGIADA QUE TIENE MÉXICO DENTRO DEL TURISMO MUNDIAL. Abundó en expresiones de gratitud hacia Ricardo. No quiso continuar la traducción. Ansiaba la llegada de su esposa para contarle del milagro.

Hilda se asombró: Andrés no estaba quejumbroso y desesperado como siempre. Al ver su entusiasmo no quiso disuadirlo, por más que la tentativa de empezar y terminar el cuento en una sola noche le parecía condenada al fracaso. Cuando Hilda se fue a dormir, Andrés escribió el título, LA FIESTA BRAVA, y las primeras palabras: "La tierra parece ascender".

Llevaba años sin trabajar de noche con el pretexto de que el ruido de la máquina molestaba a sus vecinos. En realidad tenía mucho sin hacer más que traducciones y prosas burocráticas. Andrés halló de niño su vocación de cuentista y quiso dedicarse sólo a este género. De adolescente su biblioteca estaba formada sobre todo por colecciones de cuentos. Contra la dispersión de sus amigos, él se enorgullecía de casi no leer poemas, novelas, ensayos, dramas, filosofía, historia, libros políticos, y frecuentar en cambio los cuentos de los grandes narradores vivos y muertos.

Durante algunos años, Andrés cursó la carrera de arquitectura, obligado como hijo único a seguir la profesión de su padre. Por las tardes iba como oyente a los cursos de Filosofía y Letras que pudieran ser útiles para su formación como escritor. En la Ciudad Universitaria recién inaugurada, Andrés conoció al grupo de la revista *Trinchera*, impresa en papel sobrante de un diario de nota roja, y a su director Ricardo Arbeláez, que sin decirlo actuaba como maestro de esos jóvenes.

Ya cumplidos los treinta y varios años, después de haberse titulado en Derecho, Arbeláez quería doctorarse en Literatura y convertirse en el gran crítico que iba a establecer un nuevo orden en las letras mexicanas. En la Facultad y en el Café de las Américas hablaba sin cesar de sus proyectos: una nueva historia literaria a partir de la estética marxista y una *gran novela* capaz de representar para el México de aquellos años lo que *En busca del tiempo perdido* significó para Francia. Él insinuaba que había roto con su familia aristocrática, una mentira a todas luces, y por tanto haría su libro con verdadero conocimiento de causa. Hasta entonces su obra se limitaba a reseñas siempre adversas y a textos contra el PRI y el gobierno de Ruiz Cortines.

Ricardo era un misterio aun para sus más cercanos amigos. Se murmuraba que tenía esposa e hijos y, contra sus ideas, trabajaba por las mañanas en el bufete de un *abogángster*, defensor de los indefendibles y famoso por sus escándalos. Nadie lo visitó nunca en su oficina ni en su casa. La vida pública de Arbeláez empezaba a las cuatro de la tarde en la Ciudad Universitaria y terminaba a las diez de la noche en el Café de las Américas.

Andrés siguió las enseñanzas del maestro y publicó sus primeros cuentos en *Trinchera*. Sin renunciar a su actitud crítica ni a la exigencia de que sus discípulos escribieran la mejor prosa y el mejor verso posibles, Ricardo consideraba a Andrés "el cuentista más prometedor de la nueva generación". En su balance literario de 1958 hizo el elogio definitivo: "Para narrar, nadie como Quintana".

Su preferencia causó estragos en el grupo. A partir de entonces, Hilda se fijó en Andrés. Entre todos los de *Trinchera* sólo él sabía escucharla y apreciar sus poemas. Sin embargo, no había intimado con ella porque Hilda estaba siempre al lado de Ricardo. Su relación jamás quedó clara. A veces parecía la intocada discípula y admiradora de quien les indicaba qué leer, qué opinar, cómo escribir, a quién admirar o detestar. En ocasiones, a pesar de la diferencia de edades, Ricardo la trataba como a una novia de aquella época y de cuando en cuando todo indicaba que tenían una relación mucho más íntima.

Arbeláez pasó unas semanas en Cuba para hacer un libro, que no llegó a escribir, sobre los primeros meses de la revolución. Insinuó que él había presentado a Ernesto Guevara y a Fidel Castro, y en agradecimiento ambos lo invitaban a celebrar el triunfo. Esta mentira, pensó Andrés, comprobaba que Arbeláez era un mitómano. Durante su ausencia Hilda y Quintana se vieron todos los días y a toda hora. Convencidos de que no podrían separarse, decidieron hablar con Ricardo en cuanto volviera de Cuba.

La misma tarde de la conversación en el Café Palermo, el 28 de marzo de 1959, las fuerzas armadas rompieron la huelga ferroviaria y detuvieron a su líder Demetrio Vallejo. Arbeláez no objetó la unión de sus amigos pero se apartó de ellos y no volvió a Filosofía y Letras. Los amores de Hilda y Andrés marcaron el fin del grupo y la muerte de *Trinchera*.

En febrero de 1960, Hilda quedó embarazada. Andrés no dudó un instante en casarse con ella. La madre (a quien el marido había abandonado con dos hijas pequeñas) aceptó el matrimonio como un mal menor. Los señores Quintana lo consideraron una equivocación: a punto de cumplir veinticinco años Andrés dejaba los estudios cuando ya sólo le faltaba presentar la tesis y no podría sobrevivir como escritor. Ambos eran católicos y miembros del Movimiento Familiar Cristiano. Se estremecían al pensar en un aborto, una madre soltera, un hijo sin padre. Resignados, obsequiaron a los nuevos esposos algún dinero y una casita seudocolonial de las que el arquitecto había construido en Coyoacán con materiales de las demoliciones en la ciudad antigua.

Andrés, que aún seguía trabajando cada noche en sus cuentos y se negaba a publicar un libro, nunca escribió notas ni reseñas. Ya que no podía dedicarse al periodismo, mientras intentaba abrirse paso como guionista de cine, tuvo que redactar las memorias de un general revolucionario. Ningún *script* satisfizo a los productores. Por su parte, Arbeláez empezó a colaborar cada semana en *México en la Cultura*. Durante un tiempo sus críticas feroces fueron muy comentadas.

Hilda perdió al niño en el sexto mes de embarazo. Quedó incapacitada para concebir, abandonó la universidad y nunca más volvió a hacer poemas. El general murió cuando Andrés iba a la mitad del segundo volumen. Los herederos cancelaron el proyecto. En 1961, Hilda y Andrés se mudaron a un sombrío departamento interior de la colonia Roma. El alquiler de su casa en Coyoacán completaría lo que ganaba Andrés traduciendo libros para una empresa que fomentaba el panamericanismo, la Alianza para el Progreso y la imagen de John Fitzgerald Kennedy. En el *Suplemento* por excelencia de aquellos años Arbeláez (sin mencionar a Andrés) denunció a la casa editorial como tentáculo de la CIA. Cuando la inflación pulverizó su presupuesto, las amistades familiares obtuvieron para Andrés la plaza de corrector de estilo en la Secretaría de Obras Públicas. Hilda quedó empleada, como su hermana, en la *boutique* de *madame* Marnat en la Zona Rosa.

En 1962 Sergio Galindo, en la serie Ficción de la Universidad Veracruzana, publicó *Fabulaciones*, el primer y último libro de Andrés Quintana. *Fabulaciones* tuvo la mala suerte de salir al mismo tiempo y en la misma colección que la segunda obra de Gabriel García Márquez, *Los funerales de la Mamá Grande*, y en los meses de *Aura* y *La muerte de Artemio Cruz*. Se vendieron ciento treinta y cuatro de sus dos mil ejemplares y Andrés compró otros setenta y cinco. Hubo una sola reseña escrita por Ricardo en el nuevo suplemento *La Cultura en*

México. Andrés le mandó una carta de agradecimiento. Nunca supo si había llegado a manos de Arbeláez.

Después las revistas mexicanas dejaron, durante mucho tiempo, de publicar narraciones breves y el auge de la novela hizo que ya muy pocos se interesaran por escribirlas. Edmundo Valadés inició *El Cuento* en 1964 y reprodujo a lo largo de varios años algunos textos de *Fabulaciones*. Joaquín Díez-Canedo le pidió una nueva colección para la Serie del Volador de su editorial Joaquín Mortiz. Andrés le prometió al subdirector, Bernardo Giner de los Ríos, que en marzo de 1966 iba a entregarle el nuevo libro. Concursó en vano por la beca del Centro Mexicano de Escritores. Se desalentó, pospuso el volver a escribir para una época en que todos sus problemas se hubieran resuelto e Hilda y su hermana pudiesen independizarse de *madame* Marnat y establecer su propia tienda.

Ricardo había visto interrumpida su labor cuando se suicidó un escritor víctima de un comentario. No hubo en el medio nadie que lo defendiera del escándalo. En cambio, el *abogángster* salió a los periódicos y argumentó: Nadie se quita la vida por una nota de mala fe; el señor padecía suficientes problemas y enfermedades como para negarse a seguir viviendo. El suicidio y el resentimiento acumulado hicieron que la ciudad se le volviera irrespirable a Ricardo. Al no hallar editor para lo que iba a ser su tesis, tuvo que humillarse a imprimirla por su cuenta. El gran esfuerzo de revisar la novela mexicana halló un solo eco: Rubén Salazar Mallén, uno de los más antiguos críticos, lamentó como finalmente reaccionaria la aplicación dogmática de las teorías de Georg Lucáks. El rechazo de su modelo a cuanto significara vanguardismo, fragmentación, alienación, condenaba a Arbeláez a no entender los libros de aquel momento y destruía sus pretensiones de novedad y originalidad. Hasta entonces, Ricardo había sido el juez y no el juzgado. Se deprimió pero tuvo la nobleza de admitir que Salazar Mallén acertaba en sus objeciones.

Como tantos que prometieron todo, Ricardo se estrelló contra el muro de México. Volvió por algún tiempo a La Habana y luego obtuvo un puesto como profesor de español en Checoslovaquia. Estaba en Praga cuando sobrevino la invasión soviética de 1968. Lo último que supieron Hilda y Andrés fue que había emigrado a Washington y trabajaba para la OEA. En un segundo pasaron los sesenta, cambió el mundo, Andrés cumplió treinta años en 1966, México era distinto y otros jóvenes llenaban los sitios donde entre 1955 y 1960 ellos escribieron, leyeron, discutieron, aprendieron, publicaron *Trinchera*, se amaron, se apartaron, siguieron su camino o se frustraron.

Sea como fuere, Andrés le decía a Hilda por las noches: / mi vocación era escribir y de un modo o de otro la estoy cumpliendo. / Al fin y al cabo las traducciones, los folletos y aun los oficios burocráticos pueden estar tan bien escritos como un cuento, ¿no crees? / Sólo por un concepto elitista y arcaico puede creerse que lo único válido es la llamada "literatura de creación", ¿no te parece? / Además no quiero competir con los escritorzuelos mexicanos inflados por la publicidad; noveluchas como las que ahora tanto elogian los seudocríticos que padecemos, yo podría hacerlas de a diez por año, ¿verdad? / Hilda, cuando estén hechos polvo todos los libros que hoy tienen éxito en México, alguien leerá *Fabulaciones* y entonces... /

Y ahora por un cuento —el primero en una década, el único posterior a *Fabulaciones*— estaba a punto de recibir lo que ganaba en meses de tardes enteras ante la máquina traduciendo lo que definía como *ilegibros*. Iba a pagar sus deudas de oficina, a comprarse las cosas que le faltaban, a comer en restaurantes, a irse de vacaciones con Hilda. Gracias a Ricardo había recuperado su impulso literario y dejaba atrás los pretextos para ocultarse su fracaso esencial:

En el subdesarrollo no se puede ser escritor. / Estamos en 1971: el libro ha muerto: nadie volverá a leer nunca: ahora lo que me interesa son los *mass media*. / Bueno, cuando se trata de escribir todo sirve, no hay trabajo perdido: de mi experiencia burocrática, ya verás, saldrán cosas. /

Con el índice de la mano izquierda escribió "los arrozales flotan en el aire" y prosiguió sin detenerse. Nunca antes lo había hecho con tanta fluidez. A las cinco de la mañana puso el punto final en "entre los dos volcanes". Leyó sus páginas y sintió una plenitud desconocida. Cuando se fue a dormir se había fumado una cajetilla de Viceroy y bebido cuatro Coca-Colas, pero acababa de terminar LA FIESTA BRAVA.

Andrés se levantó a las once. Se bañó, se afeitó y llamó por teléfono a Ricardo.

—No puede ser. Ya lo tenías escrito.

—Te juro que no. Lo hice anoche. Voy a corregirlo y a pasarlo en limpio. A ver qué te parece. Ojalá funcione. ¿Cuándo te lo llevo?

—Esta misma noche si quieres. Te espero a las nueve en mi oficina.

—Muy bien. Allí estaré a las nueve en punto. Ricardo, de verdad, no sabes cuánto te lo agradezco.

—No tienes nada que agradecerme, Andrés. Te mando un abrazo.

Habló a Obras Públicas para disculparse por su ausencia ante el jefe del departamento. Hizo cambios a mano y reescribió el cuento a máquina. Comió un sándwich de mortadela casi verdosa. A las cuatro emprendió una última versión en papel bond de Kimberly Clark. Llamó a Hilda a la *boutique* de *madame* Marnat. Le dijo que había terminado el cuento e iba a entregárselo a Arbeláez. Ella le contestó:

—De seguro vas a llegar tarde. Para no quedarme sola iré al cine con mi hermana.

—Ojalá pudieran ver *Ceremonia secreta*. Es de Joseph Losey.

—Sí, me gustaría. ¿No sabes en qué cine la pasan? Bueno, te felicito por haber vuelto a escribir. Que te vaya bien con Ricardo.

A las ocho y media, Andrés subió al metro en la estación Insurgentes. Hizo el cambio en Balderas, descendió en Juárez y llegó puntual a la oficina. La secretaria era tan hermosa que él se avergonzó de su delgadez, su baja estatura, su ropa gastada, su mano tullida. A los pocos minutos, la joven le abrió las puertas de un despacho iluminado en exceso. Ricardo Arbeláez se levantó del escritorio y fue a su encuentro para abrazarlo.

Doce años habían pasado desde aquel 28 de marzo de 1959. Arbeláez le pareció irreconocible con el traje de Shantung azul turquesa, las patillas, el bigote, los anteojos sin aro, el pelo entrecano. Andrés volvió a sentirse fuera de lugar en aquella oficina de ventanas sobre la Alameda y paredes cubiertas de fotomurales con viejas litografías de la ciudad.

Se escrutaron por unos cuantos segundos. Andrés sintió forzada la actitud antinostálgica, de *como decíamos ayer*, que adoptaba Ricardo. Ni una palabra acerca de la vieja época, ninguna pregunta sobre Hilda, ni el menor intento de ponerse al corriente y hablar de sus vidas durante el largo tiempo en que dejaron de verse. Creyó que la cordialidad telefónica no tardaría en romperse.

/ Me trajo a su terreno. / Va a demostrarme su poder. / Él ha cambiado. / Yo también. / Ninguno de los dos es lo que quisiera haber sido. / Ambos nos traicionamos a nosotros mismos. / ¿A quién le fue peor? /

Para romper la tensión, Arbeláez lo invitó a sentarse en el sofá de cuero negro. Se colocó frente a él y le ofreció un Benson & Hedges (antes fumaba Delicados). Andrés sacó del portafolios LA FIESTA BRAVA. Ricardo apreció la mecanografía sin una sola corrección manuscrita. Siempre lo admiraron los originales impecables de Andrés, tanto más asombrosos porque estaban hechos a toda velocidad y con un solo dedo.

—Te quedó de un tamaño perfecto. Ahora, si me permites un instante, voy a leerlo con Mr. Hardwick, el *editor-in-chief* de la revista. Es de una onda muy padre. Trabajó en *Time Magazine*. ¿Quieres que te presente con él?

—No, gracias. Me da pena.

—¿Pena por qué? Sabe de ti. Te está esperando.

—No hablo inglés.

—¡Cómo! Pero si has traducido miles de libros.

—Quizá por eso mismo.

—Sigues tan raro como siempre. ¿Te ofrezco un whisky, un café? Pídele a Viviana lo que desees.

Al quedarse solo Andrés hojeó las publicaciones que estaban en la mesa frente al sofá y se detuvo en un anuncio:

Located on 150 000 feet of Revolcadero Beach and rising 16 stories like an Aztec Pyramid, the $40 million Acapulco Princess Hotel and Club de Golf opened as this jet-set resort's largest and most lavish yet... One of the most spectacular hotels you will ever see, it has a lobby modeled like an Aztec temple with sunlight and moonlight filtering through the translucent roof. The 20 000 feet lobby's atrium is complemented by 60 feet palm-trees, a flowing lagoon and Mayan sculpture.

Pero estaba inquieto, no podía concentrarse. Miró por la ventana la Alameda sombría, la misteriosa ciudad, sus luces indescifrables. Sin que él se lo pidiera, Viviana entró a servirle café y luego a despedirse y a desearle suerte con una amabilidad que lo aturdió aún más. Se puso de pie, le estrechó la mano, hubiera querido decirle algo pero sólo acertó a darle las gracias. Se había tardado en reconocer lo más evidente: la muchacha se parecía a Hilda, a Hilda en 1959, a Hilda con ropa como la que vendía en la *boutique* de *madame* Marnat pero no alcanzaba a comprarse. Alguien, se dijo Andrés, con toda seguridad la espera en la entrada del edificio. / Adiós, Viviana, no volveré a verte. /

Dejó enfriarse el café y volvió a observar los fotomurales. Lamentó la muerte de aquella Ciudad de México. Imaginó el relato de un hombre que de tanto mirar una litografía termina en su interior, entre personajes de otro mundo. Incapaz de salir, ve desde 1855 a sus contemporáneos que lo miran inmóvil y unidimensional una noche de septiembre de 1971.

En seguida pensó: / Ese cuento no es mío, / otro lo ha escrito, /

acabo de leerlo en alguna parte. / O tal vez no: lo he inventado aquí en esta extraña oficina, situada en el lugar menos idóneo para una revista con tales pretensiones. / En realidad me estoy evadiendo: aún no asimilo el encuentro con Ricardo. /

¿Habrá dejado de pensar en Hilda? / ¿Le seguiría gustando si la viera tras once años de matrimonio con el fiasco más grande de su generación? / "Para fracasar, nadie como Quintana", escribiría ahora si hiciera un balance de la narrativa actual. / ¿Cuáles fueron sus verdaderas relaciones con Hilda? / ¿Por qué ella sólo ha querido contarme vaguedades acerca de la época que pasó con Ricardo? / ¿Me tendieron una trampa, me cazaron para casarme a fin de que él, en teoría, pudiera seguir libre de obligaciones domésticas, irse de México, realizarse como escritor en vez de terminar como un burócrata que traduce *ilegibros* pagados a trasmano por la CIA? / ¿No es vil y canalla desconfiar de la esposa que ha resistido a todas mis frustraciones y depresiones para seguir a mi lado? ¿No es un crimen calumniar a Ricardo, mi maestro, el amigo que por simple generosidad me tiende la mano cuando más falta me hace? /

Y ¿habrá escrito su novela Ricardo? / ¿La llegará a escribir algún día? / ¿Por qué el director de *Trinchera*, el crítico implacable de todas las corrupciones literarias y humanas, se halla en esta oficina y se dispone a hacer una revista que ejemplifica todo aquello contra lo que luchamos en nuestra juventud? / ¿Por qué yo mismo respondí con tal entusiasmo a una oferta sin explicación lógica posible? /

¿Tan terrible es el país, tan terrible es el mundo, que en él todas las cosas son corruptas o corruptoras y nadie puede salvarse? / ¿Qué pensará de mí Ricardo? / ¿Me aborrece, me envidia, me desprecia? / ¿Habrá alguien capaz de envidiarme en mis humillaciones y fracasos? / Cuando menos tuve la fuerza necesaria para hacer un libro de cuentos. Ricardo no. / Su elogio de *Fabulaciones* y ahora su oferta, desmedida para un escritor que ya no existe, ¿fueron gentilezas, insultos, manifestaciones de culpabilidad o mensajes cifrados para Hilda? / El dinero prometido ¿paga el talento de un narrador a quien ya nadie recuerda? / ¿O es una forma de ayudar a Hilda al saber (¿por quién?, ¿tal vez por ella misma?) de la rancia convivencia, las dificultades conyugales, el malhumor del fracasado, la burocracia devastadora, las ineptas traducciones de lo que no se leerá nunca, el horario mortal de Hilda en la *boutique* de *madame* Marnat? /

Dejó de hacerse preguntas sin respuesta, de dar vueltas por el despacho alfombrado, de fumar un Viceroy tras otro. Miró su reloj:

/ Han pasado casi dos horas. / La tardanza es el peor augurio. / ¿Por qué este procedimiento insólito cuando lo habitual es dejarle el texto al editor y esperar sus noticias para dentro de quince días o un mes? / ¿Cómo es posible que permanezcan hasta medianoche con el único objeto de decidir ahora mismo sobre una colaboración más entre las muchas solicitadas para una revista que va a salir en diciembre? /

Cuando se abrió de nuevo la puerta por la que había salido Viviana y apareció Ricardo con el cuento en las manos, Andrés se dijo: / Ya viví este momento. / Puedo recitar la continuación. /

—Andrés, perdóname. Nos tardamos siglos. Es que estuvimos dándole vueltas y vueltas a tu *historia*.

También en el recuerdo imposible de Andrés, Ricardo había dicho *historia*, no *cuento*. Un anglicismo, desde luego. / No importa. / Una traducción mental de *story*, de *short story*. / Sin esperanza, seguro de la respuesta, se atrevió a preguntar:

—¿Y qué les pareció?

—Mira, no sé cómo decírtelo. Tu narración me gusta, es interesante, está bien escrita... Sólo que, como en *Mexiquito* no somos profesionales, no estamos habituados a hacer cosas sobre pedido, sin darte cuenta bajaste el nivel, te echaste algo como para otra revista, no para la nuestra. ¿Me explico? LA FIESTA BRAVA resulta un *maqui-nazo*, tienes que reconocerlo. Muy digno, como siempre fueron tus cuentos, y a pesar de todo un *maquinazo*. Sólo Chejov y Maupassant pudieron hacer un gran cuento en tan poco tiempo.

Andrés hubiera querido decirle: / Lo escribí en unas horas, lo pensé años enteros. / Sin embargo no contestó. Miró azorado a Ricardo y en silencio se reprochó: / Me duele menos perder el dinero que el fracaso literario y la humillación ante Arbeláez. / Pero ya Ricardo continuaba:

—De verdad créemelo, no sabes cuánto lamento esta situación. Me hubiera encantado que Mr. Hardwick aceptara LA FIESTA BRAVA. Ya ves, fuiste el primero a quien le hablé.

—Ricardo, las excusas salen sobrando: di que no sirve y se acabó. No hay ningún problema.

El tono ofendió a Arbeláez. Hizo un gesto para controlarse y añadió:

—*Sí* hay problemas. Te falta precisión. No se ve al personaje. Tienes párrafos confusos —el último, por ejemplo— gracias a tu capricho de sustituir por comas los demás signos de puntuación. ¿Vanguardismo a estas alturas? Por favor, Andrés, estamos en 1971, Joyce escribió hace medio siglo. Bueno, si te parece poco, tu anécdota es irreal en el peor sentido. Además eso del "sustrato prehispánico enterrado pero vivo" ya no aguanta, en serio ya no aguanta. Carlos Fuentes agotó el tema. Desde luego tú lo ves desde un ángulo distinto, pero de todos modos... El asunto se complica porque empleas la segunda persona, un recurso que hace mucho perdió su novedad y acentúa el parecido con *Aura* y *La muerte de Artemio Cruz*. Sigues en 1962, tal parece.

—Ya todo se ha escrito. Cada cuento sale de otro cuento. Pero, en fin, tus objeciones son irrebatibles excepto en lo de Fuentes. Jamás he leído un libro suyo. No leo literatura mexicana... Por higiene mental —Andrés comprendió tarde que su arrogancia de perdedor sonaba a hueco.

—Pues te equivocas. Deberías leer a los que escriben junto a ti...
Mira, LA FIESTA BRAVA me recuerda también un cuento de Cortázar.

—¿"La noche boca arriba"?

—Exacto.

—Puede ser.

—Y ya que hablamos de antecedentes, hay un texto de Rubén Darío: "Huitzilopochtli". Es de lo último que escribió. Un relato muy curioso de un gringo en la Revolución Mexicana y de unos ritos prehispánicos.

—¿Escribió cuentos Darío? Creí que sólo había sido poeta... Bueno, pues me retiro, desaparezco.

—Un momento: falta el colofón. A Mr. Hardwick la trama le pareció burda y tercermundista, de un antiyanquismo barato. Puro lugar común. Encontró no sé cuántos símbolos.

—No hay ningún símbolo. Todo es directo.

—El final sugiere algo que no está en el texto y que, si me perdonas, considero estúpido.

—No entiendo.

—Es como si quisieras ganarte a los *acelerados* de la Universidad o tuvieras nostalgia de nuestros ingenuos tiempos en *Trinchera*: "México será la tumba del imperialismo norteamericano, del mismo modo que en el siglo XIX hundió las aspiraciones de Luis Bonaparte, Napoleón III". ¿No es así? Discúlpame, Andrés, te equivocaste. Mr. Hardwick también está contra la guerra de Vietnam, por supuesto, y sabes que en el fondo mi posición no ha variado: cambió el mundo, ¿no es cierto? Pero, Andrés, en qué cabeza cabe, a quién se le ocurre traer a una revista con fondos de allá arriba un cuento en que proyectas deseos —conscientes, inconscientes o subconscientes— de ahuyentar el turismo y de chingarte a los gringos. ¿Prefieres a los rusos? Yo los vi entrar en Praga para acabar con el único socialismo que hubiera valido la pena.

—Quizá tengas razón. A lo mejor yo solo me puse la trampa.

—Puede ser, *who knows*. Pero mejor no psicoanalicemos porque vamos a concluir que tal vez tu cuento es una agresión disfrazada en contra mía.

—No, cómo crees —Andrés fingió reír con Ricardo, hizo una pausa y añadió—: Bueno, muchas gracias de cualquier modo.

—Por favor, no lo tomes así, no seas absurdo. Espero otra cosa tuya aunque no sea para el primer número. Andrés, esta revista no trabaja a la mexicana: lo que se encarga se paga. Aquí tienes: son doscientos dólares nada más, pero algo es algo.

Ricardo tomó de su cartera diez billetes de veinte dólares. Andrés pensó que el gesto lo humillaba y no extendió la mano para recibirlos.

—No te sientas mal aceptándolos. Es la costumbre en Estados Unidos. Ah, si no te molesta, fírmame este recibo y déjame unos días tu original para mostrárselo al administrador y justificar el pago. Después te lo mando con un *office boy*, porque el correo en *este país*...

—Muy bien. Gracias de nuevo. Intentaré traerte alguna otra cosa.

—Tómate tu tiempo y verás cómo al segundo intento habrá suerte. Los gringos son muy profesionales, muy perfeccionistas. Si mandan rehacer tres veces una nota de libros, imagínate lo que exigen de un cuento. Oye, el pago no te compromete a nada: puedes meter tu historia en cualquier revista local.

—Para qué. No sirvió. Mejor nos olvidamos del asunto... ¿Te quedas?

—Sí, tengo que hacer unas llamadas.

—¿A esta hora? Ya es muy tarde, ¿no?

—Tardísimo, pero mientras orbitamos la revista hay que trabajar a marchas forzadas... Andrés, te agradezco mucho que hayas cumplido el encargo y por favor salúdame a Hilda.

—Gracias, Ricardo. Buenas noches.

Salió al pasillo en tinieblas, donde sólo ardían las luces en el tablero del elevador. Tocó el timbre y poco después se abrió la jaula luminosa. Al llegar al vestíbulo, le abrió la puerta de la calle un velador soñoliento, la cara oculta tras una bufanda. Andrés regresó a la noche de México. Fue hasta la estación Juárez y bajó a los andenes solitarios.

Abrió el portafolios en busca de algo para leer mientras llegaba el metro. Encontró la única copia al carbón de LA FIESTA BRAVA. La rompió y la arrojó al basurero. Hacía calor en el túnel. De pronto lo bañó el aire desplazado por el convoy que se detuvo sin ruido. Subió, hizo otra vez el cambio en Balderas y tomó asiento en una banca individual. Sólo había tres pasajeros adormilados. Andrés sacó del bolsillo el fajo de dólares, lo contempló un instante y lo guardó en el portafolios. En el cristal de la puerta miró su reflejo impreso por el juego entre la luz del interior y las tinieblas del túnel.

/ Cara de imbécil. / Si en la calle me topara conmigo mismo sentiría un infinito desprecio. / Cómo pude exponerme a una humillación de esta naturaleza. / Cómo voy a explicársela a Hilda. / Todo es siniestro. / Por qué no chocará el metro. / Quisiera morirme. /

Al ver que los tres hombres lo observaban, Andrés se dio cuenta de que había hablado casi en voz alta. Desvió la mirada y para ocuparse en algo, descorrió el cierre del portafolios y cambió de lugar los dólares.

Bajó en la estación Insurgentes. Los magnavoces anunciaban el último viaje de esa noche. Todas las puertas iban a cerrarse. De paso leyó una inscripción grabada a punta de compás sobre un anuncio de Coca-Cola: ASESINOS, NO OLVIDAMOS TLATELOLCO Y SAN COSME. / Debe decir: "*ni* San Cosme", / corrigió Andrés mientras avanzaba hacia la salida. Arrancó el tren que iba en dirección de Zaragoza. Antes de que el convoy adquiriera velocidad, Andrés advirtió entre los pasajeros del último vagón a un hombre de camisa verde y aspecto norteamericano.

El capitán Keller ya no alcanzó a escuchar el grito que se perdió en la boca del túnel. Andrés Quintana se apresuró a subir las escaleras en busca de aire libre. Al llegar a la superficie, con su única mano hábil empujó la puerta giratoria. No pudo ni siquiera abrir la boca cuando lo capturaron los tres hombres que estaban al acecho.

EL MUSEO
EMILIANO GONZÁLEZ

Emiliano González (1955). Con su libro *Los sueños de la bella durmiente* (1978) obtuvo el Premio Xavier Villaurrutia. Desde entonces se ha mantenido fiel a sus obsesiones y a su estilo virtuoso y decantado, como puede apreciarse en los ensayos de *Almas visionarias*, en los poemas de *La habitación secreta* o en su ambiciosa *Historia de la Literatura Mágica*, cuyo primer volumen está dedicado a estudiar la literatura fantástica desde la antigüedad hasta las visiones de Charles Nodier. En el año 2010, la Colección Material de Lectura de la UNAM le dedicó su número 86, con una nota introductoria de Vicente Francisco Torres, quien decidió publicar *El discípulo. Novela de horror sobrenatural*, perteneciente al volumen *Casa de horror y magia* (1989).

Hay sacramentos del Mal a nuestro alrededor.

ARTHUR MACHEN

Dos leyendas circulan en torno al Museo del Chopo. La primera nos habla de una ciudad espantosa construida alrededor de este bello Templo (que alguna vez alojó a una orden hermética llamada "La Cruz Resplandeciente", integrada por masones defraudados y altivos rosacruces) con el propósito de, llegado el día, poder tragárselo vivo: un gran monstruo de concreto gris engullendo a una pequeña, pero espléndida, quimera de hierro verde. La idea de una ciudad construida para destruir a la belleza sigue dotando a mis pensamientos de una cierta melancolía que la segunda leyenda, opuesta radicalmente a la primera, esfuma de inmediato. Se refiere también a un Templo, pero esta vez consagrado al oscuro ritual de la diosa Cibeles, ignorado sobreviviente de los horrores de la Inquisición, destinado a convertir, una vez que haya signos propicios en el cielo, a la gran ciudad que lo rodea en un gran sucedáneo del Templo: una pequeña quimera de hierro verde extendiendo su roña iniciática hasta sustituir con el suyo el parco estilo del gran monstruo de concreto y reclutar a sus habitantes, que hasta entonces no han sido otra cosa que autómatas, entre los adeptos a un culto cuyos orígenes se pierden en la noche de los tiempos. Ambas leyendas, divulgadas seguramente por jóvenes aficionados a las ciencias ocultas, me satisfacen sólo hasta cierto punto, pues entreveo, en esa mortificación del hierro, en ese cúmulo de incipientes gárgolas de utilería, al Gaudí primigenio, que construye un templo, sí, pero no un templo real, humano, sino una siniestra farsa, una burla cósmica de los templos que construyen los hombres, y es que, ante ciertas edificaciones providenciales, el hombre sabe reconocer la escritura blasfema que difamará para siempre su memoria.

También hay quienes, en un afán de armonía general, quieren aliviarnos un poco diciendo: tanta belleza reunida en tan pequeño apéndice de tan enorme monstruo termina por opacar la fealdad del conjunto, pero desgraciadamente esta hipótesis, aunque romántica, es falsa: ninguna estrella, por luminosa que sea, nos hace olvidar la noche que la contiene.

Un dios me ha dado en un sueño ámbitos de fiera luz y complicada imaginería de metales, y he creído discernir en ellos las galerías de un Museo de Historia Natural cuyas vitrinas exponen todo aquello que Barnum y sus discípulos han preferido dejar en el olvido: hermafroditas, hombres-lobo, inquietantes enanos momificados o conservados en formol, dientes de vampiro, maletas, lámparas y libros de piel humana, mandrágoras, algas alucinógenas y, ocupando el espacio central, la osamenta semicarcomida de un monstruo que los anales de la paleontología no registran: el *Megalorium Tremens*, dinosaurio alado, bicorne y a todas luces carnívoro que asoló los bosques petrificados del carbonífero con su pestilente carga de furia primitiva y huesos que son músculos que son huesos, rey innegable de los vertebrados habidos y por haber, presidiendo su cohorte de fenómenos con las cuencas vacías que los siglos quieren ornar de telarañas. Mirarlo, imaginar los ojillos brutos que alguna vez brillaron ante la carne fresca es quedar petrificado, ser por un momento el fósil de un insecto extinto que, como castigo por mirar demasiado aquello que ni ojos animales ni ojos humanos debieran ver, ha quedado plasmado en un trozo de ámbar.

El sueño, empapado en luz verdosa, se sucede con la lentitud angustiada de los laberintos, galería tras galería, y cada vitrina supera en originalidad y en horror a la precedente, siendo única en su clase y, aunque en apariencia insuperable, prefigurando siempre a otra aun más atroz. El sueño se desvanece cuando, ante la penúltima pieza de la colección (es tan horrible que algo peor no se concibe) retrocedemos, temblando, y al tratar de huir nos damos cuenta de que todas las galerías conducen fatalmente a esa vitrina que, además, carece de clasificación o notas explicativas. No he podido nunca recordar con precisión su contenido, pero si una piedad del dios me lo impide, no quisiera nunca dejar a ese dios tejer su lenta pesadilla más allá de donde acostumbra, porque entonces el olvido no sería un consuelo ni tampoco, sospecho, lo sería el despertar... si es que tal cosa es factible cruzados ciertos límites...

Disfrazado de Museo, el edificio pasa como tal durante la vigilia, y un dios misericordioso ha querido que, por esta vez, la máscara sea la cara y que el Museo sea el Museo y no el Infierno. Pero nos ha legado el sueño, que los concilia, porque hay una región (que algunos llaman el Museo) donde el sueño y la muerte son la misma cosa.

BODEGÓN
GUILLERMO SAMPERIO

Guillermo Samperio (1948). Uno de los narradores más notables de la tradición fantástica mexicana, desde su primer libro de relatos, *Cuando el tacto toma palabra* (1974), que posteriormente dio título a su reunión de cuentos publicada por el Fondo de Cultura Económica en 1999, dio muestra de una mezcla única de compromiso político e irrupción de lo fantástico en la realidad. Sus cuentos apuestan por una escritura exigente e implacable, donde el sentido del humor se alía al sentido del horror. Su libro *Gente de la ciudad* es uno de los mejores mosaicos de la multiplicidad de la urbe. El primer premio de Cuento del Museo del Chopo, convocado en 1975, correspondió, con justicia, al relato que aquí se incluye. Además de otras distinciones, Samperio recibió en 1977 el Premio Casa de las Américas por su libro *Miedo ambiente*.

> ...El país que es principalmente sótanos,
> subsótanos, altillos y despensas alejados del Sol.
>
> RAY BRADBURY

A la mamá de Otto le ofrecieron dinero para que expusiera a Otto en el museo. No sabes si aquello fue una *guasa* o si hubo algo de verdad, pero lo que haya sido.

Aunque te has esforzado por evitar los llamados de esas gentes que, no sabes por qué, has denominado *Secta*, con *ese* mayúscula, hay por ahí dos parientes que te atraen por medio de una cuerda que no puedes definir, pero que al menos intuyes. Pero todo lo intuyes o crees que lo intuyes, ningún problema lo has querido aclarar: intuyes que usas calcetines y camiseta y que te gusta tu prima Lu. Pero muy en el fondo comprendes que la intuición es una especie de coraza, de ponerse detrás del muro para llorar. Rebuscas momentos de seguridad y extraes tu locura por las películas de Hitchcock, tus lejanos deseos de salir del país, inclusive tus lances de político estudiantil; pero nada de las nadas, surge la coraza, reculas, atrasas, tapas el Sol de tu cerebro con el dedo meñique y te pones dentro de la vitrina mostrando tu ojo, aunque estés en la calle o en la cama. Intentas reponerte: en la actualidad cantan otras notas musicales tus cenzontles disecados. Y dices notas musicales para ganar ambigüedad, para que las ideas queden un poco fuera de las palabras. Miras en tu cabeza una cola a la entrada de un museo, cada persona carga una bolsa de recuerdos, de vida detenida, de pensamientos y sueños, de hechos que se imaginan en la vigilia. La primera, Lu, espera en el cuarto o quinto lugar con su cargamento: una bolsa de polietileno llena de ardillas y trilobites. Las ardillas son de color blanco y sepia. Observas *clarito* los ojos de vidrio de las ardillas blancas azules y rojos. Tu prima también tiene los ojos azules, pero los ojos son otros, parecidos a los de la comadreja. Y como la mayoría de los acontecimientos son absurdos o así te lo parece o porque en la actualidad todo se combina y se trueca el museo tiene una sala de cine: la Sala Chopo que sólo proyecta películas mudas, señoras y señores.

Aparte de este insólito hecho, la Sala Chopo presenta la peculiaridad de que nada más tiene una butaca, y a la entrada, en lugar del depósito de boletos común y corriente, hay un acuario con peces de verdad. Intuyes que la gente que espera, incluyendo a tu prima, viene a ver la función.

NO HAY PERMANENCIA VOLUNTARIA

La voluntad está de tu parte, y con toda razón exclamas: por lo menos que dentro de mi cabeza se haga mi voluntad. Reculas. Te asalta la vacilación. La vitrina. ¿Hasta qué punto lo de afuera no está adentro? ¿Quién puede afirmar tan categóricamente que tu museo interior no es, quién sabe de qué desgraciada manera, la intromisión del museo-ciudad, del museo-calles, del museo-casa, y que todo lo que se mueve puede, en el fondo, estar suspendido, solamente esperando el zarpazo de la muerte? Tú mismo te has mofado de la dialéctica y has dicho que si de casualidad existe una dialéctica, es la dialéctica de lo torcido. Pero con sobrada razón pides voluntad en tu cabeza, aunque sea voluntad para intuir, para adorar a Hitchcock, para rozar un blanco brazo de la prima Lu, a pesar de lo raro del museo interno.

> POR CONSIGUIENTE PARECE QUE LAS CÉLULAS SE INTERCAMBIAN
> NUMEROSOS MENSAJES, QUE TIENEN, ENTRE OTRAS, LA FUNCIÓN
> DE MANTENER CADA CÉLULA "EN SU LUGAR" Y REGULAR
> SU MOVIMIENTO DURANTE LA "MORFOLOGÍA".

Sería una estupidez repetir la función igual que en un cine comercial; las gentes deben irse a sus casas para meditar el espectáculo. Otra noche pueden regresar y les proyectas lo mismo, lo mismo, lo mismo. Para entonces los detalles más insignificantes cobrarán vida, al dinosauro le faltarán los huesos que le faltan, la humedad será una humedad real, sin musgo de sobra. Para Lu tienes una escena, la escena preferida de Lu: aparece Max Linder vestido de overol blanco y con esa terrible gracia de Max, como si todo fuera mirarse en el espejo, se desabotona el overol y desde su aparente corpulencia comienzan a surgir muchas ratas blancas (tienes obsesión por lo blanco); mientras tanto Lu, sentada en la única butaca, desamarra la bolsa, y los trilobites, a duras penas, se arrastran sobre su falda, las ardillas saltan y corren hacia la pantalla para reunirse con los animales de Max Linder; y cuando las ardillas pululan por la manta, casi desesperadas, le película se quema, aparece el clásico caramelo retorciéndose, el rostro de Max se contorsiona y las ratas y las ardillas se consumen en el mismo cuadro de la cinta. Por su parte, los trilobites –aquellos que lograron llegar– truenan y saltan como frijoles mágicos. Lu, segundos después de la catarsis, contempla el panorama de la sala, se pone de pie, patea dos trilobites-sanguijuelas y comprende el vacío y el frío. El túnel de luz sigue clavado en el velamen. Lu dobla su bolsa, sabe que ya no hay nada qué hacer, que no es necesario encender luces ni abrir puertas ni poner anuncios para la dulcería. Lu conoce el laberinto de vitrinas. Lu abre un estante y entra a lo que ella denomina casa, Lu tira la bolsa sobre la mesita de centro. Escucha el ruido metálico de la puerta:

–Qué milagro, Otto. Qué cara de bobo te cargas. Pásale.

—Pues nada, dando una vueltecita.

—Pásale.

—La cara de bobo la traigo siempre acuérdate.

Por lo que respecta a tu cara tanto ella como tú sobreentienden que existe una falsedad, una hipocresía compartida; eso de la "vueltecita" es otra gran mentira: te morías de ganas por llegar y circular por el tejemaneje de pasillos y olores. Estás aquí por ese malentendido gusto de acercarte al cuarto de la abuela Zubera, para intuir algún misterio más allá de la puerta.

Y también, ¿no querías encajonarte en el estudio del tío Wilhelm y escuchar algo de ópera, comentada por el mismo Wilhelm, y mirarle los ojos a Lu o simplemente quedarte sentado, recargado, acomodado en cualquier zona de esa casa y de ninguna otra? Debiste decirle a tu prima que no era una vueltecita común y corriente, que llegaste por medio de una "ida directa y premeditada"; que llevas al propósito de platicarle lo de la intuición y lo de las ratas de Max Linder.

Aunque Lu te ha invitado a pasar, sigues parado entre las rejas, mirando las grandes bolas de granito, escrutando los ventanales y como queriendo descubrir un secreto en los ojos de Lu:

—Creo que exageré.

—¿Qué dices?

—Nada.

—Entra que me muero de frío.

Entran en la sala. Percibes el primer olor: amoniaco, y de inmediato piensas: amonite, neumodermo y... le paras, porque tu asociación espontánea te llevaría hasta macrópodo, cheltopusic. Observas con amargura que la bolsa de las ardillas no está; quizá la escondió antes de abrir. No lo puedes comprobar. Pero no la escondió, la bolsa no pudo salirse de tu museo, en fin.

—¿Ya lo conocías?, es mi novio.

—Mucho gusto.

—Mucho gusto.

(¿Otra falsedad?) Ahora sí has puesto la mejor cara de bobo que pudiste encontrar. Cómo no darse cuenta de que ahí se encuentra un tipo y que seguramente del estudio de Wilhelm viene la música de clavicémbalo. Lu te dice que vayas, que su papá está desocupado. Después del mucho gusto, aplicas otra fórmula: con permiso.

—Estás en tu casa —contesta él.

Comienza el tejemaneje y te gusta porque estás habituado a las sensaciones de protección que te ofrece el reducido espacio de los pasillos y corredores. Percibes muy claro que la lluvia se hace presente allá afuera, en la ciudad-museo; es como un sonar de millones de tamborcitos que te viene desde el juego de triángulos de la techumbre. Y detalles aún más; son tamborcitos de fierro que se entremezclan con la música del clavicémbalo para ofrecer una sonata de escándalo. Y sin saber por qué, te sientes contrariado, pero también a gusto con la defectuosa acústica de la edificación, con ese sucesivo entrechoque de los ecos del teclado del clavicémbalo y de los tamborileos, como si fuera una fuga desacorde. Tal parece que la música de Scarlatti se apresura por escapar, por largarse aunque sólo sea hacia la noche marroquí; pero en su desesperado afán por escurrirse del ambiente, y al presentir una inexplicable taxidermia de corcheas y semicorcheas, parece un murciélago desequilibrado chocando y rebotando y produciendo un silencioso escándalo de membranas doloridas. Y a esto habría que sumarle el choque de tus zapatos contra el mosaico, el concierto de la lluvia, el rechinar de un tranvía y los ecos de las voces de Lu y del hombre que ella, sin ningún trámite, llamó "novio". Del ambiente te llega otro aroma: naftalina; te detienes al darte cuenta de que has pensado *aroma* y no *olor*; miras tus zapatos en la penumbra, mientras una leve sonrisa se perfila en tu cara. Intuyes que no está bien eso de aroma, y sin ninguna mediación te preguntas que si no hubiera sido mejor que las ratas de Max Linder fueran grises, porque aroma y color gris hacen una pareja sospechosamente agradable. La leve sonrisa se transforma en franca carcajada, pero de inmediato te cubres la cara al percibir que la sonata de tambores, aromas, vitrales y clavicémbalo se descompone aún más con el ruido de tu garganta.

Regresa la fuga, pero ahora representa una verdadera fuga, interpretada por manos torpes, que dan la impresión de que llevan mucho tiempo intentando un ordenamiento consciente de los dedos, pero que sin querer, a pesar de la rabia y de la baba, el índice se adelanta, el anular se niega y luego hay un movimiento brusco, incontenible, de todos los dedos para producir esa multiplicidad de sonidos que muy en el fondo podría afirmarse que es una fuga y que, en realidad, no es otra cosa que un Scarlatti angustiado, un murciélago que agoniza en su propia oscuridad, en la oscuridad de esa construcción que emerge silenciosa en el museo-calle; y no sabes y el murciélago tampoco sabe, que si de casualidad se llega a realizar el escape, aún habría la incuestionable posibilidad de enredarse y chocar en un golpe de gracia contra alguna de las torres, que hace bastantes años te aventuraste a denominar chapiteles.

Al percatarte de la cómoda que tienes en tus narices no puedes contener un lipedóptero, macaón, mariposa, cheltopusic, saurio, lagarto, zarigüeya, didelfo, cola prensil, zorra; pero esta vez no detienes ese caminar, porque de alguna manera hay una concordancia con murciélago, tambores de lámina, gris, naftalina, Zubera, ojos azules, bola de granito, Sala Chopo, Lu, intuición y Wilhelm. De momento te surge el deseo de ir al cuarto de mi abuela Zubera porque imaginas que la naftalina se encuentra ahí dentro y que a partir de ese cuarto estarías en posibilidad de arribar a un ordenamiento de imágenes y sensaciones; pero el tío Wilhelm, sí, Wilhelm. Ya estás a unos pasos de Wilhelm y decides que mejor Wilhelm, nada más que Wilhelm.

> SIN EMBARGO, CUANDO UN GRUPO DE CÉLULAS, QUE L. WOPERT
> HA LLAMADO "CÉLULAS TERRORISTAS", RETARDA
> LA TRANSMISIÓN DEL MENSAJE O, EN SU DEFECTO,
> EL MENSAJE NO ES REALIZADO...

—Cómo estás, Otto.

—Bien, tío, y ustedes.

—Pues yo, escuchando a Scarlatti.

Mientras Wilhelm recoge unas monedas de la mesa y te indica una silla, piensas: Siempre que vengo a esta casa me siento en entredicho, como si estuviera forzado a dar una explicación detallada de cada palabra, de cada pensamiento, de mis calcetines, de mi camiseta. ¿Por qué fumo Delicados sin filtro? ¿Por qué me gustan las palabras trilobites, cenzontle, bicicleta, neumodermo, cheltopusic, dinornítidas? ¿A qué se debe que teniéndole pavor a la claustrofobia, me agrade estar encajonado, encerrado, pero no lejos de la gente; a qué se debe? ¿Por qué tuve que enamorarme de algunas palabras y, por medio de ellas, entrar al gusto infernal por los crucigramas y los acertijos y por todo lo que implique suspenso o tejemaneje? ¿Por qué desde siempre estuve enamorado del blanco brazo de Lu?

Cuando venías por Insurgentes pensaste que después de varios meses sin pararte por allá, era necesario construir una historia portentosa. No te creerían la disculpa de que en cada visita quedabas exhausto y liviano, y que por ese motivo estabas forzado a dejar que pasaran los meses para que se acumularan sucesos, miradas, fobias, dificultades, gozos, obsesiones y llanto detrás del muro; para así poder llegar hasta Orozco y Berra, caminar hasta el fondo de la calle, acercarte a lo que ellos denominan casa, golpear con una pluma los barrotes como si fuera marimba y por último golpear la puerta con la aldaba. Entrar hasta Scarlatti y los armarios y hasta las monedas antiguas que Wilhelm no sabe o no quiere saber con qué limpiar. Cómo externarles que al entrar en la casa presientes intensísimamente que está pasando algo fuera de lo común, o que en realidad intuyes que en alguna esporádica visita sucederá cualquier cosa menos el monótono rodar de las bicicletas y ese duro dormir de los fósiles. Para qué decir que tu tío acaba de entrar en la Sala Chopo con su respectiva bolsa, llena de gusanos con pies de dedos. Es una bolsa de lona que Wilhelm tiene que sostener con ambos brazos. Los gusanos son un poco más grandes que los normales, miden alrededor de treinta centímetros, gordos y los pies son dedos de mujer joven. No dejan de agitarse como si les perforaran el estómago a miles de mariposas. El rostro de Wilhelm muestra temor y repugnancia; podría afirmarse que no se identifica con sus gusanos. En una ocasión, más o menos por el pasillo de la cabra de dos cabezas, el tío Wilhelm soltó la bolsa y los gusanos saltaron en varias direcciones, revolcándose entre el polvo y estrellando otros cristales de los aparadores. La cola se agitó, algunos escolares salieron despavoridos; tus ideas pisotearon dedos y cuerpos rechonchos; había que detener el desequilibrio. Esa tarde suspendiste las proyecciones.

HOY NO HABRÁ FUNCIÓN

Hasta que los personajes del museo-otto retomen sus lugares precisos y la cola vuelva a la normalidad. Desde aquella vez, tu vecina Gilda desapareció, tal parece que sus gorriones sin patas salieron volando por los huecos de los ventanales y del vitral del frente, y nadie pudo hacer nada por ella, sobre todo porque la gente se encontraba demasiado entretenida cuidándose de los gusanos de Wilhelm. Cosa graciosa, la gente huyendo de los gusanos y tus ideas pisoteándolos; pero, entre otras cosas, no pudiste evitar ese desorden, la culpa fue del tío Wilhelm, el responsable de la crisis sólo podía ser él, Wilhelm, nada menos que Wilhelm. Han pasado los meses y ya controla mejor la bolsa, a pesar de los chipotes que surgen, zigzag, por toda la lona. En la función de Wilhelm rompes un poco con las reglas del museo (¡bueno!, después de todo), en esa función sí hay sonido, pero desacorde con las secuencias proyectadas. Sale una toma de *El acorazado Potemkin*, el mar al principio es manso, pero a medida que el acorazado avanza de izquierda a derecha en la pantalla, para perderse en la oscuridad de la sala, las aguas se agitan, viene la marejada, el rectángulo blanco tiende a desbordarse, es imposible que la tela resista y el líquido brota buscando espacio, entonces Wilhelm no se preocupa ni siquiera por abrir la bolsa, el agua rasga la lona y arrastra a los gusanos hasta la playa de la salida de emergencia. Como si fuera un muñeco de plomo, Wilhelm se queda atornillado en la butaca, porque has decidido que para él las aguas tengan la consistencia del viento ligero que despeina a los mirlos. Una canción de Pink Floyd acompaña la función. Wilhelm se para, echa el asiento hacia atrás, se sacude el pantalón como si estuviera quitándose los restos de unos pistaches. Se peina las canas, se retira el sonido y también tu tío, que te dice:

—¿En qué piensas?

—En nada. Miraba cómo limpias las monedas.

—Esta es de 1847. Las pienso mandar a que se les dé un baño de oro. De oro bueno. He estado pensando en tu madre.

—Las de la cajita son centavitos, ¿verdad?

—No, son alemanas, eran de mi mamá, las encontré entre sus cosas. También había un dólar de plata. No te lo enseño porque lo tengo —señala el ropero— guardado. ¿Cómo la has pasado?

—Bien.

—Fuimos a dejarle unas flores a tu madre y tú no habías ido, los floreros estaban vacíos.

—Fui muy tarde y ya no me dejaron entrar.

—Creo que debes respetar su memoria. Nosotros la quisimos mucho y parece que ella nos correspondía de igual manera, estoy seguro.

—Es que…

—Todo el tiempo que estuvo con nosotros nunca hubo motivos para una mínima fricción. Tuvo mucha paciencia con tu abuela Zubera... Ella sí era mexicana.

Mientras Wilhelm observa una moneda como a través de un telescopio, Scarlatti abandona el estudio; llegan apenas los ecos de las voces de Lu y su novio. Se te ocurre pensar que los ecos vuelan con dificultad, abriéndose paso entre los aromas y la música de los tambores pluviales, que quizá vinieron pegados al mosaico, buscando los recovecos oportunos.

—¿No tienes algún disco de Chaliapin?

—Cómo no. Tengo una joyita grabada en Rusia. ¿Te gustan los bajos?

Wilhelm saca del disquero una pasta de color rojo, y por el tamaño le preguntas que si es de 78.

—Es de 33, nada más que más chico. Lo tengo rayado en el aria de Mefistófeles; se me hace que Lu me lo echó a perder. Es una desgracia este tocadiscos. Después te pongo un bajo que te va a gustar, nada más que no es profundo.

Ya se avecina la palabrería que te llegará desde tu tío. Nunca le falta qué platicar. Al rato te dará una cátedra de música clásica. Las voces irán apareciendo para poblar el estudio, escucharás distintos tonos, gorjeos, respiraciones bien aprovechadas. Si les alcanza el tiempo, Wilhelm sacará el cuaderno para leerte los poemas de siempre; porque tú sí lo escuchas, a ti sí te gusta la ópera; los cuadros que pinta los observarás como si estuvieras frente a un Magritte. Por tu parte, aunque sean dudosas las afirmaciones de Wilhelm, sólo te quedarás sentado sin articular una palabra o cuando mucho dejando salir tus acostumbrados monosílabos; pero, además, a eso fuiste, a callarte unas horas y a introducirte en sus sueños y en sus vidas. Con Wilhelm experimentas lo contrario que con Lu, prefieres escucharlo, que te cuente lo que le venga en gana; a Lu quisieras platicarle cada milímetro de tus experiencias. No intentaste, en varias de tus "visitas familiares", trasmitirle a Lu el impacto monstruoso que te causó *Los pájaros* de Hitchcock, y que después de la película, mirabas la vida con unos ojos-mirlo, que practicaste, inclusive, una vida-mirlo, que buscaste en las calles del Distrito Federal otras vidas-mirlo para agregarlas a tu museo de objetos multisimbólicos. Y que la mayoría de las películas de Hitchcock arribaron a tu cuerpo como un transatlántico en la Avenida Juárez, para que tus horarios, tus coleópteros y saurios, tus espiadas a la vecina, tu frustrada carrera, el blanco brazo y los ojos azules de Lu, para que todo eso se pusiera a tambalear ante la acometida de ese trasatlántico, que tú mismo aceptaste como si fuera un simple y llano dinosauro.

Claro que te mueres de ganas de contarle a Lu que no sabes nada: de ópera, que apenas has oído hablar de Chaliapin y que hasta este momento te acabas de enterar de que es un bajo profundo; aceptarás que te "agrada" la ópera, pero que no encuentras el agujero por donde comprender la belleza de esas voces que de chico llegaste a odiar y que es probable que sigas odiando, sobre todo si traes a colación los aromas y tu pómulo y tu ojo y los grises y los pelos en la frente; admitirás que el aria de Mefistófeles, a pesar de ese *track* constante, te trasmite algo que tú intuyes como frescura, como un brazo levantando un tractor; pero nada, señoras y señores, nada, reculas, te encuclillas, te acochinillas y te largas hasta la Sala Chopo y Max Linder y el acuario con peces de verdad, hasta la ciudad-museo que abandonaste a tus espaldas. Te reencuentra el consuelo-mirlo de que un suceso inexplicable está por fraguarse en el interior de un cuarto, allá, al fondo del laberinto de biombos y pasillos. Te da por imaginar un acertijo en el que los cuadros de animales con patas de dedos que pinta Wilhelm te señalan un camino de comprensión; pero luego abandonas el acertijo porque la señal es más que obvia.

Te sumerges en el recuerdo del sueño que te contó Wilhelm, del sueño que llevó a Wilhelm a pintar lo que ahora pinta; una ciudad se distorsionaba a su alrededor y unos túneles color carmesí terminaban su profundidad exactamente en sus ojos y de muy lejos hasta allá se acercaban unos animales rarísimos cocodrilos con cabeza de mandril mariposas con tórax de león y pies de dedos de hombre maduro múltiples combinaciones pero que lo que más me aterraba del sueño eran los dedos lo humano que se colaba en aquel zoológico fantástico sí los dedos diferentes como los tuyos y los míos y cuando los túneles se habían disipado y la panza de un cocodrilo-mandril me asfixiaba desperté y entonces me dije que tenía que dejar de pintar paisajes y mujeres arias para descubrir el significado de los sueños aunque odie el Surrealismo y así poco a poco me he ido metiendo en la pintura de esa corriente.

—¿Y no has vuelto a tener el sueño de los dedos?

—No. Escucha qué voz.

Chismes, dictaminó Wilhelm, calumnia solapada; cuando se sueña con ratas eso quiere decir chismes, cizaña a tus espaldas, cuídate, terminó por decirle a Lu. Hasta qué punto estabas de acuerdo con el significado que Wilhelm le atribuía al sueño de Lu. Opinabas que para tu sala era muy precaria la tal significación, que resultaba muy elemental pensar en simples chismes o en calumnias. Pero qué cara pondrían si les confesaras que tú te soñabas encerrado en el cuartito de la abuela y que, a pesar del esfuerzo desesperado de tus pulmones, la respiración se te apagaba por tanta rata y tanto gusano sofocándote, obstruyendo la salida, y que estabas a punto de gritar pero que las cuerdas vocales se atascaban en el lodo del silencio. De seguro no pondrían ninguna cara de sorpresa ni nada parecido, lo tomarían con tranquilidad y una explicación superficial serviría para darte a entender que no exageraras la nota. Pero, entre bizcocho y bizcocho, descubrirías una mirada cómplice de padre a hija, en ese orden, de padre a hija, para que de inmediato dedujeras que ellos habían descubierto el porqué de ese zoológico persiguiéndote. Entonces —pensarías— el viejo cuadro del halcón sin patas, que aún no estaba terminado según Wilhelm, se relacionaba claramente con los gorriones de Gilda. Y qué casualidad que aunque sólo los visitabas de vez en cuando, y en el fondo nada más te unía a ellos algo inclasificable, sí, qué casualidad que pensaras tanto en ellos y que casi por inercia llegaras hasta la aldaba y que al entrar la casa fuera, desde luego, un tanto oscura, pero por lo demás completamente normal, hasta un novio y música clásica y bizcochos y café con leche y moneditas antiguas. Claro que no pondrían ninguna cara, más que la de siempre; a quién se le puede ocurrir que precisamente ellos iban a poner una cara de sorpresa. Y que mirando las cosas con ojos-mirlo, te iban a venir a engañar a ti, nada menos que a ti.

—¿Sigues tomando tus clases de inglés?

—No.

—Ya decía yo que se necesitaba constancia.

—Pues sí.

—Cangrejo, es lo que eres, un duro cangrejo.

Y por qué la ironía de Wilhelm con ese lugar común, por qué siempre se refiere a tus actividades con lugares comunes. Cuando le comentaste tu decisión (o ¿indecisión?) de abandonar la carrera te dijo que algo tenías que hacer en la vida, y así podrías ir formando un ejército de lugares comunes. Pensabas que los decía para que tú te fueras al otro lado del lugar común, para que sintieras que cada frase que ellos transmitían (porque no sólo era Wilhelm) implicaba lo radical contrario. En ese simple *entra que me muero de frío* de Lu se encerraba un cosmos de comprensión, implicaba que lo que no habías descifrado durante toda tu vida, ella lo había resuelto con sus ojos azules de un chispazo; sabías que el blanco brazo de Lu concentraba la capacidad de una mañana nublada para derrotar el ánimo de cualquier clase de vida, de cualquier sueño, de cualquier chimenea humeando allá a las cinco de la madrugada.

—No te preocupes. Siempre se va a esta hora.

—¿Sí? —preguntas, con la voz casi quebrada.

Te asomas por la ventana para cerciorarte de que en realidad se va la luz en toda la colonia. La respiración se te normaliza al darte cuenta de que sí, de que la calle está a oscuras. En el trasfondo de la retina aún te queda una especie de luz fosforescente, es el recuerdo de la claridad de la lámpara; y al mismo tiempo, también como un recuerdo, ronda tu cabeza la voz deformada y pastosa de Chaliapin que se callaba lo mismo que la lámpara.

—¿Tardará mucho en venir?

—A veces sí, a veces no. Pero es una desgracia que se haya ido en este momento.

El cuerpo de Wilhelm se mueve, supones que camina hasta el tocadiscos, que levanta la aguja. Escuchas su respiración y luego sus pies que se arrastran hasta donde estás, miras un bulto que se agacha y del buró saca una vela que prende *luego luego*. Ansías que venga la luz lo más pronto posible, la vela no representa ninguna seguridad. Las cosas no pueden quedar dependiendo de un pabilo.

—¿No tienes otra vela?

—No, este pedazo es el único.

Dejas por un momento la idea de otra vela y resuenan las palabras: "Pero es una desgracia que se haya ido en este momento". Lo dijo muy seguro, como si hubiera preparado la frase mucho antes de que llegaras de visita. Te preguntas si en realidad se va la luz a esa hora o si no es una casualidad premeditada; no pensaste, en cuanto la oscuridad se apoderó del estudio, que era muy probable que Lu hubiera bajado el *switch* para jugarte una *guasa* de mal gusto, y que en ese momento tu tío y el mentado novio y ella misma procederían a realizar lo que detalladamente habían planeado. Y por qué Wilhelm no respondió: "No, no tarda ni diez minutos"; sino que contestó con ese ambiguo "A veces sí, a veces no". Ahora te inunda un escalofrío porque intuyes que todo ese atado de imágenes y sensaciones se te revelará muy pronto como la luz fosforescente en el traspatio de tus ojos. Entonces comprendes que Wilhelm no necesitaba responder con esos lugares comunes para suponer que los lanzaría; que no era indispensable decir "Siempre se va a esta hora" para que tú supieras que no, no se iba a esa hora, que en esa colonia nunca se iba la luz, que Wilhelm recordó millonésimas de segundo antes de que se apagara la lámpara que eso tenía que responder. Para que tú te sumergieras en la eternidad, en Hitchcock, en aquello que te traía loco del cuarto de la abuela Zubera.

—Por qué no vas con Lu, a pedirle otra vela —propone Wilhelm.

—¿Y el novio? —con la voz quebrada de nuevo.

—Qué tiene el novio. ¡Ah, vaya! No, ya se fue hace horas.

—Bueno.

ES ENTONCES CUANDO LA MORFOGÉNESIS SE TRUECA EN UNA PATOMORFOGÉNESIS...

Te sabes de memoria el crucigrama de pasillos y hasta sin querer llegas a decir en voz baja: mamut, saurio, cheltopusic, duro fósil. Y sin que te lo llegues a explicar, ese resolver el crucigrama te desencadena un ruido escandaloso en la cabeza, en el museo-otto, y lo único que atinas a comprender es una palabra: murciélago. Sí, ahora Scarlatti vuela desesperado en el museo-otto y todo está oscuro, en los dos museos, en los tres museos, en los diez museos; el sonido de la lluvia parece aguacero y los ruidos en tu cabeza aumentan; se escucha un quebradero de vidrios, quizá algún grito en el fondo del *ruidajal*; pero caminas, tus piernas no se detienen y mueves los brazos como si el océano de Wilhelm estuviera rodeándote y ahogándote; corres un poco y te percatas de que al avanzar disminuye el desorden; corres otro tanto y el murciélago vuela mejor, vuela sin tanto tropiezo, como que recuperara la vida, su aguda sensibilidad; y como si te entrara un fogonazo de claridad comprendes que te diriges hacia el cuarto de la abuela Zubera y que a medida que te acercas a él se produce un franco ordenamiento en el museo-otto. No puedes adivinar en qué lugar se encuentra Lu, piensas estúpidamente que por la respiración la podrías descubrir; es probable que esté en la cocina o en la sala o detrás de un anaquel o en el baño: no percibes su respiración. Encrucijada: el cuarto o Lu. Pero la encrucijada es una falsa encrucijada, el acertijo es un pueril acertijo, el suspenso es una masturbación mental; ahora entiendes profundamente que lo que te gusta de Hitchcock no es tanto la historia-*suspense* en su conjunto, con todo y solución y ojo y pelos y descubrir al asesino; te gusta todo menos que se resuelva el ¿quién fue? Y, además, la encrucijada es una falsa encrucijada porque a nadie puedes engañar, ni a ti mismo como es tu costumbre, de que te diriges sin remedio hacia el cuartito de la abuela Zubera, y de que no hay Lu ni Wilhelm ni Mamut ni Max Linder, y que si de casualidad hay todo eso, es en función del cuartito, sólo en función de él, y que si existe una encrucijada es entre largarte para regresar dentro de ocho meses o entrar al cuarto; esa es la encrucijada de todas las veces, en las que siempre ha vencido la negativa a descubrir el ¿quién fue? El murciélago vuela ahora como llevado por un vals bien ejecutado; el clavicémbalo por primera vez se percibe con toda claridad, nota por nota, compás por compás; el ruido escandaloso en tu cabeza le cede el lugar a un imaginado Scarlatti que se transporta con destreza y agilidad; y este conjunto de hechos te señala que ya no hay que caminar más. Tomas la manija y retiras la mano, la tomas de nuevo y aún no te decides a dar el insignificante giro; es la oportunidad que tanto anhelaste y no la puedes desperdiciar ahora que la música es como un reflector dentro del museo; das con la clave y entras ahora o renuncias a tu vida-mirlo. Tienes las piernas relajadas, demasiado tranquilas a pesar de la situación. Por fin te decides, giras media vuelta la manija, escuchas un tenue rechinido y piensas: la abro poco a poco o *de sopetón*, te decides por el *sopetón*, pero an-tes opinas que todo es ridículo, que hasta decir "sopetón" es una imbecilidad; abandonas esas ideas y volteas hacia atrás como deseando que Lu venga del pasillo y te diga: "Ten la vela que quiere papá", pero sabes que andas buscando una disculpa para no entrar, para regresar al estudio y hacerte el que nada sabe, que no encontraste velas y que al fin y al cabo ya te ibas, pero el melódico volar del murciélago te retiene, hace que te aferres a la manija como si fuera una pistola y tuvieras que matar a alguien y que si no lo matas él te mataría a ti; no lo piensas más y abres, empujas la puerta y pegas el grito más terrible, doloroso, que hayas pegado nunca al descubrir que Lu viene de frente sosteniendo una vela que le alumbra el rostro y dice: "Qué te pasa, Otto", y casi a punto del desmayo escuchas que Wilhelm viene hacia ustedes. Te recargas en la puerta. No puedes articular palabra; la luz de la vela te muestra el cuarto y lo vas recorriendo con la mirada: escobas, sillas rotas, cajas destartaladas, varios pájaros disecados sin alas o sin patas o con el aserrín de fuera, frascos; intentas entrar para mirar al fondo pero Lu te propone que salgan. Llega Wilhelm, en tanto que tú has hecho a un lado a Lu y ya en el interior del cuarto observas varias vitrinas amontonadas entre las que destaca una que tiene una tarjetita amarillenta que dice:

OTTO

...DESDE LUEGO QUE EL EMBRIÓN PROSIGUE SU DESARROLLO, PERO EL RESULTADO, EN LA MAYORÍA DE LOS CASOS, ES NEFASTO.

VENIMOS DE LA TIERRA DE LOS MUERTOS
RAFAEL PÉREZ GAY

Rafael Pérez Gay (1957) ha combinado la narrativa con el periodismo literario. Sus lectores pueden seguirlo semanalmente en las páginas del diario *El Universal*; también sus artículos están reunidos en libros como *Diatriba de la vida cotidiana, No estamos para nadie* y *El corazón es un gitano*. Su novela *Nos acompañan los muertos* es un homenaje a la Ciudad de México y un relato sin concesiones sobre la decadencia de los padres. Dirige la editorial Cal y Arena y conduce el programa *La otra aventura* en Canal 40. Necaxista y futbolero recalcitrante, reunió sus crónicas del balompié en *Sonido local*. El cuento "Venimos de la tierra de los muertos" está incluido en el volumen *Paraísos duros de roer*, aparecido en 2006.

—La vida después de la muerte. Si lo dudas, ven a la casa de Tlalpan
—en las palabras de Andrea Cisneros resonaba la fuerza destructiva
de la fe.

No creo en la posibilidad de una segunda existencia más allá de
este mundo, pero la frase me perturbó como si fuera un hecho com-
probado en un laboratorio de fantasmas. La fe ciega quebranta al
más plantado filósofo racionalista. Durante años, Andrea fue una co-
leccionista insaciable de vidas imposibles, buscadora arrebatada de
mundos impracticables. Le entregó su juventud a las agitaciones de la
izquierda y a sus ritos de paso. Defendió a capa y espada la revolución
cubana y amó a un hombre de Pinar del Río que la abandonó; ejerció
el proselitismo de la guerrilla latinoamericana y tuvo un novio ni-
caragüense, activista de la revolución sandinista; en solidaridad con
los presos políticos, realizó secretas misiones sexuales con un mon-
tonero argentino; cuando los fulgores del año de 1968 eran brasas de
aquel fuego mítico, aceptó ser la amante de un santón del movimiento
estudiantil. Con reservas no del todo explícitas, simpatizó con la su-
blevación guerrillera del Ejército Zapatista de Liberación Nacional y
con el éxito insólito del subcomandante Marcos. Que yo sepa, no ha
tenido un amante indígena: a Andrea le gustan los hombres urbanos,
blancos, barbados, iluminados por la luz del heroísmo.

Cuando el crédito se agotó en el banco de las ideologías, Cisneros emigró al psicodrama, a la macrobiótica, a las experiencias místicas, a las creencias esotéricas. Esa cruzada por la fe construyó un gran obelisco en el centro de su vida. El alba del siglo XXI la sorprendió en la búsqueda de seres de otros tiempos perdidos en los pliegues de este mundo. Puestas así las cosas, no tenía por qué perturbarme que Andrea se refugiara en el último anhelo del ser humano: la búsqueda de la eternidad.

—Te da miedo lo desconocido —me definió con un trazo seco. Su voz fue más enfática—: Ven a la casa de Tlalpan.

Tenía razón, siempre me dio miedo la oscuridad del azar. A Cisneros y a mí nos unían los escombros de nuestros años de juventud. Las grandes causas nos habían abandonado durante el camino de nuestros años cuarenta. Ella se amparó en el pequeño fanatismo, cerca del obelisco de la fe. A mí simplemente me faltaron las fuerzas ciegas de la convicción. Insistió:

—El sábado nos reunimos. Te dejo la dirección —apuntó en una servilleta desechable la calle y número.

Antes de irse, se despidió con un beso y una caricia en la nuca, vagos ecos desprendidos del pasado de nuestra vida amorosa segada por la guadaña del fracaso. Alrededor de la dirección de la casa de Tlalpan dibujé en la servilleta líneas quebradas, flechas sin rumbo, una tormenta. Los fogonazos de alcohol me recordaron los días del cataclismo. Siempre llega el día en que ocurre un desastre interno, tarde o temprano. Fui al médico. Ordenó un análisis de laboratorio que tiene nombre de *performance* neoyorkino: Perfil 20. Imaginé una exposición en la Sexta Avenida con una veintena de los contornos de una roca arrancada por artistas de vanguardia a la energía mágica del Tepozteco. No se trataba de rocas sino de investigar los rincones del cuerpo humano, en este caso el mío, mediante una muestra sanguínea, una radiografía de pulmón y un electrocardiograma. Aparte había que llevar muestras de los detritus mañaneros, en ayunas, en dos frascos. Tomar estas exposiciones es una obra de romanos. Días después memoricé palabras y cifras del raro vocabulario de los hombres y las mujeres de nuestra edad. No son pocas: leucocitos, linfocitos, nitritos, glucosa, bilirrubina, plaquetas, antígeno prostático, colesterol, triglicéridos, ácido úrico. Antes hablábamos de noches de amor, bares, amistad, libros, droga, sexo.

El médico me mandó con un neurólogo, el neurólogo realizó diversas pruebas y me transfirió con un psiquiatra. Informo rápido: ahora le cuento historias a un analista y él, después de explorar el socavón del Ello, resume la vida en conceptos monumentales. Me roba seis o siete minutos por sesión. Sé por qué lo hace. Después de mi consulta toca su turno a una mujer delgada de pelo largo en rizos negros, ojos de aceituna y un cuerpo que amotinaría los deseos incluso de un psicoanalista. Los psiquiatras piensan que los pacientes somos estúpidos.

Los días siguientes al encuentro con Andrea los ocupé en la hemeroteca. He dedicado años de mi vida a una investigación sin fin sobre la prensa del siglo XIX. No he podido terminarla. Lo digo de una vez: un día la fuerza nos abandona. Algunos fingen fortalezas inagotables pero mienten: su único patrimonio es el vacío. Sumé tres mañanas leyendo *La Libertad*, el gran órgano del positivismo mexicano durante la dictadura de Porfirio Díaz. Copié artículos desconocidos de Justo y Santiago Sierra, Manuel Gutiérrez Nájera y Francisco Cosmes. Guardo archivos electrónicos con una cantidad considerable de exhumaciones. Los investigadores somos sepultureros, traficantes de huesos viejos salvados apenas por ese momento en que la materia del pasado se vuelve combustible para el presente. Los periódicos viejos guardan el imán inexplicable de las vidas perdidas en otros tiempos. Uno de los imanes me atrajo a dos noticias del mes de octubre de 1881. Mientras un buque fondeaba en Veracruz cargado de sueños europeos, pasajeros exhaustos de sol y tormentas marítimas, un escandaloso crimen había ocurrido en la Ciudad de

México. Durante una sesión de espiritismo en una casa de la calle de Escalerilla, una mujer asesinó a un hombre: "Una médium poseída por seres indescifrables mata a un inocente". Tomé notas para el improbable libro por el que gané una de las becas que otorga el gobierno a escritores que lo engañan como yo. El viernes por la tarde cerré mi laptop protegido por la argucia del deber cumplido. La noche que cubría el exterior de la hemeroteca le daba un aire siniestro a los alrededores de la Ciudad Universitaria. En esa zona eran frecuentes los robos, los asaltos, las golpizas. Por sobre todas las cosas, de eso se trataba México en aquel tiempo. Dentro del coche metí la mano a la bolsa del saco para tomar un cigarrillo. Dejar de fumar había sido otra de mis batallas perdidas. Anoté en un papel pegado a la cajetilla un número, la cantidad de cigarrillos que había fumado. Hasta ese momento había aspirado veinte. Un triunfo de la voluntad. Recordé la frase de Mark Twain: "Dejar de fumar es facilísimo, yo lo he hecho miles de veces". Junto con el paquete, mis dedos trajeron la servilleta con la dirección que apuntó Cisneros. La cita era el sábado a la seis de la tarde.

Esa noche me entregué a la libertad y al capricho. De regreso de la hemeroteca modifiqué el rumbo y me detuve en una cantina de la avenida Revolución. Bebí y fumé sin enjuiciarme. Mientras derrotaba al fiscal que nos vuelve la vida insoportable leí en el periódico noticias de incordios políticos, disputas electorales, actos de corrupción. Creer o no creer ocupaba el centro de la vida pública, como si la fe hubiera tomado el lugar de los acontecimientos verificables. Bien pensado, la fe siempre usurpa las funciones de los hechos. Más tarde revisé los archivos de mi computadora. En los últimos meses había logrado algunas páginas presentables acerca de las encrucijadas culturales de finales del XIX, el cambio de siglo visto a través de figuras como Tablada, Nervo, Couto, Leduc, Ceballos, Campos, algunos de los poetas y narradores de *Revista Moderna*, ese antro genial y no poco pretencioso de las letras mexicanas. Ellos despidieron al siglo

XIX y recibieron el XX entre fantasías de burdel, sueños de ajenjo, relatos de suicidio y desafíos a la muerte.

El único tramo claro de mi vida en ese entonces lo ocupaba un contador inflexible que se había adueñado de mis años. Todo lo calculaba: los días, las horas, los cigarros, los whiskys, las calorías, los kilos, las páginas, los fracasos. El contador recaudaba cada noche sus impuestos. Seguí la huella de mi instinto y evadí las cifras. Me escapé del interventor y salí de la cantina festejando una liberación. Unas calles adelante entré en un hotel. Frecuenté hoteles de paso con Andrea Cisneros y en mis años locos con mujeres enredadas en la telaraña de mis mentiras. Me registré y subí a mi cuarto. Abrí el *Aviso Oportuno* de *El Universal* y leí: "Modelo edecán. Sinaloense. Elegante, personalidad, seducción excitante. Erótica, lencería, ligueros. Parejas, lesbianas. Soy independiente. 5603-2289. Pregunta por Abby".

Pregunté.

—Vi tu anuncio en el periódico.

Me interrumpió:

—Tengo los ojos aceitunados y treinta años. Mis medidas son 86, 59, 90; mi altura, uno setenta y tres Pelo largo y rubio, a media espalda. Mil doscientos pesos, dos horas, todos los contactos que quieras.

Debe ser la edad. En mi juventud nunca fui con putas, pero de un tiempo a esta parte empezaron a interesarme los encuentros rápidos liberados de la guillotina de los compromisos, lejos de los hundimientos irrevocables. Recibí en el cuarto a una mujer joven dispuesta a los fuegos breves, en la cúspide de sus veinte, de pelo en llamas amarillas, uno setenta de estatura y, en eso no había mentido, una mirada casi vegetal en distintos tonos de verde. Usaba un abrigo negro, ligero, un sombrero de fieltro, muy cerca del *flapper*, una blusa fucsia entallada, un pantalón negro y zapatos altos.

—¿Cómo te quieres llamar?

—Abby.

—¿Te gusto? —me preguntó mientras se desvestía.

—Me gustas —le respondí cuando empezamos a intercambiar nuestras sombras.

Alguna vez Tlalpan fue un lugar de fincas y casas de campo, huertas amplísimas, grandes jardines, largos y altos muros de adobe, calles solitarias abismadas en el silencio. Aquel territorio de roca volcánica y fuentes brotantes emergió del desastre. Las calamidades destruyen y crean regiones inimaginables. En esos días, por cierto, yo buscaba regiones devastadas en mí mismo. Todos buscamos esas regiones, pero les anticipo: es inútil.

El magma del Xitle sepultó a los pueblos cuicuilcas, los ríos desviaron su cauce bajo una capa de lava de ochenta metros. Mientras se enfriaba la superficie del pedregal, en las profundidades la lava seguía en movimiento. Los gases buscaron su propia salida formando enormes grietas que se convirtieron en cuevas. Las corrientes de agua trasminaron la piedra porosa en el fondo de la tierra y emanaron fuentes cristalinas, manantiales en el pedregal y entre el bosque. Un edén petrificado. Ese era el paisaje de Santa Úrsula, Peña Pobre, Fuentes Brotantes, Xitla. Con el paso del tiempo, donde hubo un cedral pusieron un campo de golf, donde brotaban aguas cristalinas crecieron edificios de interés social y basurales. A esto algunos le llaman progreso.

El tránsito en la avenida Tlalpan era un enjambre de hojalata hirviente. Inventé un atajo. Tengo manía por los atajos. Detrás del Estadio Azteca las calles me llevaron por callejones donde apenas avanzaba el coche entre los muros. En las esquinas se acumulaban montañas de basura y bandas de jóvenes pobres. A las seis y media de la tarde oscurecía. Cuando pasé frente a un cementerio y decidí que estaba perdido llegué a la esquina de las calles de Congreso y Galeana. Di vuelta en Congreso y estacioné el coche. Toqué en un portón de madera, bajo un gran farol, que unía dos muros altos de piedra y adobe. Pregunté:

—¿Andrea Cisneros?

—Lo están esperando —me dijo un hombre guiándome por un camino de baldosas que dividía un jardín sembrado de nísperos.

Caminé por el pasillo de una construcción del siglo XVIII cuya remodelación respetó los arcos coloniales, los pechos de paloma y los balcones. Un gran candelabro en el techo iluminaba la sala. De lejos vi a una niña en la habitación, pero cuando avancé unos pasos observé un rostro cruzado por el tiempo y unas manos pequeñas trabajadas por los años. Dos hombres y tres mujeres, Cisneros entre ellos, rodeaban a una enana sentada en un sillón de respaldo alto que la empequeñecía aún más. Hice mis cálculos mientras Andrea me presentaba como un estudioso del pasado mexicano. La enana se había enfundado en un vestido azul eléctrico, las piernas le colgaban del asiento y terminaban en unos botines negros lustrados con obsesión. Uno treinta de estatura.

—La verdad es un árbol con raíces —dijo la enana a través de una voz metálica, un sonido en litigio con la anatomía humana—. Cada uno tiene sus propios misterios y cada uno debe escribir su propia Biblia. La vida no es nada.

Me sublevé. Atravesar la ciudad cortando el tránsito intolerable de un sábado por la tarde para oír el sermón de una enana demagoga era un castigo inmerecido. Como si no lo supiéramos: lo único que no echa raíces es la verdad y la Biblia que todos escribimos termina como la otra, con una traición y un crimen. Por culpa de la enana destruí el plan del día. Fumé cinco cigarrillos en media hora. Aniela Long contó su historia.

Una noche de verano del año de 1954, cuando sus padres vivían y ella era una enana adolescente, alguien tocó la puerta. Tlalpan todavía conservaba los rasgos campestres que perdió con el crecimiento de la Ciudad de México. En la calle oscura retumbaron los aldabonazos urgentes en el portón. Aniela acompañó a su padre a la puerta. En el umbral aparecieron un hombre y una mujer envueltos en sombras. El hombre le dijo: "Venimos de la tierra de los muertos y no encontramos lo que buscábamos. Ayúdanos, Aniela". El señor Long cerró la puerta, pero el mensaje había sido depositado en el mundo de los vivos. Desde entonces Aniela Long supo que podía comunicarse con los muertos. El padre de la enana hizo sus primeras armas masónicas en la juventud e inició a su hija en la tradición masónica arcana. Hundida en el sillón, la enana contó esta historia salida de los metales de su voz:

—Los primeros francmasones eran los canteros que edificaron el Templo de Salomón en Jerusalén. Durante la construcción, algunos masones fueron iniciados en los misterios cósmicos relacionados con la geometría, las matemáticas y la alquimia. Cada piedra que utilizaban para construir el templo no era una piedra corriente sino una Piedra Filosofal. Ese conocimiento se transmitió de masón a masón a través de los siglos —continuó la enana—. Después de la noche de las sombras que regresaron de la tierra de los muertos, mi padre me llevó a una sesión espiritista. Ahí se reveló que yo era una médium muy dotada y supe que se puede ver más lejos cuando nos asomamos a la oscuridad desde la luz y no, como se cree, cuando vamos de la oscuridad hacia la luz. Lo primero revela, lo segundo deslumbra. ¿A qué hora empezamos?

La enana los tenía en un puño, suspendidos en el estupor. Según entendí, los dos matrimonios y Andrea se reunían sin excepción cada sábado en la casa de Tlalpan. Hice un plan de evasión: el baño, una disculpa y de nuevo a la ciudad. Andrea me esperó afuera del baño.

—Quédate a la sesión.

—¿Espíritus a mis años? Nos hablarán los muertos, nos van a explicar nuestras vidas pasadas. Me voy.

—Quédate por mí.

Me quedé.

Nos sentamos alrededor de una mesa redonda de madera en un salón dedicado a las sesiones espíritas. La enana colocó un vaso con agua en el centro de la mesa. La luz en penumbras hacía visible la

oscuridad y le disputaba cada rincón a las tinieblas. La enana nos ordenó que colocáramos las manos suavemente sobre la mesa y que nos
rozáramos con las yemas de los dedos. Mi lugar estaba entre Andrea
y un hombre a quien conocí durante sus años militantes en uno de
nuestros partidos de izquierda, un hombre ornado con el estandarte
de las creencias.

Al cabo de unos minutos de silencio, el agua del vaso se movió,
primero con suavidad, luego como si alguien sacudiera el vaso, se
formó una figura líquida en la madera. Busqué la trampa, pero lo
que vino después me impidió descubrir la mano espírita que agitaba
el agua. La enana tragaba saliva, emitía sonidos animales. Empezó
a hablar:

—Uno de ellos morirá pronto —dijo con una voz grave, una tonalidad distinta a la que habíamos oído minutos antes—. Un hotel, una
mujer de la noche: que se perdone a sí mismo.

—¿Quién nos visita? —preguntó Andrea.

—El más joven de ellos morirá.

—¿Quién nos visita? —insistió, pero no hubo respuesta.

La enana tosía, se atragantaba con su propia saliva, le faltaba el
aire. El trance la desvaneció. Andrea y el comunista espírita la cargaron y la recostaron en un sillón de la sala. Aniela parpadeaba.
Recuperada la voz metálica contó un extraño cuento acerca de los
espíritus que encontró durante el trance, siete sombras en una casa
iluminada por velas.

—Siete hombres reunidos alrededor de una mesa. Uno de ellos me
ofreció flores, pero otro fue hostil y agresivo. Tenía miedo —dijo Aniela desorientada, perdida en el tiempo—. Nos entregan un mensaje.

Presencié esta escena atrás del grupo que la rodeaba y retuve la
imagen con las tenazas de la incredulidad. Andrea Cisneros me tomó
del brazo y me dijo en voz baja, al oído:

—Necesito un trago —más que oírla sentí el calor de su aliento en
el cuello.

Regresamos por el camino de baldosas flanqueado por nísperos. Acompañé a Cisneros a su coche y caminé hacia el mío. Ella preguntó:

—¿En qué bar?

—En el de tu casa —sugerí—. Dos tragos, no más —habló el contador.

La calle creaba efectos fantasmales. Sombras de árboles proyectadas en los muros de adobe, ruidos inexplicables: un gato inmortal atravesó la noche de Tlalpan. Prendí un cigarro aceptando que había sobrepasado el límite, "Enana de mierda", pensé cuando encendí el motor. Desde luego, nadie en esa casa sabía del hotel y de la prostituta, sólo yo, si acaso.

A vuelta de rueda en Insurgentes. Una línea dorada, inmóvil, hasta el edificio en que Andrea puso su casa después de nuestra separación, un departamento en la calle Xola. Tardé en llegar más de lo estimado. Lo supe porque, según el interventor, en el coche fumé cuatro cigarrillos durante el viaje.

—Te perdiste otra vez —afirmó Andrea entregándome un whisky.

—Menos que los extraviados en el mundo de los espíritus —respondí a punto de dar el primer sorbo.

—¿Lo dudas? Aniela se comunica con los muertos, espíritus incansables que vagan entre nosotros —de nuevo la fuerza destructiva de la fe en sus palabras.

—El único espíritu que vi fue el de una enana histérica, una charlatana de manicomio, llévenla al psiquiatra y enciérrenla con una chambrita de fuerza.

—¿Con quién? ¿Con Armijo? Te has convertido en una copia al carbón de tu psicoanalista. Creen que con fármacos y diván se acaba con otras realidades. Como sea, le ayudará más a ella que a ti. Tú eres un caso perdido.

Tenía razón. Me bebí el whisky de tres sorbos y me serví el siguiente, doble. Encendí el cigarrillo número treinta y cinco del día, de nuevo el contador me acompañaba.

—¿De verdad crees en la vida después de la muerte?

–Los he oído y los he visto. Tú fuiste testigo.

–Oí a una enana hablar con la voz de un viejo, una duplicación de la personalidad, nada más.

–Oíste una voz de otro tiempo que hizo contacto con nosotros.

Ella bebía brandy y repetía de memoria creencias infiltradas en sus desengaños. La necesidad de creer en la penumbra del más allá se convirtió en una nueva misión. Como no había cambiado al mundo en su juventud, Andrea decidió mudarse a otros mundos menos miserables que el nuestro. No hay fanatismo sin doctrina. El círculo espírita de la casa de Tlalpan se había acercado a maestros del misticismo cristiano como Eckhart o Nicolás de Cusa, algunos textos recuperados de la teología espiritista del visionario sueco Emanuel Swedenborg, tratados de ocultismo, mesmerismo y las invocaciones de Allan Kardec.

El grupo de Tlalpan consideraba la existencia del alma humana y su supervivencia después de la muerte un asunto que requería respuestas. Aniela Long era una de ellas. Todos ellos consideraban a la enana una médium ajena a las limitaciones temporales, al espacio tridimensional. Para ponerle tierra firme a sus especulaciones leían a J. C. Zoellner, un investigador psíquico que sostuvo desde 1879 hasta el día de su muerte la existencia de una cuarta dimensión de la realidad; en ese lugar habitaban seres capaces de adentrarse en nuestro mundo. Éstas eran las pruebas, el respaldo de la teoría de la supervivencia post mórtem o la verdad de otras realidades al margen de la nuestra. Este poderoso brebaje los había narcotizado.

–Aniela es capaz de ver los espíritus de los muertos. Ha tenido visiones que presagian la muerte. En una ocasión vio la imagen de un féretro donde yacía su madre. Dos meses después murió –había una sincera conmoción en sus palabras, un anhelo triste de verosimilitud y eternidad. Andrea fue más allá–: Algunas veces Aniela ve fantasmas detrás de las personas de las que está cerca. Muchas veces son fuerzas protectoras.

Guardé silencio. Ya dije que dialogar con la fe de los otros es imposible. Acepté que sus dudas sobre la vida y la muerte eran, por desquiciadas que sonaran, legítimas. Muchas veces la legitimidad crece en la locura. Cuando me despedí, Andrea me desafió:

—Vamos el próximo sábado.

No respondí, en parte porque estaba haciendo las cuentas de la noche: ocho whiskys, cuarenta y cinco cigarrillos, tres horas. El contador nunca descansaba.

Esa noche soñé con mi muerte. Desperté ahogándome con mi propia saliva. Pasé el resto de la noche fumando, entregado a los misterios de la sesión de esa tarde y al vaticinio de la enana. Repetí la frase: "Uno de ellos morirá pronto. Dejen que se perdone".

A la mañana siguiente marqué el número de mi analista, pero Armijo no contestó el teléfono. Cuando uno los necesita, los psicoanalistas desaparecen. Por eso recurrí a mi amigo Ernesto Carmona, un colega mayor al que quise por su facilidad para construir mundos propios e irrepetibles:

—¿Crees en la vida después de la muerte?

—¿Estás borracho?

—De verdad. ¿Crees en algo más allá de la vida?

—De momento, no.

Me invitó a comer ese día. Me prometió una plática sobre la muerte. Cuando llegué, su casa era una jaula de pájaros. Dos o tres políticos en el candelero, un escritor que gastaba las suelas en cocteles y se apuntaba a todos los premios literarios, mujeres a la caza de un porvenir renombrado, en fin, una desgracia de la que Carmona se sentía orgulloso mientras renovaba el tiempo de gloria de sus compañeros del año de 1968. Fijé una frontera con el hacha de las opiniones irreversibles: la generación de la libertad estaba formada por los hombres menos libres que he conocido. Adoradores de la fama, propia y ajena, atados al potro del prestigio, buscadores inauditos de poder, complacientes con políticos truhanes, sumisos con los caciques de la cultura. En eso terminó la epopeya de sus años juveniles, en el cautiverio de la ambición desaforada, en la codicia oculta tras sus banderas de pioneros demócratas. Cuando salí de la casa de Carmona, la frase de la enana regresó: "El más joven de ellos morirá".

Sonó mi teléfono celular. Andrea Cisneros:

—¿Vendrás el sábado?

—¿Qué edad tienen los que van con Aniela?

—¿A quién le importa?

—A mí. ¿Son de mi generación?

—Todos son mayores que tú, incluyéndome, por seis meses, ¿o ya te olvidaste también de mi fecha de nacimiento? ¿Vienes o no?

—Voy.

La tarde húmeda del 6 de mayo de aquel año, el círculo espiritista se reunió de nuevo en la casa de Tlalpan. Andrea y yo llegamos en el mismo coche y atravesamos juntos el camino de baldosas que dividía el jardín sembrado de nísperos. En la sala nos esperaban la enana y cuatro espiritistas. Cuando saludé a Aniela Long, me dijo:

—Si no quiere, no tiene por qué estar aquí. La vida no es nada.

Si hubiera tenido un espejo enfrente habría visto una sonrisa quebrada y estúpida dibujada en mi cara de asombro. La enana me había derrotado de nuevo antes de empezar la sesión.

—Me interesa lo que ocurrirá aquí esta tarde —me disculpé, pero ella me dio la espalda para hablar con el viejo comunista espírita.

Por segunda vez, Aniela Long me alteraba. Al menos había una posibilidad entre mil de que por algún medio, conocido o desconocido, supiera de mi encierro en el hotel con una puta. De ser así, entonces en la puerta tocaba el vaticinio de mi muerte. Por lo demás, alguien le dijo o ella percibió desde la primera vez mis sospechas de la mentira en que se fundaba el teatro espírita.

—Pasemos —dijo la enana encabezando una fila silenciosa de siete creyentes.

Nos sentamos alrededor de la mesa de madera. Pusieron dos vasos de agua en vez de uno. La habitación estaba más oscura que la vez anterior. Un juego de sombras reflejaba en el muro formas indescifrables desprendidas de las llamas de dos velas puestas en una repisa de madera labrada. La enana dio la orden. Nos tocamos con suavidad las yemas de los dedos. Durante tres minutos, el silencio fue la única señal del otro mundo.

—Pedimos con respeto la asistencia de los seres que traen un mensaje para esta casa —se oyó la voz metálica de Aniela.

Nadie respondió.

—En esta casa son bien recibidos —insistió la enana.

Un minuto después el agua de los vasos se movió como sacudida por una mano invisible, la enana se contorsionó sobre la silla. Habló con la voz grave de un hombre:

—¿Qué quieren de nosotros?

Cisneros tomó la palabra:

—Un mensaje y la paz eterna para ustedes.

—Vienen de la tierra de los muertos. ¿Cuándo murieron? —preguntó alguien a través de la voz ronca de Aniela.

—No hemos muerto. Aún estamos aquí —respondió Andrea.

La enana tosía, tragaba saliva y movía la cabeza hacia atrás.

—¿Quiénes son ustedes? —preguntó Andrea con la voz cortada por el asombro.

—Somos artistas y ustedes nos visitan —Aniela tosía mientras hablaba—. Hemos desafiado a la muerte y a la eternidad con el exceso perpetuo: ¿su visita es una advertencia?

Necesitaba un cigarrillo, ese día había fumado dieciocho. Siempre que me siento confundido me dan ganas de fumar. Andrea interrumpió mi deseo:

—¿En dónde están?

—En San Agustín de las Cuevas. Buscamos a Bernardo en el olor de los nísperos. ¿Ustedes cuándo murieron? —insistió la voz del hombre a través de Aniela.

—No estamos muertos —apenas se oía la voz de Cisneros en las sombras.

—Nos hemos reunido para invocar a Bernardo y pedirle que descanse en paz.

—¿Quién es Bernardo?

—El más joven de nosotros. Lo perdimos y ahora invocamos su alma para el descanso y el perdón.

—¿Quién es Bernardo? —la voz de Andrea recurría al énfasis inútil del eco.

—El más joven de nosotros. Ustedes, ¿cuándo murieron?

Se oyó un golpe seco en la mesa y luego un silencio oscuro.

La enana tardó en regresar del trance. Le dieron un té de hierbas preparadas. En la casa de Tlalpan también creían en la herbolaria; según ellos, en la antigüedad los mexicanos eran sabios. Los espíritas se arrebataban la palabra. Andrea preguntó:

—¿Quién vino esta noche?

Aniela tragó el menjunje y dijo con una voz que atravesó el espejo opaco de la verdad:

—Nadie nos visitó esta noche. Nosotros hicimos la visita y asistimos a otro lugar y a otro tiempo. Han ocurrido dos sesiones espíritas al mismo tiempo. Hemos sido nosotros quienes llevamos un mensaje de muerte.

—¿Quién es Bernardo? —preguntó Andrea.

—No lo sé —respondió Aniela antes de sorber el bebistrajo de hierbas ancestrales—. Estuvimos fuera del tiempo, no por encima, sino dentro, entre lo antiguo y lo nuevo.

Encendí el cigarrillo número diecinueve. En materia de voluntad, el mejor día de la semana, el contador me habría felicitado. La enana había ofendido mi incredulidad, como cuando un agnóstico recibe una prueba del absoluto.

Después de esa tarde de mayo, no regresé a la casa de Tlalpan. Me reintegré a la rutina de los archivos y a los sueños nocturnos de principios del siglo XX. La verdad saltó de una pila de documentos roídos por el tiempo, a punto de perder la memoria. Se trataba de una carta de Ciro Ceballos a José Juan Tablada, pensionado entonces en Japón por el mecenas Jesús Luján. La mano de Ceballos fechó esas líneas el 6 de mayo de 1901. El vago azar o las precisas leyes, como quería el clásico, me pusieron en el centro de la trama; la caligrafía irregular decía:

Hemos perdido a Coutito. Lo enterramos hace una semana en el panteón francés. Al tercer día de su muerte nos reunimos a invocar su espíritu perdido bajo la luna tramontana de San Agustín de las Cuevas. A la sesión espírita asistimos Luján, Leduc, Campos, Valen- zuela, yo y una médium que nos presentó Alfredo Ramos Martínez. A la luz de las velas invocamos a Coutito. Aunque te sé descreído te lo cuento: en algún momento de la sesión un fuerte olor a nísperos inundó el salón. Buscando el espíritu de nuestro amigo dimos con la voz de otros muertos. Una mujer desdichada nos preguntó por el momento de nuestra muerte. Nos erizó la piel la idea de que en ver- dad estuviéramos muertos. No hay fantasmas más tristes que los que se niegan a abandonar el reino de los vivos. Así les pasaba a estas almas en pena que encontramos mientras buscábamos a Bernardo, sombras aferradas a la tinta neutra de la vida y sus desgracias...

Lo supe de golpe, como cuando llega una revelación. Entendí en- tonces la grieta del tiempo en la que habíamos caído. En el momento en que oí el diminutivo, Coutito, agregué en mi mente el nombre: Bernardo, una leyenda negra de las letras mexicanas. El joven Cou- to era un desastre insufrible de alcoholismo y pedantería juveniles. Envenenado por Laforgue, Baudelaire, Verlaine, desde los diecisiete años el escritor maldito despeñó su vida en bares y prostíbulos. Algu- nos investigadores han visto en él a una víctima de la bohemia. En lo personal, siempre me pareció un sonso sin oficio ni beneficio. Couto vivía en el Hotel del Moro con Amparo, una prostituta recobrada de los burdeles en el alba del XX en la Ciudad de México. Dilapidaban la noche en tugurios inconcebibles. Se sentía el príncipe de los amaneceres, pero deambulaba por la calle de Santa Isabel como un vagabundo. En sus últimos meses lo torturó el dolor en las encías partidas por la piorrea. El exceso de bromuro lo convirtió en un amnésico perdido. Y con todo, les hacía gracia a sus amigos artistas, al fin y al cabo era uno de los fundadores de *Revista Moderna*. Murió de una pulmonía fulminante el 3 de mayo de 1901, a los veintidós años de edad.

La reunión en la casa de Tlalpan sucedió el 6 de mayo del año 2001, cien años y tres días después de la muerte de Couto. Tendido en el ataúd, Bernardo recibió la visita de Alberto Leduc, Rubén Campos, Pablo Escalante Palma y Ciro Ceballos. Ninguno de los espíritas de este lado del mundo conocía esta historia, no tenían por qué conocer esta intriga inútil del tiempo en que se levantaba el telón del nuevo siglo. Me llevé conmigo el secreto. Pude revelárselo a Cisneros, pero preferí no hacerlo. Aquel día, después de la sesión, Andrea y yo caminamos por el jardín antes de atravesar el portón de madera empotrado en los muros de piedra y adobe. Más tarde la despedí en el edificio de Xola. Me fui a beber solo y a poner en orden la trama enloquecida a la que me arrastró Andrea.

En la cantina de avenida Revolución dije en voz alta:

—Enana de mierda.

Me había bebido ocho whiskys y fumado veinte cigarrillos en dos horas. Todo un récord. El interventor estaba sentado frente a mí. Siempre he sido un egoísta, a nadie le revelé los datos de esta historia. Estoy mintiendo, se la conté a Armijo, pero los analistas están programados para no creer en nada. Salí a la noche sucia de avenida Revolución y caminé al hotel. Cuando me registré pensé sin rencor en Andrea Cisneros. No era la primera vez que dejaba una puerta abierta hacia la oscuridad. Les digo de nuevo: todas las enanas son una mierda.

LA NOCHE DE LA COATLICUE
Mauricio Molina

Mauricio Molina (1959) es un narrador que ha cultivado con devoción el género fantástico. En sus ficciones lo mismo aparecen dioses aztecas que mujeres que imitan el comportamiento de la Mantis Religiosa. Obtuvo el Premio Nacional de Cuento San Luis Potosí por *Fábula rasa* en el año 2000. En 1991 ganó el Premio Nacional de Novela José Rubén Romero con *Tiempo lunar.* Es editor de la *Revista de la Universidad de México.* El Fondo de Cultura Económica publicó en 2012 una antología que abarca 20 años de su trabajo como cuentista, titulada *La trama secreta,* de donde hemos extraído "La noche de la Coatlicue".

Creo que mi lugar está con los dioses derrotados
y conquistados. Dioses que fueron arrojados a
las profundidades más recónditas por su propia
naturaleza, negando aquello que los caracteriza.
Aquellos que siguen a estos dioses no tienen nada
que temer: pueden sobrevivir porque la victoria se
gana siempre en la derrota.

MASAHIKO SHIMADA, *Diario mexicano*

Lo conocí en una vieja cantina del Centro. Era uno de tantos parroquianos, de esos que pasaban, se quedaban un par de tragos y luego se marchaban. Al verlo así, con su trajecito luido, brilloso por el uso, sus zapatos baratos y su viejo portafolios de piel descascarada, nadie se podría imaginar que era poseedor de un secreto, ni mucho menos, por supuesto, que hubiera vivido tantos años. Cetrino, enjuto, de fuertes rasgos indígenas, siempre frente a sus inevitables tequila y cerveza, el licenciado Borunda era todo menos un ser mitológico de esos que parecen provenir del sueño o de la pesadilla. Y sin embargo comenzaré diciendo que era la personificación misma de todo aquello que se ocultaba debajo de la Ciudad de México, en el antiguo lago fósil que durante la temporada de lluvias, año con año, amenaza siempre con regresar.

Nos hicimos amigos o cómplices a partir de la frecuentación de la misma cantina, Los viejos tiempos, ubicada en la esquina de la Plaza de Santo Domingo, a un lado de donde antaño estuvo instalada la Inquisición, frente a los puestos donde los evangelistas escribían cartas para familias lejanas, falsificaban títulos y pasaportes o hacían tarjetas de presentación e invitaciones a fiestas de quince años, casamientos o funerales.

Borunda trabajaba en el Archivo Muerto de la Secretaría de Hacienda, a un lado del templo de Santo Tomás, cerca de donde alguna vez estuvo la Biblioteca Nacional. Vivía en la calle de Regina en un viejo departamento de renta congelada. Su vida al parecer era simple. Un alcoholismo suave, tranquilo, casi indiferente, le permitía vivir sus días con decoro e incluso con alguna dignidad: al estar sumido en aquel estado de intoxicación permanente era como si un sonámbulo o un ser de otro mundo o de otro tiempo estuviera hablando frente a uno. Esta despersonalización era el signo fundamental de su carácter.

En muchas de nuestras pláticas, a las que a menudo se sumaban un librero de viejo de la calle de Palma y un profesor de preparatoria jubilado, abundaban los temas del esoterismo mexicano: la identidad secreta de la Virgen de Guadalupe, la existencia de sectas que todavía, a principios del siglo XXI, veneraban a Tláloc y Huichilobos, y que, se decía, llevaban a cabo sacrificios humanos. A menudo discutíamos si Quetzalcóatl y Xólotl, los dioses gemelos que representaban a Venus en el crepúsculo y al amanecer, eran la misma deidad, si el panteón azteca no era sino una sola entidad dispersa en múltiples facetas, como ocurría con el hinduismo, o si se trataba de innumerables deidades menores cuya multiplicación incontrolada estaba sujeta a los caprichos de un rico imaginario colectivo que se manifestaba, aún hoy, con el culto a multitud de santos.

Todo esto transcurría entre tequilas, cantantes de boleros y, sobre todo, con la compañía de la inevitable presencia de Lupita, la mesera de la cantina que, allá por los tiempos en que los tranvías aún cruzaban la ciudad, había sido su querida, una desdichada prostituta de Peralvillo que habitaba lo que Borunda llamaba "los labios de la tierra", aludiendo a lo que antaño había sido la orilla del lago fósil, frente a Tlatelolco.

Una tarde, mientras conversábamos, al calor de los tequilas, me confesó su secreto. Era un lunes, lo recuerdo bien porque no había nadie en la cantina. Borunda y yo éramos los dos únicos comensales y ya había pasado la hora de comer. Llovía a cántaros sobre la ciudad. Ríos de lodo corrían a los lados de la calle. Esporádicos relámpagos rasgaban el lento atardecer.

—Estoy tan cansado —dijo mirando hacia los ventanales opacos donde la lluvia se agolpaba como un molusco tratando de entrar— ...a veces todavía me parece oler las aguas estancadas del viejo lago y me parece que la Santa Inquisición sigue existiendo. ¿Sabe usted?, llevo vagando en estas calles más de doscientos años.

Le eché una mirada burlona pero no me atreví a contradecirlo. Algo en su silencio logró ponerme muy incómodo. ¿Qué podía decirle? El alcohol, pensé, ya había hecho su trabajo. Aún así, después de dejar pasar algunos minutos y de darle un par de tragos a mi tequila, algo me impulsó a preguntarle:

—¿Y ha cambiado mucho la ciudad desde entonces?

—Sólo le pido que no se burle y a las pruebas me remito —respondió tajante.

Llamó a Lupita y cuando la tuvo enfrente la miró a los ojos y le preguntó:

—Lupe, a ver, ¿desde cuándo me conoces?

Lupita lo miró con la sorpresa de alguien que está revelando un secreto largamente compartido. Después de guardar silencio unos instantes, sopesando su respuesta, dijo con resignación:

—Desde hace como cuarenta años. Yo tenía dieciséis.

—¿Y qué ha pasado desde entonces?

—Que sigues siendo el mismo viejo... Tú no te puedes morir.

Después de mirarlo con resentimiento, Lupita se dio vuelta y pensé en lo horrible que sería, de ser verdad, vivir cerca de una persona para la que no pasa el tiempo.

Como si me estuviera leyendo el pensamiento, Borunda me contó cómo había conocido a la Lupita, una huérfana abandonada que se dedicaba a vender su cuerpo en una época en que a nadie le importaba la pornografía o la prostitución infantil. Se la llevó a vivir a una vecindad de Peralvillo y fueron felices a su manera pobre y tosca. Tuvieron un hijo que nació con malformaciones y que murió antes de cumplir un año. Dos nacimientos trágicos más y un embarazo que terminó en una histerectomía acabaron con la juventud de Lupita. Un día ella lo dejó sin decirle nada, pero vivir en el Centro era una condena. Meses después, Borunda se la encontró por el rumbo de la Merced ofreciéndose por unos pesos. Borunda se hizo su cliente regular, pero ella se negó a regresar con él. La imposibilidad de envejecer de Borunda la abrumaba. Él la amaba, según me confesó, como nunca lo había hecho antes.

—Tuvieron que pasar más de ciento cincuenta años para encontrar a quién amar... ¿No le parece terrible?

Sería el alcohol o el hecho de que afuera llovía a cántaros y que en realidad yo no tenía nada qué hacer en mi departamento de Tlatelolco, no lo sé: el hecho es que algo me hizo quedarme a escuchar la historia de Borunda, y si bien su edad era de suyo algo fantástico, lo que vendría habría de ser aún más increíble. He aquí su relato:

"Hace doscientos años, en 1790, aquí, muy cerca en el Zócalo, se encontraron dos piedras: una era el Calendario Azteca y la otra, monstruosa, era la Coatlicue. Muy cerca de ellas, en el centro de la Plaza, fueron hallados también —y en esto los historiadores siempre se equivocan al omitirlo en las crónicas— un altar de sacrificios con los huesos de un animal enorme que parecía corresponder a un felino o un reptil, que se perdieron por la superstición o el horror que causaron los hallazgos entre las autoridades virreinales y el pueblo.

"En tropel, la gente acudía a verlas, unos para venerarlas y otros para escupirlas y deshonrarlas. Las viejas creencias habían regresado. Yo acudí a verlas muchas veces. En aquellos tiempos trabajaba en la Real Aduana, justo aquí enfrente —dijo señalando hacia los ventanales de la cantina—, pero en mis ratos libres, que por fortuna eran muchos, me dedicaba a leer antiguos manuscritos y otros documentos, de los que ahora llaman códices. Por aquel entonces tenía apenas cuarenta años y sabía interpretar el náhuatl con las habilidades de un tlacuilo. Lo hablaba a la perfección porque mis ancestros eran, por el lado de mi madre, de origen náhuatl y por el de mi padre éramos otomíes. Ambos provenían de familias muy antiguas y contaban con algún dinero, por lo que pude asistir al Colegio de Santiago Tlatelolco, muy cerca de donde vive usted. Así fue como aprendí a escribir en tres lenguas y al final el español me eligió como su hablante, pero para dominar una lengua que no es la de uno se necesitan varias vidas, lo mismo que tuvieron que pasar generaciones para los españoles pudieran entender la lengua de mis ancestros.

"Dejo esta breve digresión para continuar mi relato acerca de las piedras. Interpretar el calendario azteca o *Tonalámatl* no representaba ningún problema: era evidente, y esto hasta los inquisidores lo sabían, que se trataba de una especie de reloj de piedra: la manera en que los antiguos repartían el año para hacer sus fiestas y conmemoraciones, para medir el tiempo de la cosecha y de la siembra, para saber cuándo llegaría Tláloc y cuándo Quetzalcóatl. También, se marcaban ahí puntualmente el tiempo y la manera de las ofrendas. Frente al *Tonalámatl* y sobre la piedra de los sacrificios se sacaba el corazón de los ungidos para mantener al tiempo en movimiento. El cráneo del sol en el centro de la piedra, ahora que no puedo mirarlo, todavía me mira en sueños.

"Una noche, ya en la madrugada, con el fin de no ser molestado y poder mirar con detenimiento aquellos monumentos, me dispuse a contemplar a la Coatlicue, la Virgen Madre, que era de las esculturas la que más me intrigaba. Había tomado pulque con mezcal para darme valor. La luna llena, imponente, Coyolxauhqui en pleno, iluminaba el Zócalo con una luminosidad harinosa y salina. Todavía siento escalofríos al recordar aquella noche perdida en mi memoria. El osario de la Catedral, su parte más antigua, parecía derretirse, y sus relieves agitarse lentamente frente a mis ojos. La Coatlicue estaba recargada a un lado, mirando hacia la calle de la Moneda. No había un alma en la plaza, ni siquiera los dragones virreinales se atrevían a acercarse. Muchos de ellos eran de orígenes indianos y los otros, al ser católicos o criollos, miraban con horror aquella figura abominable. Más de cien años después, cuando leí por primera vez los nocturnos de Xavier Villaurrutia, encontré las palabras exactas de lo que le ocurre a la ciudad cuando la ilumina la luna llena. Recuerdo que olía a pantano. Las acequias, si bien se habían cegado, seguían manando aquella sustancia fangosa, los restos de un lago moribundo que aún hoy se niega a desaparecer y que nos recuerda su presencia permanente cuando llueve, como ahora.

"Un relámpago irrumpió en la oscuridad anunciando la llegada del anochecer. (Borunda hablaba como hipnotizado, con la vehemencia de alguien que ha guardado un secreto durante años y ha encontrado por fin la manera de revelarlo.)

"No sé en qué momento percibí el movimiento de la diosa −prosiguió− el hecho es que las dos cabezas de serpiente, el collar de cráneos, el rostro de cangrejo, la falda de culebras, las garras de ocelote, todo aquello petrificado e inmóvil de pronto se puso en movimiento y un rugido espeso, burbujeante, como proveniente del lodo más profundo, estalló en la noche y su eco aún hoy sigue resonando en mis oídos.

"Por supuesto la Coatlicue no es azteca, es algo mucho más antiguo y espantoso. Tengo para mí, a juzgar por lo que percibí aquella noche, que se trata de un ser real que siempre ha habitado el lago mohoso y subterráneo. Los dioses no desaparecen, ¿sabe usted?, sólo se retiran y este es el caso de la Coatlicue. En aquel momento no lo entendí así o no quise hacerlo. Creo que a partir de ahí mis sesos se averiaron. Obsesionado con reconciliar las creencias de mis antepasados y mi propia convicción guadalupana, concluí que la Coatlicue era la Virgen de Guadalupe, cuyo culto había traído al continente americano Santo Tomás Apóstol, *el Gemelo*, unos años después de la Crucifixión.

"Si en aquella época tal hipótesis era un disparate, hoy me lo parece menos. No creo que Santo Tomás haya venido a México, las semejanzas entre la Guadalupana y la Coatlicue son de orden simbólico: una da a luz a Jesucristo y la otra a Huichilobos, ambas después de un embarazo milagroso..."

Llegó la hora de cerrar. Borunda me invitó a su casa, ubicada a unas calles de ahí, en la calle de Regina. Según me explicó mientras caminábamos en la noche húmeda, en épocas remotas muy cerca de ahí se hacían rituales a la Coatlicue consistentes en sacrificar niños deformes porque, para los aztecas, los recién nacidos con tres piernas, dos cabezas, cubiertos de escamas, síndromes y otras marcas de nacimiento, eran especialmente preciadas para el culto de la diosa.

Su casa, ubicada en una vieja vecindad, tenía tres habitaciones. En todas partes había cosas sucias y oxidadas. Olía a humedad, a cosa vieja, como olía todo el Centro de la Ciudad, como si nunca se hubiera podido quitar de sus cimientos la pestilencia del fango. Entre las repisas de un librero improvisado con tablones de madera y ladrillos vi diversas estatuillas, réplicas demasiado perfectas a mi modo de ver de piezas prehispánicas. Había una pequeña estatuilla de barro negro verdoso que representaba a la Coatlicue en todos sus detalles. Una reproducción del clásico grabado de León y Gama presidía la pequeña sala y justo enfrente había un altar dedicado a la Virgen de Guadalupe. Vi las constelaciones en su manto, las mismas que marcaban el inicio del solsticio de verano y la llegada de las lluvias, la crecida del lago, el tiempo de la cosecha. La Virgen de Guadalupe y la Coatlicue me parecían tan disímiles que cualquier parentesco me parecía monstruoso. La Coatlicue era una figura repugnante, un ser sin pies ni cabeza, una especie de alebrije prehispánico. La Virgen de Guadalupe, en cambio, emanaba una gracia maternal. Mientras abría una botella de mezcal y servía un par de tragos en sendos caballitos de barro, pareció leer mi pensamiento.

—Es imposible encontrar algo que las relacione a simple vista, salvo el hecho incontrovertible de su divinidad.

A pesar de su ebriedad, Borunda no abandonaba el tono ceremonioso al hablar. La Coatlicue es la Virgen de Guadalupe desollada, vista desde dentro, lo que se oculta dentro de ella: un ser multiforme, muda encarnación de la vida y de la muerte.

En algún momento el mezcal hizo sus estragos y me sumergí en una especie de letargo. Miraba a Borunda pero mis oídos no podían escuchar lo que salía de sus labios. Sus palabras parecían salir del fondo de una cloaca. Literalmente burbujeaban, eran de una vibración fangosa, repugnante.

Luego me encontré en el baño. Estaba desmayado. Mi estómago no había soportado tales cantidades de alcohol. Al otro lado de la puerta, Borunda preguntaba si me encontraba bien. El baño era mohoso, musgoso, sucio, abandonado. Un baño de vecindad que emanaba los colores y los olores del antiguo lago fósil. No quise abrir la puerta.

Me sentía mal. Estaba asustado. Le tenía miedo a aquel hombre que me hablaba al otro lado de la puerta. En un cesto descubrí un montón de folletones viejos, de hacía veinte, treinta años. En aquellas revistas amarillentas de publicaciones sensacionalistas había encabezados que me dejaron estupefacto. Nace niño de dos cabezas, y entre los párrafos el nombre de Lupita y de Borunda. Niño de tres piernas y un brazo, imágenes impactantes. Una foto horrible de un ser ensangrentado presidía aquellas palabras. Ha parido a varios monstruos que han nacido muertos y lo sigue intentando. El vértigo me invadió de nuevo. Entonces se abrió la puerta con un estrépito. Vi a la Coatlicue y a la Virgen al mismo tiempo. De pronto ahí estaba también Lupita, la mesera. Es una alucinación, pensé antes de desvanecerme por completo.

Me despertó Lupita en la cama de Borunda. Me miró con ternura. No me sorprendió ver a una mujer muy joven.

—No te preocupes, ya todo está bien. Yo me encargo, mientras, descansa. Esta vez vivirá nuestro hijo, ahora sí va a nacer...

En el piso del baño, amontonado como un disfraz de piel, vi mi propio cuerpo, el traje que había llevado durante treinta años y del que había sido despojado. Lupita lo dobló como si se tratara de una escafandra de hule y lo metió en una bolsa de basura. Ya era Borunda. Lupita regresaría conmigo al anochecer. Había que prepararse para los rituales dedicados a la Diosa. Lupita debía embarazarse de nuevo. Nunca más supe de mí mismo.

LOS HABITANTES
HÉCTOR DE MAULEÓN

Héctor de Mauleón (1963) es un escritor y periodista con un gusto particular por recrear el pasado de la Ciudad de México. A través de libros de crónicas como *El tiempo repentino* y *El derrumbe de los ídolos*, logra que sucesos antiguos adquieran una sorprendente vigencia, y nos digan mucho del presente. Ha publicado también cuento (*La perfecta espiral*) y novela (*El secreto de la Noche Triste*). Es subdirector de la revista *Nexos* y conductor del programa *El Foco* en Canal 40. "Los habitantes" está tomado del volumen de relatos *Como nada en el mundo*, publicado en 2006.

—Suena a cuento de Carlos Fuentes —le dije en broma.

Pero era en serio. Oralia había enviado ese domingo un mensaje a mi celular: "Alcánzame en Choapan 135. Hallé un estudio. Voy a rentarlo". La encontré recargada en la puerta de un garaje, con el pelo recogido sobre la nuca y un par de llaves en la mano. Choapan era una calle melancólica, oscurecida por los árboles, en la parte más solitaria de la colonia Condesa.

—Está padrísimo —dijo—. Pero me da un poco de miedo.

A mí, en cambio, me gustó que le brillaran los ojos. Desde hacía semanas estaba visitando departamentos oscuros, que sus dueños alquilaban como mansiones señoriales. Cuartuchos de paredes raídas que parecían blandir sonrisas crueles, en los que podían pasar las peores cosas. Llevaba un año viviendo en un piso pequeño al sur de la ciudad, pero la vuelta intempestiva de los propietarios, de una residencia en el extranjero, la obligaba a mudarse cuanto antes. Tenía dos semanas de plazo. Así que aquel brillo en los ojos parecía la mejor señal.

—Te brillan los ojos como charcos alumbrados por la luna —dije, citando a Rulfo.

El anuncio había aparecido esa mañana en el *Aviso Oportuno*: "Rento estudio amueblado. Condesa. 4,500 pesos". No era fácil encontrar la dirección. Oralia tuvo que sacar la *Guía Roji* de la guantera del auto y descifrar ese laberinto de calles que no llegan a ninguna parte, porque a veces vuelven sobre sí mismas, con que a principios del siglo pasado algún oficiante de la modernidad trazó la colonia Condesa. Al cabo, recaló en una casa de paredes blancas venidas a menos. Una anciana asomó por la ventana del segundo piso y, con ayuda de una canastilla amarrada a un mecate, le bajó la llave.

—No puedo caminar —le dijo—. Suba por favor las escaleras y siga hasta el fondo del pasillo.

Oralia abrió la puerta. Adentro había retratos cubiertos de polvo, sillones envueltos en fundas y jarrones donde languidecían algunas flores de cera. Las alfombras daban la impresión de no haber sido pisadas en mucho tiempo.

La anciana esperaba, metida en una cama, tras la última puerta del pasillo. Tenía las manos largas, huesosas, como tarántulas desquebrajadas.

La renta del estudio parecía significarle el comienzo de un gran día. Se había puesto pestañas postizas. Un colorete intenso animaba, desentonando, sus mejillas ajadas. La televisión estaba encendida. Alrededor del lecho había botellas de agua, latas de conservas y algunos platos sucios.

—Perdone —repitió—. No puedo caminar. Cosas de la edad: los huesos se me hicieron polvo de un día para otro.

Oralia se sentó en un extremo de la cama y miró con disimulo los mendrugos de pan regados en las colchas. La vieja sonrió con amargura.

—Dependo de mi hermana. Viene a verme todos los días. Si le interesa el estudio, deberá tratar con ella.

Oralia asintió.

—Comprenderá que no puedo acompañarla. Tendrá que bajar usted sola a visitar el estudio.

Le dio las instrucciones: salir a la calle, abrir la puerta del garaje y atravesar el patio de losetas rojas bajo las ramas de un árbol que se partía de viejo.

—Lo verá ahí. Una puertita blanca detrás del olmo...

El estudio estaba al fondo de un jardín desaliñado. Era, en realidad, una casa pequeña de dos habitaciones, en las que se colaban rendijas de luz filtradas débilmente entre las persianas. Olía a madera vieja. El olor que acompañó los días que vinieron después.

Lo primero que hizo fue abrir las persianas. La mañana radiante iluminó una colección de muebles antiguos, provenientes de un tiempo anterior a la construcción de la casa. Rinconeras, mesas de noche, cómodas olorosas a polvo y un tocador provisto de un descascarado espejo oval. Oralia supo de inmediato que aquella había sido la habitación de una anciana. Las telarañas del tedio, algo cercano a la soledad, flotaban aún en los rincones.

De los muros de la pieza destinada a la recámara, pendían varios retratos. Figuras detenidas en calles, patios, salones de los años veinte; un álbum familiar que era, en realidad, altar para los muertos. Rostros color sepia tocados con peinados y bigotillos antiguos, de hombres y mujeres borrados de la Tierra.

Había también dos clósets. Uno de ellos, cerrado con llave.

Oralia regresó al patio, porque aquel olor le había provocado una tristeza indefinible y, bajo el olmo que dejaba caer algunas hojas, sopesó las posibilidades del futuro.

Con sol y algo de música, resolvió, el estudio podría resultar un buen lugar para vivir. Envió el mensaje a mi celular y regresó a la habitación de la anciana.

—¿Le interesa el estudio?

—Me interesa —respondió Oralia.

La vieja agregó:

—Ahí vivió mi tía. Parece que las mujeres de esta casa estamos condenadas a la soledad. A mí todo me resulta ya tan rutinario, que falta poco para que caiga dormida.

Luego, sin pausa, informó:

—Los muebles son valiosos, pero no tengo otro lugar donde ponerlos. Le ruego que los cuide. Están en mi familia desde que comenzó el otro siglo.

Un perro aulló en un patio cercano. La anciana se concentró un momento en la televisión —había uno de esos programas de entretenimiento— y continuó:

—No se admiten mascotas. Raspan los muebles y destruyen las plantas del patio. Una vez tuve un gato. Pero ahora, no.

Oralia preguntó por las condiciones de la renta.

—Se las dirá mi hermana —contestó la vieja—. Pero ya es tarde, y estoy pensando que no vendrá. De cualquier modo —añadió con una sonrisa cómplice—, le anotaré todo en un papelito.

Tomó un bloc de notas de la mesita de noche y garrapateó unas líneas.

—Dicen que la ciudad ha cambiado —murmuró, mientras desprendía la hoja—. Yo hace años que no salgo. Me entero de todo por televisión y por lo que cuenta mi hermana. Ella se casó. Yo no. Viví un tiempo en Bélgica. Pero sólo un tiempo. Todo lo demás, lo he pasado en esta casa; y después, en este cuarto. A veces ni siquiera recuerdo cómo es la sala. ¿Encontró todo en orden allá abajo?

Oralia dijo que sí, que todo parecía en orden.

—Apúnteme aquí su nombre, el teléfono de su trabajo y el de tres personas que puedan dar referencias suyas. Mi hermana dice que debo fijarme en quién meto aquí. Como estoy sola… A mí, por el contrario, me alegra que se rente el estudio. Será una forma de estar acompañada.

Llamé a Oralia en ese instante, pues también a mí me estaba dando trabajo encontrar la casa. Bajó a esperarme a la calle. La seguí por el patio de baldosas rojas, hacia el fondo del jardín desaliñado.

Unos días después, un carro de mudanzas trajo sus cosas. Ayudé a ordenarlas dentro del molde antiguo de la casa. Abrimos las ventanas, descolgamos los retratos, pusimos discos de Art Tatum y Coleman Hawkins y pasamos horas fregando a conciencia las capas de polvo. Parte de esa tierra debía provenir de cuando Ortiz Rubio gobernó el país. Cuando llegó la hora de abrir las maletas y colgar los vestidos, recordé que uno de los clósets estaba cerrado. Oralia subió a ver a la anciana; preguntó por la llave. Ya no había colorete en las mejillas ajadas. Conservaba aún las pestañas postizas, pero una de éstas se le había desprendido, provocando en el rostro un efecto extraño.

—Le ruego que no ocupe ese clóset —dijo la vieja—. En el otro hay bastante espacio.

Oralia titubeó. La anciana intentó ser persuasiva:

—Ahí guardamos la ropa y los papeles de mi tía. Ojalá no le moleste. Pero no tenemos espacio donde ponerlos.

Ese día abrimos una botella de vino y sacamos las sillas al patio. Estuvimos ahí hasta que la tarde se puso morada, y luego se fue apagando. La casa de la anciana, al otro lado del patio, permanecía a oscuras y con los visillos cerrados. Recordamos cuentos de espantos, y luego hicimos una larga enumeración de hechos (la casa solitaria, la anciana paralítica, el jardín desaliñado, los muebles y los cuadros antiguos…), hasta crear esa clase de clima en el que sólo falta la aparición de un fantasma.

—Ya cállate —ordenó Oralia—. Y quédate hoy.

Obedecí. Pero no pude dormir: un mundo de olores resulta ingobernable. A pesar de la fragancia del jabón y la potencia de los desinfectantes, el olor que ascendía del pasado entraba en mi nariz, picaba mi garganta. Ella tampoco lo consiguió. En la madrugada, saltó de la cama y encendió las luces. Todas las luces.

—Por lo menos voy a quitar de mi vista estos retratos —dijo.

Comenzó a meter los cuadros en una caja de Fab.

—Qué extraño —murmuró de pronto—. La vieja me dijo que no se había casado.

Me acerqué a mirar. Era una foto de boda de los años cuarenta. Los invitados rodeaban a los novios en la escalinata de un templo.

–Es ella –dijo Oralia–. Estoy segura de que es ella.

Los grillos tampoco durmieron. Estuvieron chirriando en el jardín hasta que el sol entró por los visillos, dibujando sonrisas en las persianas.

Al menos en la primera cuestión, Oralia no se había equivocado. El estudio era un buen sitio para vivir. No se escuchaban los ruidos de los autos que por la noche rodaban en las avenidas cercanas; la tarde caminaba despacio, arrancando perfumes a las plantas. Los pájaros cantaban quince minutos antes del amanecer.

Me quedé ahí dos o tres noches, en lo que la inquilina iba conquistando su espacio. A Art Tatum y Coleman Hawkins le siguieron Fats Waller y Django Reinhardt. Era fácil dejar correr la vida bajo el olmo. Oralia compró una mesa de jardín y la colocó en el patio, espesado por las hojas. Pequeños ejércitos de hormigas salían de sus agujeros y las arrastraban sobre las baldosas: eran esas señoritas con sombrillas del cuento de Guadalupe Dueñas.

Volví luego a mi departamento. Oralia me llamó esa noche para decirme que se escuchaban pasos en la casa de la vieja, pero no tuvo problemas para dormir. Esa tarde, al volver del trabajo, encontró que habían sembrado plantas nuevas junto a la puerta del estudio, flores color malva que poblaban el patio de aromas misteriosos.

–Le toqué a Trinita para darle las gracias –me dijo por teléfono.

–¿Trinita?

–Así se llama. Le di las gracias por las plantas, pero pareció no comprender. Cuando hice otras preguntas, se mostró evasiva. La conclusión es que no tenía la menor idea de que alguien hubiera sembrado esas plantas.

Dije que no veía nada raro en el hecho. Se trataba, tal vez, de una atención de la hermana.

—Como quieras —respondió—. Pero aquí de noche las cosas se ponen muy raras. ¿Y sabes qué? Estoy convencida de que me mintió. Es ella la que aparece en la fotografía de la boda.

Sonreí.

—¿Has notado que algunos jueves los hermanos se parecen?

—Lo raro es que la dichosa hermana no ha aparecido nunca. Tampoco estuvo presente cuando firmé el contrato.

Confesé que alguna gente tiene amigos imaginarios, pero que no había conocido el caso de alguien que tuviera hermanas imaginarias. Lo más cercano era Norman Bates.

—Pero esas cosas sólo se le ocurrían a Hitchcock…

—Ya cállate —volvió a decir—. Y quédate conmigo hoy.

Toqué el timbre al caer la noche, con otra botella de vino y un álbum de Lena Horne. Salimos a escucharlo al patio. La casa de la vieja estaba a oscuras.

Más tarde, en la penumbra, mientras Oralia murmuraba un poco en sueños, creí percibir algunos ruidos del otro lado del patio, puertas que se abrían y cerraban, una risa ahogada que crepitó en las cenizas de la noche. Salí a mirar, cobijándome con los brazos. Todo estaba quieto, todo estaba apagado. Éramos los tranquilos habitantes de una tumba. Pero algo había cambiado. Era la luna. Se movió de pronto en el cielo y me dejó entrever, como una figura que apareciera en el interior de un sueño, la silueta que me observaba tras los visillos de la persiana, el rostro impasible de la anciana, con sus pestañas postizas tras de las cuales habitaban dos ojos, como dos ratones quietos.

—Para tratarse de una paralítica, tuvo que recorrer sus buenos veinte metros para venir a mirar al otro extremo de la casa —resolvió Oralia a la mañana siguiente—. Puede caminar. También mintió en eso.

No supe qué decir. E hice lo que debe hacerse en esos casos. No dije nada.

—Me quedaré contigo hoy —continuó Oralia—. Ni loca voy a pasar la noche en esta casa.

Acordamos encontrarnos por la tarde a la salida del trabajo, en un café del Centro. Cenamos en un viejo restaurante de Madero y paramos a beber una copa en uno de los bares de la avenida Juárez. Yo había conseguido una explicación que podía poner a prueba todo lo dicho. Tal vez la anciana no estaba completamente paralítica. Podía levantarse, andar por la casa con dificultad:

—En algún momento tendrá necesidad de acercarse al baño. ¿Qué tiene de extraño que una vieja solitaria recorra su casa por las noches?

—Me dijo que nunca salía del cuarto. Que ni siquiera recordaba cómo era la sala…

—Uno tiende a generalizar. A lo mejor nunca baja, pero puede levantarse. Si fuera totalmente paralítica, tendría a alguien a su lado. Una enfermera, alguna criada.

—Dices "totalmente paralítica" como si pudiera decirse "totalmente muerta", "totalmente embarazada"…

No quise insistir. Pero un día llegaría la noche y ella tendría que quedarse a solas en la casa.

Salimos al viento frío que agitaba los árboles de la Alameda.

—Es horrible esta sensación —dijo Oralia—. Es horrible no querer volver al lugar donde vives.

Le pasé el brazo por el hombro. Nos metimos en un cine. Abrí a la medianoche la puerta de mi departamento. Encendí todas las lámparas. La fui desnudando despacio en el sofá de la sala. Sentí que estaba ahí, pero también en otra parte.

—Deja el estudio —pedí—. No tienes que volver. Iré a sacar tus cosas mañana.

—No. Lo que voy a hacer es buscar un cerrajero. Haré que abra el clóset del cuarto, porque no voy a quedarme ni un día más con la duda.

Se quedó dormida. Estuve escuchando su respiración. Toqué su frente humedecida por los sobresaltos del sueño. Recordé a la anciana y la forma en que me había observado desde la ventana.

Abrimos el clóset a media tarde.

—Lo sabía, lo sabía… —murmuró Oralia.

En los cajones, metidas en bolsas de plástico, estaban las actas de nacimiento y de boda. Las fotos de niñez y juventud de Trinita. Imágenes captadas en el patio, en la sala, en las habitaciones: Trinita niña, Trinita joven, Trinita novia.

—¿Lo ves? —preguntaba Oralia—. Está sola en las fotos. No hay ninguna hermana.

Pero yo no lo veía. Sólo podía mirar aquellos frascos llenos de formol, ocultos entre los chales, los suéteres, los abrigos, en los que gravitaban, inertes, dos masas verdosas. Sólo podía pensar en esa risa ahogada que había chisporroteado la otra noche, y en la vieja de pestañas postizas que me había observado desde las persianas. No pude ver nada, no pude quitar la vista de los frascos. Cerré las puertas del clóset. Dije:

—Ven.

Y afuera, en el patio, abracé a Oralia.

LA MUJER QUE CAMINA PARA ATRÁS
PARA ATRÁS
ALBERTO CHIMAL

Alberto Chimal (1970) es un escritor de fantasía y ciencia ficción que se ha preocupado por extender las posibilidades de los géneros literarios. En 2002 obtuvo el Premio Nacional de Cuento San Luis Potosí por *Estos son los días*. Cultivador del relato desde hace 25 años, también ha incursionado en la novela con *Los esclavos* y *La torre y el jardín*. Es un autor sumamente activo en redes sociales y mantiene el sitio *Las historias*, que es una referencia en la web. También es un tallerista constante y ha formado a numerosos escritores jóvenes. "La mujer que camina para atrás", donde Chimal se adentra en los terrenos del relato sobrenatural, fue tomado del libro *Siete*, publicado en 2012.

Iban a dar las diez de la noche. Fui por Celia, mi esposa, a su trabajo, en un edificio del Centro de la Ciudad. Ya había pasado mucho tiempo desde su hora reglamentaria de salida. Cuando estábamos a punto de dejar el edificio, una de sus compañeras de trabajo corrió a alcanzarnos: el jefe decía que acababan de llegar aún más pendientes atrasados y era necesario que se quedara. Celia subió de nuevo: a decirles que se iba, me dijo. Pasaron varios minutos y, cuando volvió a bajar, Celia me avisó que sólo le habían dado una hora para merendar y por lo tanto deberíamos hacerlo en algún sitio cercano.

Sentí rabia. Apreté los dientes pero no dije nada.

—Estas cosas sólo pasan en México —se quejó ella, como es la costumbre.

Fuimos al café La Blanca, un sitio viejo y sin pretensiones como muchos otros de la zona. Nos sentamos a una mesa cualquiera entre oficinistas, empleados de tienda, paseantes de ropa cómoda y barata que no buscaban sino un café con leche y una pieza de pan. Llamamos a una mesera y pedimos lo que todos ellos.

De niña, Celia había ido muchas veces a aquel lugar en compañía de su madre. Hoy, en la mesa junto a la nuestra, un hombre leía *La Prensa* y nos dejaba ver las fotos de asesinados de la primera plana. Un par de televisores encendidos, puestos en alto sobre bases fijas a la pared, mostraba el noticiero de la noche, en el que alguien hablaba con optimismo de las muertes debidas a la lucha contra el narcotráfico. "Ha habido treinta mil ejecutados en los últimos cuatro años", decía, "pero pues en los siguientes dos esperamos menos". La gente, más que las pantallas, miraba la calle: la luz en el interior del café, que tenía piso y techo y paredes blancos, salía por sus grandes ventanales e iluminaba un poco las aceras.

—Oye —dijo Celia—, ¿te puedo contar algo? ¿Aquella historia que siempre digo que te voy a contar?

Elegimos pan dulce de la bandeja que trajo la mesera. Yo comenté, como también es la costumbre en estos días, que los noticieros no hablan ni de la mitad de la violencia que ocurre realmente. Mi esposa no me hizo caso y comenzó su historia. Era, me dijo, justamente de cuando iba al café, de su infancia:

—A veces me mandaban a comprar cosas ya de noche. Iba yo sola por pan, o si no a una cremería que no estaba tan cerca de la casa...

—¿Cuando estaban en la calle de Perú?

—Sí.

La familia entera de Celia vivía entonces en el Centro. Hasta su muerte, la abuela había mantenido unidos y bajo el mismo techo a sus seis hijos, las parejas de todos ellos y la primera generación de nietos; después todos se habían peleado entre sí y habían terminado dispersos. La casa era ahora una sede de Alcohólicos Anónimos, con salas de reunión y un anexo en el que siempre había al menos diez o doce adictos, a los que se buscaba curar con golpes, baños de agua helada y plegarias.

—Una noche salí un poco más tarde que de costumbre —me contó Celia—. Las calles estaban casi vacías cuando fui y cuando regresé. Sí daba un poquito de miedo...

Yo seguía disgustado por la prisa con la que debíamos terminar y porque, después de acompañarla de vuelta a su oficina, tendría que esperar quién sabe cuánto tiempo en quién sabe dónde. Pero traté de concentrarme en lo que Celia decía y en el sabor del café, que era dulce y cargado a la vez. En todo caso no tenía alternativa: no iba a dejarla sola ni a quedarme lejos de ella. Apenas la noche anterior nos habían asaltado cerca de casa, nos habían quitado dinero, tarjetas, las llaves del coche y hasta las chamarras que llevábamos puestas, y habíamos pasado todavía una hora más en el mismo sitio, sentados en la acera, incapaces de decidirnos entre volver a casa (hasta donde alguien podría seguirnos) o buscar ayuda en otra parte (a riesgo de volver a encontrarnos con los dos ladrones, que eran muy jóvenes y flacos, y tenían armas que nos habían parecido enormes).

—Desde luego —me dijo Celia—, daba miedo porque la calle estaba oscura.

Lo que me estaba contando le había ocurrido poco antes del terremoto de 1985, en el que tantos edificios se habían derrumbado en el Centro y por todo el resto de la ciudad y en el que también habían muerto, tal vez, decenas de miles.

—Y porque una de chica se asusta con estas cosas…

Deseé que la historia no fuera de algún suceso terrible como el que nos había acontecido apenas: un trauma del que se decidía a hablarme justamente en esa noche pésima. De inmediato me sentí culpable. Pensé en el miedo que yo mismo había tenido ante los ladrones: en que no había hecho nada para defendernos. Y pensé también que el terremoto siempre me ha parecido algo espantoso: yo también era niño entonces y recuerdo que vi caer, desde lejos, un edificio del barrio de Tlatelolco, que se doblaba como si estuviera hecho de cartón; recuerdo las sirenas, las montañas de escombros…

—Daba miedo pero ahí iba yo —dijo Celia.

Por otra parte, no sólo a mí me había quedado una marca. En los años siguientes vi cómo las historias del tiempo del terremoto empezaban a agregarse a las otras: a las leyendas antiguas de la ciudad, llenas de aparecidos y diablos y que yo había alcanzado a escuchar aún de mucha gente mayor. Empezó a hablarse más, de hecho, de gente muerta de pronto o perdida en el caos, amnésica o loca de terror; de los sonidos que hacían los sepultados bajo las ruinas, vivos pero inalcanzables; del olor de los cadáveres bajo los escombros que nunca se retiraron de una escuela de enfermería, de la pared que aplastó a dos compañeras de la propia Celia en el Colegio de las Vizcaínas...

De ahí sólo había un paso a nuestra fascinación con los muertos de hoy, las balaceras, las noticias de lugares en los que el gobierno ya no rige. Desde entonces aprendimos a no creer en fantasmas, o tal vez a tener más miedo aún de la vida real.

—Tenía que comprar un litro de leche y un kilo de queso. Y pasando junto a la iglesia de Santo Domingo, la vi. Estaba paradita en la esquina. Se veía así —y Celia se estiró, aunque estaba sentada, para dar la impresión de que se ponía en posición de firmes.

Ahora sentí alivio: con esa imagen vaga de quienquiera que fuese que Celia hubiera visto allí, ante la vieja iglesia en la calle de Brasil, me di cuenta de que aquella era, pese a todo, una simple historia de susto. Siempre las hacemos al modo de las películas de horror porque de allí las aprendemos: siempre los personajes que aparecen de pronto en alguna posición rara, o muy tensa, o como aturdidos, resultan luego aliados de alguna fuerza maléfica, hipnotizados, poseídos...

—Primero no pensé nada raro —dijo Celia—: simplemente era una viejita que estaba ahí, esperando a cruzar la calle... Pero entonces me di cuenta de que no había coches por ningún lado.

—¿Cómo?

—No había razón para que no cruzara la calle. De pronto no había nadie a la vista. Como si todo el mundo se hubiera ido o como si no hubieran sido las nueve y pico sino las tres o las cuatro de la mañana. Y en cambio yo sí tenía que pasar a su lado... Ya estaba yo inquieta. Pero me acerqué. ¿Qué más podía hacer?

Algo parecido habíamos sentido, pensé, el día anterior, a la hora de cruzarnos con los dos que nos habían asaltado, y que estaban en una esquina, como esperando cruzar la calle o subir a algún transporte. No dije nada.

—Ella —dijo Celia— llevaba pura ropa vieja, me acuerdo. Un suéter raído, blanco pero tan sucio que parecía negro; una falda azul, floreada, que le llegaba hasta los tobillos, pero tenía tantos agujeros que las piernas se le veían enteras, así pensé. Las piernas sucias y creo que con heridas… o várices… Los zapatos eran de plástico, de esos que se deforman en cuanto te los pones, y negros. Además tenía el pelo blanco —levantó las manos hasta la altura de su cabeza y las separó— así, como una nube… Y cuando estuve junto a ella me le quedé viendo porque seguía sin moverse. Como si yo no estuviera ahí.

* * *

Poco después de que Celia terminara su historia, pagamos la cuenta, salimos y la acompañé hasta su oficina. En la entrada del edificio tuvimos una discusión: le propuse buscar un cuarto de hotel para que pasáramos la noche cerca y ella se negó. No teníamos dinero, me dijo, y además no quería quedarse en ese rumbo. Por ningún motivo, dijo. Yo cometí la tontería de decirle que se calmara: que no se dejara llevar por la historia que me había contado, que no era para tanto. Ella dio media vuelta y entró sin despedirse.

Yo no quise seguirla. Me alejé, caminando, por la calle de Donceles. Llegué hasta Palma. Hacía frío, apenas había gente y coches en la calle y todos los comercios estaban cerrados.

A pesar de lo que yo mismo había dicho, no podía dejar de pensar en la historia que Celia me había contado, y sobre todo en el final:

—Y entonces que la mujer se voltea —me había dicho ella.

En la calle de Palma di vuelta, pero me detuve al ver que un coche de policía estaba detenido sobre la acera con las luces encendidas. Dos agentes vestidos de civil, con placas colgadas de sus cinturones, alejaban a unos pocos curiosos. Alguien más tendía un cordón para que nadie se acercara al cuerpo tirado en la calle. No vi sangre pero, de todas formas, supe: no era el primer muerto que veía, aunque sí el primero en una calle, el primero tirado en esa posición.

–Que la mujer se voltea y que pone una cara… –me había dicho Celia.

Pensé que esa persona había estado viva tal vez mientras Celia y yo caminábamos cerca, discutíamos, nos separábamos. Me alejé del cuerpo y de los policías. Avancé hasta Tacuba, di vuelta al llegar y seguí por esa calle hasta Isabel la Católica, donde di vuelta una vez más hacia Madero. Empecé a escuchar, muy distante, la música de lugares animados y todavía abiertos: bares, antros, taquerías…

–Te juro –me había dicho Celia– que es la cara más horrible que he visto en la vida. Los ojos rojos, los dientes podridos, negros, la boca torcida, la nariz como rota…

Como algunos otros transeúntes, crucé la calle para no pasar cerca del hombre que duerme en una silla de ruedas, cubierto por una lona amarilla, afuera de la iglesia de San Agustín. Lleva años allí, siempre en el mismo sitio, siempre con un bote de plástico a sus pies para limosnas. Siempre lo evito. Debe tener a alguien que lo mantenga porque nunca he visto a nadie darle ni una sola moneda.

–No, no nada más rota –me había dicho Celia, con cara de horror–, es decir la nariz… sino abierta, como reventada… Y entonces se me quedó viendo y me gritó…

Y había juntado las manos como debe haberlas juntado de niña, como para rezar, temblorosa.

Y entonces yo, ahí, en la esquina de Isabel y Madero, me la encontré de frente.

De pie.

Firme.

Vieja, muy vieja, con la vista fija en ningún lugar como si yo no estuviera allí.

Ahora pienso que no había nadie alrededor: que de pronto la ciudad parecía abandonada, como si se hubiera dado una orden de evacuación y todos la hubieran obedecido. Ya no se oía ninguna música. Ya no había nadie cerca. Ni siquiera se veía al hombre de la lona amarilla. Sólo quedaban las luces encendidas, las cortinas de metal que cerraban los locales y las fachadas de los edificios.

Sólo quedaba la mujer. Su suéter era aún más negro de lo que había imaginado. Sus piernas se veían retorcidas y sucias. Una luz justo detrás de la cabeza hacía que su cabello brillara. Parecía una nube con un rayo adentro.

Y olía... Esto Celia no lo había dicho: olía a carne podrida, a cloaca. Olía a más aún. De niño viví detrás de una fábrica de telas que arrojaba al aire no sé qué cosa, invisible, que se pegaba al paladar y a la garganta y tenía un aroma o un sabor indescriptible, terrible, porque no era un resto de nada vivo. A eso olía la vieja también: a algo que no debía existir y, sin embargo, existía.

Ella me miró, de pronto, y me gritó.

A Celia le había gritado:

—¡Sigues viva! —lo que mi esposa interpretaba, según me había dicho, como un aviso: que estaba destinada a salir ilesa pese a que el temblor destruyó buena parte de la zona donde vivía con su familia. Según ella, la vieja es algo parecido a la Llorona, al Niño del Diablo y a otros personajes de esas leyendas de antes, pero hace algo distinto: da advertencias. Dice profecías.

Y entonces, ahora que yo la tenía enfrente, su cara era más horrible de lo que yo había imaginado, y su nariz estaba abierta como una herida roja, y no voy a decir, no quiero decir, a qué sonaba su voz.

* * *

—¡Sigues vivo! —me dijo a mí también.

Y ahora abrazo a Celia en la calle, pues salió al fin de su oficina, y están por dar las tres. Caminamos en busca de un modo de alejarnos del Centro, y pasamos una vez más por donde estaba el cadáver, y ya no está, y una vez más no digo nada.

No sé si de verdad podemos tener avisos del futuro, si los merecemos, si llegan por alguna razón. Pero sé lo que vi. Y vi lo que vi.

Después de gritarle a Celia, la vieja se alejó de ella caminando para atrás, rapidísimo, sin ver jamás hacia dónde iba. Y después de gritarme a mí, también.

Un paso, otro paso, cada vez más deprisa. En segundos ya estaba en la esquina de Isabel y Tacuba. Luego siguió retrocediendo. Pronto no la vi más. No dio vuelta. Simplemente se metió en una sombra, la que proyectaba algún edificio, y ya no volvió a aparecer. Así había desaparecido, exactamente así, el día en que Celia la vio, poco antes del terremoto.

—Lo único malo —me ha dicho Celia— es que tengo que regresar a las diez porque no terminamos.

Yo esperé en La Blanca hasta que cerraron y me echaron. Luego caminé sin rumbo, como lo hago ahora con ella. El subterráneo ya está cerrado, igual que todos los locales, hasta el último antro y la última cantina. Los autobuses han dejado de pasar. No vemos taxis. Apenas tenemos dinero: la verdad es que realmente no nos alcanzaría para un cuarto de hotel. Los ladrones de ayer —no: de hace dos noches— ya nos habían puesto en este problema antes de que a Celia se le vinieran encima las horas extras, y antes de que apareciera la mujer que camina para atrás.

—Por acá no conocemos a nadie con quien se pueda llegar, ¿verdad? —me ha dicho Celia.

Nosotros vamos hacia delante, aunque no sepamos a dónde, y llegamos a un tramo de acera bien iluminado por luces de color naranja. Hay más de estos tramos cerca de las avenidas grandes.

—Perdón por hace rato —me ha dicho Celia, y yo le he pedido perdón también, y ahora ella me abraza. No le he contado lo que me pasó. No sé si lo haré. Hace cada vez más frío. Y los dos estamos muy cansados. Tengo la esperanza de que podamos hallar algún sitio de esos que aún abren las veinticuatro horas, aunque sea para sentarnos y compartir una misma taza de café hasta que podamos tomar algún transporte. También tengo la esperanza de que Celia y yo estemos equivocados: de no haber visto más que a una loca, tal vez a alguien que me hizo pensar en la historia que acababa de oír, o que perdió el juicio en el terremoto, o cuando le mataron a alguien, o que simplemente tuvo ganas de gritarme lo que me gritó.

—¡Sigues vivo! —con una voz como un trueno, con su boca negra bien abierta, y sin decirme qué más va a pasar, si los demás van a seguir vivos también.

LEONES
Bernardo Fernández, *Bef*

Bernardo Fernández, *Bef* (1972) divide su tiempo entre la literatura y los cómics. Ha destacado tanto en el género policiaco como en la Ciencia Ficción. En 2005 obtuvo el Premio Nacional de Novela Otra Vuelta de Tuerca por *Tiempo de alacranes,* en 2007 el Ignotus por *Gel azul,* y en 2011 el Grijalbo por *Hielo Negro.* Publicó también los libros para niños *Groar* y *Soy el robot.* De su trabajo como ilustrador resaltan *La calavera de cristal* y los dos volúmenes de *Monorama.* "Leones" pertenece al libro de cuentos *El llanto de los niños muertos,* publicado en 2004.

Ahora huimos, nos escondemos en la oscuridad, nos alejamos de la luz del día. Pero no siempre fue así. Hubo un tiempo en que ellos fueron nuestra plaga.

Los primeros leones aparecieron en los parques públicos. Siempre se refugiaban bajo la sombra nocturna, escondiéndose donde los árboles espesaban y los pastos crecían lo suficiente como para ocultarlos.

Huían de nosotros, intuían que éramos los responsables de que su hábitat hubiese desaparecido, que fuimos quienes los llevamos a un cautiverio que pronto excedió su capacidad para albergarlos.

En un principio nos llamó la atención la súbita disminución de perros callejeros en la ciudad. Pasado un tiempo, comenzaron a aparecer sus huesos roídos esparcidos cerca de los jardines públicos. Como siempre, no pusimos atención hasta que fue tarde.

Si hubieran sido una especie en peligro de extinción, como los gorilas, el oso panda o los manatíes, seguramente nuestros parques se habrían peleado por tener ejemplares en sus jaulas. Pero había sobrepoblación de leones.

Así que empezaron a lanzarlos a la calle.

El proceso fue así: a todos los zoológicos de la ciudad les llegó una orden de *muy arriba* ordenando la eliminación de los leones excedentes con el argumento de lo caro que es mantener demasiados ejemplares de una especie tan conocida y de nulo interés para los visitantes.

Allá fueron docenas de felinos sacrificados con el propósito de mantener los presupuestos dentro de los límites de lo razonable.

La medida fue abandonada al poco tiempo ante la dificultad de eliminar un predador de tales dimensiones; los costos de semejante operación daban al traste con las intenciones de ahorro originales, sin considerar las protestas del departamento de limpia, cuyos trabajadores se negaban a disponer de los cuerpos felinos, ni el rechazo de los pepenadores ante el mal sabor de la carne de león.

Pero las órdenes se acatan, no se discuten.

Así fue como los primeros leones acabaron de garritas en la calle, eliminados clandestinamente en mitad de la noche, cerca de los parques públicos donde pudieran al menos depositar sus heces sin que se notara demasiado.

Es imposible saber con precisión cuántos ejemplares fueron abandonados a su suerte de esta manera. Los archivos que contenían las cifras oficiales fueron destruidos cuando estalló el escándalo político. Pero los cálculos más conservadores suponen que no debieron ser tantos co-mo los medios amarillistas han querido hacernos creer.

El problema real es la altísima tasa de natalidad de los leones. Un macho adulto es capaz de copular hasta cien veces en un solo día.

Cien cópulas con cien eyaculaciones incluidas.

Más de una estaba destinada a tener éxito. Eso, sin pensar en la ausencia de depredadores naturales.

Aunque ignoramos en qué parques fueron liberados los primeros, ahora sabemos que por las noches emigraban a cuanta zona verde encontraban, ocupando poco a poco todas las disponibles.

No descubrimos a nuestros nuevos vecinos hasta mucho tiempo después. Corredores matutinos, ancianos desocupados, niños, parejas de novios y vendedores de drogas que poblaban a toda hora los jardines públicos eran observados por atentos ojos ambarinos, cuyos dueños se ocultaban entre las sombras ofrecidas por los árboles.

Los felinos modificaron sus costumbres, volviéndose seres nocturnos. Perros y ratas fueron el componente principal de su nueva dieta. Alimento que, aunque modesto, jamás escaseó.

De no haber sido quizá por sus vistosas deposiciones, nadie habría notado nada raro.

Hasta el célebre accidente de los amantes.

Una pareja anónima de novios se internó en uno de los parques más grandes de la ciudad; buscaban entre los árboles una intimidad más barata que la de los hoteles de paso.

Se dice que, entregados a sus amores, no descubrieron a tiempo a un policía que se acercaba silencioso hasta ellos con la intención de sorprenderlos. El representante de la ley lo hubiera logrado de no haber sido por una leona hembra de cuatrocientos kilos que, salida de entre las sombras, se abalanzó sobre él sin darle tiempo de soplar su silbato.

Aterrorizados, los novios huyeron de ahí semidesnudos.

Al día siguiente, los restos del policía y la ropa de los amantes fueron encontrados en medio de un gran charco hemático.

Los peritos de la policía aparecieron en el lugar del crimen y determinaron, sin dudar, que se trataba de un accidente laboral común.

A los dos días, en otro parque, un borracho amaneció despedazado. Y al día siguiente un jubilado del servicio postal fue mutilado: perdió sus piernas mientras dormía una siestecilla.

Fue el principio de los ataques. Con seguridad las autoridades habrían hecho algo de no haber sido porque al cuarto día se hallaron los restos mordisqueados de un cadáver cuyas huellas digitales (las que quedaban) coincidían con las de un famoso asesino múltiple. Esta vez los muchachos de la policía determinaron suicidio y le achacaron las muertes anteriores. Después se dio carpetazo al asunto.

Y entonces, acaso envalentonados por la indiferencia oficial, los leones salieron de sus refugios a pasear cínicamente sus melenas por nuestras calles.

Sin hambre, son tan mansos como un gatito. Pero comen todo el día, por lo que era imposible saber en qué momento arrancarían de un mordisco el brazo de un vendedor de globos o se tragarían a un niño.

Eso sin hablar de sus heces.

Intentamos quejarnos, organizamos comités vecinales que exigían la inmediata eliminación de los felinos. Pero sólo hallamos oídos sordos en las autoridades, quienes consideraron que la solución más práctica —y económica— era evitar los parques públicos y cruzar la calle si se veía venir de frente a un león.

Los medios ventilaron la noticia mientras tuvo interés, pero llegó el Mundial de futbol y los más bien magros triunfos de la selección nacional mandaron a los leones al silencio mediático.

Y hubieran permanecido olvidados de no haber sido porque, durante los festejos tumultarios provocados por un empate ante la selección de Bolivia, una horda de leones atacó a los festejantes en el Ángel de la Independencia.

No se hicieron esperar las declaraciones del gobierno y de la oposición, ni los debates televisivos y los editoriales en los periódicos.

Mientras tanto, los leones seguían ampliando su nuevo hábitat. Pronto empezaron a mudarse a los camellones de mayor tamaño.

Cruzar la calle se convirtió en una hazaña peligrosa.

Los asesores del jefe de gobierno de la ciudad, más preocupados en colocar a su jefe entre los candidatos presidenciales que en dar una solución de fondo al problema, optaron por un arreglo inmediato de corto alcance y declararon a la ciudad entera reserva ecológica dedicada a la preservación de los leones, con la doble intención de calmar a la población y de añadir un atractivo turístico a la metrópoli.

Para entonces los felinos habían decidido ocupar cuanta área verde encontraron; en poco tiempo casas particulares, escuelas, instalaciones deportivas y panteones fueron invadidos por el nuevo patrimonio de la ciudad.

Uno podía despertar por la mañana y descubrir que a su jardín, fuera del tamaño que fuera, se había mudado una familia de leones buscando el desayuno. Normalmente los habitantes de las casas terminaban siendo devorados.

Huesos más grandes que los de perros y ratas empezaron a ensuciar las calles, muchos con jirones de carne aún pegados. En poco tiempo, enjambres de moscas panteoneras se volvieron parte del paisaje urbano.

Empezaron a correr rumores: que si atacaban en manadas, que si eran inteligentes, que si se estaban adueñando de la ciudad, que si no había manera de controlarlos. Las autoridades desmintieron todo, llamaron alarmistas a los medios y pidieron a la opinión pública tolerancia hacia sus nuevos vecinos.

Hasta que un día apareció el cadáver de un niño.

Amaneció, como si nada, en el centro del Zócalo, a los pies del asta bandera. Esta vez, el gobierno de la ciudad no pudo desmentir nada porque las cámaras de los noticieros llegaron antes. Era una provocación oficial.

Sentimos miedo.

Los asesores del jefe de gobierno decidieron que si quería tener oportunidades de reposar el trasero en la silla presidencial, tendría que declarar una guerra sin tregua a los leones. Y así lo hizo.

Pero ya era tarde. No hubo programa emergente con que pudiera enfrentarse la plaga. Bomberos, policía y ejército poco lograron contra los miles de felinos que vivían en las calles.

Un día un león llegó hasta el centro del Zócalo y escupió con desprecio los restos de una cabeza. El cráneo resultó pertenecer al gobernador de la ciudad. Lo habían atacado en manada durante un acto oficial en la Alameda Central. Los leones habían tenido el cuidado de dejarla apenas reconocible. Sólo lo suficiente.

Después el león rugió, como proclamando su triunfo.

No necesitaba hacerlo, para entonces ya eran los dueños de las calles, de los parques, de los jardines, de todo.

Cada día son más y nosotros menos. Hemos tenido que refugiarnos en las sombras, mientras ellos duermen, ahora que han regresado al horario diurno. Nos escondemos en las sombras, buscamos robar algo de sus desperdicios para comer.

A veces los leones organizan cacerías en grupo para eliminarnos. Su olfato los guía hasta nuestros refugios. A veces logramos burlarlos, pero no siempre.

Pero donde cazan un hombre, aparece otro. Una vez que atrapan a este aparece otro más.

Hemos decidido recuperar nuestra ciudad, aunque sea de esta manera.

Ahora nosotros somos su plaga.

A PLENO DÍA
Rodolfo J. M.

Rodolfo J. M. (1973) es egresado del Instituto Politécnico Nacional en Ingeniería Industrial, pero tiene una doble vida como escritor. Coordinó la antología *El abismo. Asomos al terror hecho en México.* Ganó el Premio Nacional de Cuento Fantástico y de Ciencia Ficción en 2011 por "Presente imperfecto". El relato "A pleno día" fue tomado del volumen *Todo esto sucede bajo el agua,* que obtuvo el Premio Julio Torri en 2008.

La noticia

El día de ayer, la Ciudad de México vivió el noveno asalto bancario en lo que va del mes. Alrededor de las ocho de la mañana, en la colonia Tránsito, tres hombres vestidos con abrigos negros, sombrero y gafas oscuras asaltaron las cajas cinco, siete y once de la sucursal Banamex localizada en calzada de Tlalpan y avenida del Trabajo. El saldo del robo fue un millón trescientos cuarenta mil pesos, y aunque fue recuperado en su totalidad, hubo cuatro personas muertas: un civil y los tres asaltantes. Un usuario que estaba a punto de entrar al banco se percató del robo y avisó a un policía auxiliar que se encontraba cerca. Durante la persecución cayeron los tres delincuentes, uno de ellos frente a las puertas del banco, los otros dos a la entrada de un paso a desnivel. Junto a los cuerpos caídos, regados a lo largo de la escalera del paso a desnivel, quedaron decenas de billetes de quinientos, doscientos y cien pesos. Al otro lado de la calzada de Tlalpan se encontró un automóvil Galaxy color gris, sin placas y con las ventanas y el parabrisas cubiertos con cinta de aislar; se cree que era el vehículo en el que pensaban huir. No es el único detalle extraño. Algunos testigos hablan de humo en el banco y en el paso a desnivel, mientras que elementos de la Cruz Roja declaran que los cadáveres presentaban graves quemaduras e incluso un estado de putrefacción más o menos avanzado. El Servicio Médico Forense de la policía judicial desmintió los comentarios diciendo que uno de los asaltantes padecía una grave infección que carcomía su pierna y que seguramente eso fue lo que los enfermeros confundieron con quemaduras.

LOS DETALLES

Lo más importante era cuidar los detalles. Prevenir. Ese era el secreto. Ninguna otra cosa sino la falta de precaución fue lo que los puso en esa situación de todo o nada. Nunca previeron que la ciudad cambiaría en forma tan drástica, ni que a ellos les resultaría tan difícil adaptarse. Ya les había sucedido algo así. En España, durante la Guerra Civil. Su inexperiencia y el ambiente de hostilidad les impidieron guardar las apariencias. Pero supieron actuar a tiempo, y así fue como se colaron en los barcos del exilio, como llegaron a un país que desconocían por completo y como se establecieron en él. Ahora las cosas eran distintas, no eran perseguidos, pero tampoco había barco que les permitiera escapar, y lo peor: se enfrentaban a una lenta corrosión que los había desgastado física y mentalmente. Jordi se encontraba enfermo desde hacía meses, no paraba de toser y su piel lucía más pálida de lo acostumbrado. Era el precio por su forma de vida, le gustaban demasiado los bares, las copas, la *bohème*. A Enrique le resultaba cada vez más difícil conseguir empleo. No puedo acostumbrarme, solía decir, deprimido y amargo. No era lo único que le resultaba difícil: tenía meses sin salir a la calle más que para comer; el resto del tiempo, cuando no estaba dormido, lo pasaba sobre un sillón desfondado, mirando en silencio las paredes. Manuel era el único que tenía trabajo, y el de aspecto más joven, aunque en verdad fuera el más viejo de los tres. Pronto él también comenzaría a desmoronarse.

En mayo de 1939, cientos de españoles republicanos se embarcaron en el *Sinaia* rumbo al exilio en México. Manuel, Jordi y Enrique viajaban en las bodegas del barco, y a pesar de que ignoraban todo sobre el país que los recibía y de que evitaban en lo posible relacionarse con otros exiliados, una vez en el puerto de Veracruz fue sencillo llegar a la Ciudad de México. Ahí la vida nocturna los recibió sin reserva: bares, casas de citas, salones de baile, billares, en ocasiones incluso fiestas de alcurnia. El dinero y la vivienda no eran problema, sus habilidades les permitían llevar una sosegada vida que implicaba algunos negocios no precisamente legales pero tampoco peligrosos. Era un sueño realizado; las cosas, más que fáciles, se les presentaban placenteras, a su favor. La droga lo cambió todo. Una vez que invadió el mercado, el mundo subterráneo se volvió más brutal y codicioso. Nuevas bestias poblaron la noche. Quizás entonces debieron hacer algo, pensó Manuel, regresar a España. Pero no hicieron nada, y la inmovilidad fue creciendo en ellos como un tumor que pronto habría de tragarlos. Ahora no podían esperar más tiempo, tenían que salir de ahí de una vez por todas.

Lo cierto era que cualquier opción les exigía lo mismo: dinero. Dinero. Dinero.

Testimonio (Fernando Terán, jubilado)

Sí. Eran tres hombres. Pero no los vi entrar, yo estaba en la fila, ocupado en mis propios asuntos, ¿sabe? No me di cuenta de nada sino hasta que se escuchó un grito del asaltante. ¡Todos al suelo!, dijo. Eran como de película, llevaban abrigos, sombreros y lentes. Y los tres iban armados. Yo fui el primero en tirarse. Todos obedecieron, menos ese hombre que empezó a llorar y a gritar que no lo mataran, que tenía hijos. Entonces el que tosía le disparó. A la cabeza. Las mujeres chillaron, ¿sabe? Hasta los hombres. Yo apreté la cara contra el suelo y me cubrí la cabeza con las manos. Los asaltantes comenzaron a discutir. ¡A callar!, gritó uno. Recuerdo que el que parecía jefe le dijo al que tosía: ¿Pero estás idiota? Pensé que iban a pelear entre ellos, ¿sabe? Tuve mucho miedo. No, yo no vi humo. Me había cubierto la cabeza, ¿recuerda?

Testimonio (Irma Negrete, ejecutiva de cuenta)

Aquí entra gente de todo tipo, somos una empresa de amplio criterio. Pero si los hubiera visto... daban mala espina. Se veían así como raritos, completamente de negro y con abrigos. ¡A las ocho de la mañana! Se notaba también que eran extranjeros, de seguro españoles. Por el acento. Uno de ellos estaba muy flaco y no dejaba de toser... aunque la verdad es que los tres parecían enfermos. Lo del humo es cierto y el olor. Todo el banco se llenó con ese humo apestoso. Al principio pensé que era por el disparo; pero no, eran ellos, salía de entre sus ropas. Como si se estuvieran quemando por dentro.

EL VERDADERO PROBLEMA

No fue fácil convencerlos. Tanto Jordi como Enrique coincidían en que no necesitaban dinero. Podían regresar a España en la misma forma en que habían llegado: ocultos en la bodega de un barco. Pero no era tan sencillo, explicaba Manuel. Las carreteras y los puertos estaban llenos de retenes con perros entrenados para detectar droga. No pasarían una aduana de tal naturaleza, los perros podían olerlos a varios metros de distancia, y de hacerlo, se alterarían más que con un cargamento de cocaína. Era exponerse demasiado, insistía Manuel. Y su cualidad más importante era la discreción. La capacidad de pasar desapercibidos cuando era necesario. Bastaba con que se excedieran un poco en sus hábitos alimenticios, o que abusaran de la ingenuidad de la gente, para que llamaran la atención y terminaran perseguidos. Arriesgarse a viajar sin un quinto sólo aumentaba la posibilidad de un incidente que los pondría a descubierto. Fue el último argumento de Manuel lo que les convenció: No sólo se trataba de largarse. ¿Qué iban a hacer después? Cuando llegaran a España, o a donde decidieran ir. ¿Esconderse en casas abandonadas, en cementerios, en alguna cueva, robar a los transeúntes? No. Manuel no pretendía vivir como mendigo. En cambio, con el dinero suficiente, no sólo viajarían sin problemas, sino que además cada uno podía tomar su parte y hacer con ella lo que le viniera en gana. Después de todo el robo no sería problema, sólo se evitan dos de cada diez, según los reportes de la propia policía, y siempre es debido a los errores de los asaltantes.

El verdadero problema era otro. Pero Manuel ya lo tenía previsto.

Testimonio (Felipe Galeana, policía)

No señor. Yo diría más bien que fue el miedo. Si las balas ni les hacían nada, era como si las absorbieran. El primer individuo cayó luego luego saliendo del banco. Yo todavía ni cortaba cartucho. Los otros dos gritaban y gruñían como animales. Y soltaban humo. Por eso procedí a gritarles que se detuvieran y luego disparé. Pero seguían corriendo. Querían llegar al paso a desnivel. Parecían tener más miedo que yo, un miedo así, muy fuerte. Se lo digo porque ni siquiera se defendieron. Los tres iban armados, pero ninguno me disparó. Yo no les importaba.

Testimonio (José Luis Tagle, muertero)

Así es la chamba. Ya sabe: asesinatos, suicidios en el metro, atropellados, accidentes de todo tipo. A nosotros nos toca lo peor. Tenemos que limpiar y recoger el cochinero: sangre, tripas, mierda... Todos los días antes de salir a trabajar nos preparamos psicológicamente, y sí, medio te acostumbras. Pero no te puedes preparar contra lo inexplicable... ¿Se acuerda de los ladrones? Dijeron que los mataron a balazos, ¿verdad? Falso. Ninguno tenía herida de bala. Estaban quemados, pero no por fuera, era como si las tripas se les hubieran calentado hasta reventar. Cuando nosotros llegamos todavía soltaban humo. Además apestaban horrible. Si hasta cerraron dos días el paso a desnivel. De eso no han dicho nada. Yo creo que debieron tragarse una cápsula con veneno, de esas que usan los terroristas para que no los obliguen a hablar. Piénselo, dicen que eran españoles, a lo mejor hasta eran de la ETA.

LA NOCHE PREVIA

Jordi consiguió el auto: un Galaxy modelo noventa y dos. Enrique se encargó de las armas: tres pistolas treinta y ocho milímetros. El Banamex estaba a dos cuadras de la fábrica donde trabajaba Manuel como velador; sabía por sus compañeros de trabajo que no había policías y que por la mañana, en especial los días que no coincidían con la quincena, se encontraba casi vacío. Además, y para su fortuna, frente al banco había un paso a desnivel que llevaba justo al otro lado de la calzada de Tlalpan, perfecto para escapar.

Repasaron los detalles: saldrían en el auto a las siete de la mañana. Se estacionarían justo afuera del paso a desnivel, y aprovechando la oscuridad del túnel, cruzarían hasta el banco. Ahí, uno de ellos se encargaría de cuidar la entrada mientras el segundo controlaba a la gente y el otro se apoderaba del dinero. Tenían que ser rápidos. No más de cinco minutos, había dicho Manuel. Después cruzarían de nuevo el paso a desnivel y regresarían a casa en el Galaxy.

Contra el sol, Manuel consiguió tres largos abrigos negros, sombreros de ala ancha del mismo color, guantes y gafas oscuras. Disfraz y protección. El parabrisas y las ventanillas del auto irían cubiertos con cinta de aislar, salvo pequeños orificios que les permitirían ver el camino. La verdad es que no estaba seguro de contar con protección suficiente; ni siquiera tenía idea de cómo o cuánto tardaría en afectarles la luz. ¿Bastaba con cubrirse la piel? ¿Tenía que tocarlos de lleno? Tal vez habían organizado su propio suicidio. Pero era mejor no pensar en eso. Además había otro tipo de luz, una que se encendió en el fondo de las miradas de Jordi y Enrique desde que les habló del asunto. Una luz que se agitó primero con timidez y que luego iluminó todo a su alrededor. Sólo por eso valía la pena arriesgarse.

Faltaba un par de horas para que amaneciera. Un poco más para ponerse en camino. Era una hermosa madrugada.

NADIE LO VERIFIQUE
GONZALO SOLTERO

Gonzalo Soltero (1973) es autor del libro de cuentos *Crónicas de neón y asfalto*. Con *Sus ojos son fuego* ganó el Premio Nacional de Novela Jorge Ibargüengoitia. Obtuvo también el Premio Banamex a la Evolución en Internet, y en otra ocasión, el que otorga un *pub* en Londres por comerse el *fish and chips* más grande. Trabajó un tiempo en la Universidad del Claustro de Sor Juana, lo que le permitió escribir "Nadie lo verifique", texto tomado del volumen de relatos *Invasión*, editado en 2007.

mas tú, de lo que callé
inferirás lo que callo.
Juana Inés de la Cruz

Cuando Ale Varona abrió la puerta, su oficina apareció impecable, casi fantasmalmente limpia. Sobre el rectángulo brillante de formica del escritorio se recortaba otro rectángulo más pequeño y blanco. Era un oficio impreso sobre papel reciclado en que se leía:

A. Varona
Responsable del Área de Patrimonio y Memoria
Presente

Por este medio quisiera darle la bienvenida a este nuevo centro académico. Le manifiesto mi apoyo cabal para el cumplimiento de su labor aquí. Como sabrá, su cargo y mi traslado interino de otra institución a esta se deben a una reciente alianza: la expropiación del inmueble por parte del gobierno y la inversión de una importante compañía trasnacional que ha decidido comenzar a invertir en el sector educativo.

Le recuerdo que su misión principal es encontrar la ubicación exacta de la celda que ocupó Sor Juana Inés de la Cruz, para incorporarla como atracción en la ruta del nuevo Corredor Turístico del Centro Histórico; no olvide por lo tanto que su contratación tiene que ver directamente con la captación de ingresos. La certeza de la celda facilitaría la obtención de patrocinios, recursos públicos y otros fondos. Así que descúbrala, no importa el método que utilice. Y sobre todo, si puede desenterrar algo sobre la vida sexual de la monja, mejor, eso seguro vendería mucho.

Atentamente,
H. Carrillo
Director de Control y Optimación de Recursos

P. D. Me parece siempre pertinente aclarar que tanto el término "optimizar" (por ejemplo, en minimizar y maximizar) como "optimar" (por ejemplo, en mejorar) son correctos. He preferido "optimación" para mi cargo, pues al utilizar menos letras y ahorrar una sílaba entera, representa mejor mi misión en este lugar.

Varona suspiró ante semejante bienvenida. Decidió salir a dar una vuelta por el inmueble cuya memoria ahora le tocaba en responsabilidad. Salió de su oficina en el extremo poniente del edificio al gran claustro del exconvento. Caminó por debajo de los arcos que bordeaban el patio. El calor de julio disminuía bajo su sombra. En el pequeño jardín a su izquierda, donde se sofocaban algunos naranjos y setos, vio un par de gatos tumbados bajo una de las bancas de piedra pintadas de ocre.

En la siguiente esquina, unos cuantos peldaños descendían a uno de los espacios que conservaban los vestigios de cuando el edificio era religioso. Bajó al interior del recinto; húmedo, casi frío, formado por silenciosos volúmenes de piedra a los cuales le correspondía hacer hablar. ¿Podría ser esta la celda original?

—Buenas.

Varona se sobresaltó ante la voz, aunque era casi un susurro. La silueta de un hombre bajito se recortaba contra el umbral de la puerta. Vestía un traje blanco impecable, era bastante mayor, y sonreía.

—¿Le comió la lengua el ratón? ¿O hizo voto de silencio? Usted debe ser la nueva adquisición.

—Ale Varona, responsable de Patrimonio y Memoria —dijo extendiendo la mano.

—¿Qué no era eso una dirección? —preguntó el hombre al estrechar con su manita regordeta la mano que se le tendía.

—Sí, pero redujeron el cargo. Para reducir costos, me imagino.

—O sea que conservamos el área, pero hemos perdido la dirección...

—¿Y usted es?

—Arturo Román, para servirle.

—¿El doctor Arturo Román P.? —El anciano asintió con un leve movimiento de cabeza—. Admiro muchísimo su trabajo en la restauración de este exconvento —ahora las dos manos de Varona apretaban vigorosamente la del doctor, que se zafó con delicadeza.

—Me contaron a qué viene, joven. ¿De veras cree poder encontrar la celda de Sor Juana?

—Hay posibilidades. Justo en mi tesis...

—¿Va a desmontar el Claustro?

—No será necesario. Tal vez sólo removerlo un poco.

El doctor Román asintió nuevamente.

—Yo ya voy de salida, joven, pero si necesita algo, avíseme. Tengo que terminar de mudar mi área al nuevo sitio que me han asignado, pero mientras déjeme mostrarle algo.

El periodo vacacional y los cambios recientes hicieron que no se cruzaran con nadie, aparte de algunos gatos más. Atravesaron en silencio dos patios. El primero tenía una fuente en el centro. El segundo era más grande, todo de piedra, con algunos cimientos caprichosamente esparcidos por el piso.

Mientras caminaban, a Varona le pareció ver escenas de la vida de Sor Juana ahí dentro: escribiendo en su celda, siendo interrumpida por otras monjas, dirimiendo pleitos entre ellas, escuchándolas cantar. Después de cruzar unas puertas de madera labrada entraron al vestíbulo de un recinto silencioso. El doctor Román se detuvo a la mitad.

—Aquí donde estamos parados encontramos sus restos, justo en el centro del coro bajo de este extemplo. Bueno, los presuntos restos.

—¿Presuntos?

El doctor Román levantó los hombros.

—¿Qué quiere que le diga? Yo estoy seguro, pero armaron tanto irigote cuando di con ellos, que mejor les digo "presuntos" y que me dejen de molestar. Por eso todavía los tenemos guardados para estudio.

—¿Tienen qué? —preguntó Varona con incredulidad.

—Los huesos de las monjas, catalogados. Bueno, a decir verdad, se desordenaron un poco ahora que los de intendencia nos cambiaron de oficina, pero…

—¿O sea que tienen a Sor Juana en una cajita?

—Ay, joven, parece usted principiante. Sor Juana está muerta. Lo que tenemos son los restos óseos de las monjas que vivieron en este convento.

—¿Y ahí, bajo esa lápida?

—Me preocupa que dedicándose a esto no haya aprendido a leer entre líneas. ¿Qué dice ahí?

—"En este recinto que es el coro bajo y entierro de las monjas de San Jerónimo fue sepultada Sor Juana Inés de la Cruz el 17 de abril de 1695."

—Exacto, obituario escrito por Francisco de la Maza.

—¿Y entonces?

—¿Cómo que "y entonces"? No dice "Aquí yace", ¿o sí? Sólo dice que ahí fue sepultada. Francisco de la Maza escogió bien las palabras. No hay nada falso. Pero esto tranquiliza a los seguidores de Sor Juana y nos permite a nosotros tener los huesos en estudio. A veces la única manera de acercarnos a la verdad es fomentando ciertas inexactitudes.

A. Varona
Responsable del Área de Patrimonio y Memoria
Presente

Por este medio le conmino a suspender toda labor de investigación diferente a la que se le encomendó, a menos que compruebe usted que esta pueda generar: *a)* ingresos o *b)* excelencia. Tenemos metas muy claras que cumplir y no podemos desperdiciar tiempo ni recursos (y por si no lo sabía, usted y su conocimiento son ambos recursos de la institución.)

Asimismo le solicito su cooperación para desmentir todos esos rumores sobre las apariciones del fantasma de Sor Juana que han proliferado a partir de que usted llegó. Me preocupa que en vez de encontrar la ubicación concreta de un espacio físico esté usted reviviendo a un espectro. No podemos tolerar semejantes supercherías subdesarrolladas.

Además y por la misma causa, ahora la gente de intendencia se niega a asear las instalaciones del Colegio de Gastronomía y han comenzado a proliferar las cucarachas. Por esta razón le exijo que aporte una solución a la brevedad para detener semejantes murmuraciones.

Atentamente,
H. Carrillo
Director de Control y Optimación de Recursos

*Que si soy mujer
nadie lo verifique*

¿Era un punto o un acento lo que había sobre la primera *i*? Varona estudiaba la inscripción en cuclillas sobre una pila de yeso y restos de pintura descarapelada.

—¿Sigue usted rascando por acá? Ya es tarde, joven, sólo quedamos los gatos y nosotros dos. Si Carrillo se entera de lo que está haciendo en este salón lo corre de inmediato. No olvide que en un par de semanas comienzan las clases.

—Carrillo nunca sale de su oficina, pero mire lo que acabo de encontrar, doc.

El arqueólogo se acomodó los lentes sobre la nariz y observó la pared desnuda que contenía la inscripción.

Que si soy mujer
nadie lo verifique

—Extraño, los alumnos haciendo este tipo de vandalismo, es el primero que me toca ver.

—Los alumnos no fueron, esto es anterior. Muy. Acabo de voltear esta piedra, lleva por los menos dos siglos mirando hacia dentro.

—¿Quiere decir que sería una inscripción del siglo XVIII?

—O previa. ¿Le suena este verso: "Si te labra prisión mi fantasía"?

—No olvide que el convento original del siglo XVI en el que vivió Sor Juana se perdió a causa de un terremoto. El que hay ahora es del siglo XVIII, por lo que no puede hallarse la celda original. Ese proyecto de Carrillo no tiene pies ni cabeza.

—Ya lo sé, pero es muy probable que después del temblor hayan usado las mismas piedras para reconstruir. Era mucho más fácil y barato que traer nuevas desde una cantera. De ser así no es tan descabellado pensar que las hayan reinstalado cerca de su lugar original. Y en todo caso, son los mismos vestigios materiales.

—Creo que se le está calentando la cabeza, joven. ¿Está usted insinuando que esos versos son de…? ¿Está implicando que Sor Juana Inés de la Cruz Ramírez de Asbaje, *Décima Musa, Fénix de América*, se dedicó al más vulgar vandalismo?

—Ningún vandalismo, pero si escribió aquí estos versos es porque no podía arriesgarse a que los descubrieran. Imagine cuál hubiera sido la reacción de las autoridades al descubrir estos escritos. Podría tratarse de la poesía más mística que nunca escribió. Por no decir erótica. Recuerde qué tanto sabía de arquitectura. Pudo labrarla sobre las piedras de su celda, y luego ocultarla tras una capa de yeso que ella misma colocaba y dejaba secar tras los tomos de su biblioteca.

—No era la única que sabía escribir.

—¿Qué otra monja haría grafitis como estos?

El doctor Román quedó pensativo un momento y luego preguntó:

—Eso que hay sobre la *i*, ¿es un acento o no?

A. Varona
Responsable del Área de Patrimonio y Memoria
Presente

Los rumores de las apariciones han comenzado a generar una histeria colectiva que se transmite incluso a personal externo a la institución. Cada vez que vienen los fumigadores de una nueva compañía por el problema de las cucarachas, apenas empiezan el trabajo cuando lo abandonan de inmediato y se niegan a volver. A pesar de que me he negado a pagar, pues no han proporcionado los servicios contratados, desperdicio demasiado tiempo en el teléfono con ellos y en el directorio quedan muy pocas compañías por llamar. Así que de no hacer algo con respecto a este problema, habré comprendido que el problema es usted.

Atentamente,
H. Carrillo
Director de Control y Optimación de Recursos

La espátula se le cayó de las manos, rebotando estrepitosamente contra el cascajo que cubría el suelo.

—¿Se asustó otra vez, colega? —profirió la sombra que se recortaba a contraluz en el umbral de la puerta—. ¿Será que usted también está creyendo ya en las apariciones?

—Ni creo en ellas, ni se me ha aparecido Sor Juana, y eso que la estoy buscando y paso aquí más tiempo que nadie. Son puras patrañas. Aunque tal vez debería creer en ellas, ya que me nombraron responsable.

—¿Y por qué tanta incredulidad? No olvide que estamos en el Centro, aquí todo el mundo viene a manifestarse cuando está inconforme. ¿Por qué no habría de manifestarse un espíritu que siempre vivió aquí?

—Doctor, no estoy para bromas.

—¿Mal día?

—Ojalá fuera eso. Mi investigación no avanza. Necesito más tiempo, asistentes.

—¿Es cierto que ya se armó un catre y está durmiendo aquí?

—Eso de dormir es un decir.

—¿Por qué no se va a su casa a descansar? Aunque sea el fin de semana.

—No tengo tiempo. En cuanto empiecen clases no podré ingresar a los salones. Y no me cabe duda que ahí detrás hay más versos de ella, susurros entre las piedras, palabras que arden en secreto.

—Creo que ya le dio fiebre.

—Pero en lugar de recursos lo único que recibo son oficios y formatos de planeación.

—Ah, sí, esas tablas llenas de cuadros que se prolongan al infinito. Ya ve, seguimos enclaustrados, sólo que ahora son otras celdas las que nos encierran. Mire a la misma Sor Juana, estuvo durante siglos como yo la encontré: en un sarcófago, justo al centro del soto coro, que a su vez estaba en un exconvento en pleno Primer Cuadro. Una *matrushka* de rectángulos.

—El mundo no es cuadrado, ni está fijo.

—Sí, sí, ya sé, y sin embargo se mueve. Pero precisamente de eso se trata. Le vengo a proponer algo. Causar algo de movimiento para lograr cierta quietud. Se trata de restaurar a Sor Juana en su cuadro original.

—Ahora el misterioso es usted, doctor. ¿Qué está tratando de decirme?

—Usted no cree en aparecidos, ¿verdad?

—No.

—Eso tendría en común con Carrillo. Pero ojo, los fantasmas y los oráculos son abstracciones, cosas que se alejan de la carne, de lo que somos. Él tampoco cree en espíritus; pero sí en fijar la realidad y predecir el futuro a través de sus formatos, ¿no? ¿Qué visión es más mágica? —Varona se levantó de hombros y respondió.

—Ninguna de las dos funciona.

—Cuánto escepticismo, joven. Cada época tiene su propia visión mítica, sus propios oráculos. Si las cosas suceden o no, a veces solamente depende de cuánta gente crea en ellas.

—¿De veras cree que Sor Juana se aparece?

—Estoy por retirarme, colega, pero si supiera las cosas que he visto. Llevo mucho tiempo por aquí, y también tengo mis diferencias con el nuevo rumbo y administración que se han encaramado sobre este lugar. Por eso creo que tengo una última misión que cumplir; bueno, más bien, tenemos.

—Dígame.

—Nada más que haga lo que le toca.

—¿Espantar a las cucarachas?

—Revise sus fuentes. Y tenga presente que busca dos cosas: los límites originales del convento y los rumores de las apariciones.

A. Varona
Responsable del Área de Patrimonio y Memoria
Presente

Permitiendo la posibilidad (como corresponde a cualquier mentalidad racional y abierta), de que las "apariciones de Sor Juana" sean un fenómeno que verdaderamente esté ocurriendo, me permito señalar lo siguiente:

1) Que si han de seguir, exijo sean programadas en horarios fijos y con los formatos de planeación correspondientes, para evitar que estorben el aseo y las fumigaciones.

2) A la vez y para fomentar las sinergias y procesos transversales entre distintas áreas, el fantasma de la monja deberá por lo menos espantar también a las cucarachas, porque ya no hay quien las aguante.

3) Que también piense cómo lograr que sea un atractivo más en la ruta del Corredor Turístico. Si hemos de tenerla por aquí, habrá que considerarla también un activo de la institución.

4) Que de no llevarse a cabo las disposiciones anteriores, serán sancionados ella y usted, pues su memoria pertenece a su área.

Atentamente,
H. Carrillo
Director de Control y Optimación de Recursos

—¿Y?

—Investigué los rumores. Son más bien recientes, inician en el siglo XIX y se mantienen casi cien años, pero luego desaparecen.

—Es decir, en el periodo entre que se desamortizó este convento y lo restauramos.

—Sí, más o menos ésas serían las fechas. ¿Por qué, doctor? Ahora me va a decir que usted capturó al fantasma durante la restauración y lo tiene por ahí catalogado.

—Cuando llegamos Sor Juana estaba entre un hotel de paso y una vecindad. A partir de que restauramos este edificio, restauramos también su memoria. Poco después, comenzó a vivir en una universidad, ¿la puede imaginar más feliz?

—¿Y entonces por qué ahora volvió a manifestarse? ¿Tampoco le gustan los formatos de planeación?

—No va por ahí, joven, pero tampoco debe extrañarle. Cuando una monja hacía un voto de clausura, se encerraba para no salir más del convento. Ni siquiera después de muerta. Sor Juana debe permanecer siempre donde juró estar enclaustrada.

—Pero, ¿cómo va a tener descanso si el lugar ya no es religioso?

—El diablo está en los detalles. Sor Juana no entró a San Jerónimo por razones religiosas, ¿o sí? Pero un voto es algo distinto. Es dar la palabra. Y si algo nos ha dejado Sor Juana es su palabra. En realidad sólo se ha manifestado en dos ocasiones, y por una causa común: cuando se ha profanado este edificio.

—¿Ve lo que le decía de los formatos?

—No se distraiga. La primera fue cuando este lugar dejó de ser un convento, lo que era cuando ella vivió y murió aquí. Al volverse cuartel militar comenzaron las apariciones y siguieron durante los diversos usos del predio. Pero después, dentro de la universidad, cumplió no sólo su voto sino también una de sus principales aspiraciones. Con las primeras clases las manifestaciones quedaron en pura leyenda.

—¿Y entonces por qué la tenemos de vuelta?

—¿Cuáles eran los límites originales del inmueble?

—Actualmente el exconvento de San Jerónimo ocupa una cuadra entera, bordeando con las calles de San Jerónimo, 5 de febrero, Izazaga e Isabel la Católica, pero no siempre midió lo mismo —recitó

Varona–. Comenzó en lo que ahora es su extremo oriente y de ahí se fue expandiendo hacia el poniente.

—Exacto, colega. El extremo que ahora bordea con Isabel la Católica, como se puede ver por la altura y el estado de la construcción, no pertenecía al convento original, es un agregado posterior. Ahí está ahora mi oficina y por lo mismo, los restos de Sor Juana. Afuera de lo que originalmente fue este edificio; un quebrantamiento a su voto.

—¿Y ahora qué toca?

—Lleva mucho tiempo sin acatar a Carrillo, joven. Esto podría costarle el empleo. No podría seguir con su investigación.

—De cualquier forma no puedo seguir con ella. Las clases comienzan pasado mañana. Además, en el caso de Sor Juana, un acto de rebeldía equivaldría a un acto de reivindicación.

Ambos guardaron silencio un momento.

—¿De dónde sabemos más de Sor Juana a partir de su puño y letra?

—De la *Respuesta a Sor Filotea.*

El doctor Román inclinó levemente la cabeza.

—No me equivoqué respecto a usted, colega. Ahí está todo. Atienda con cuidado y proceda. Mucha suerte.

A. Varona
Responsable del Área de Patrimonio y Memoria
Presente

Aunque la solución que propuso ha funcionado, he de manifestar mi sorpresa e inconformidad. No puedo comprender cómo al reubicar la oficina de Antropología dentro del aula número 14 se han detenido por completo las apariciones.

Me sigue pareciendo inadmisible como solución, pues son usos incompatibles del espacio y se pierde una rentabilidad considerable en metros cuadrados. Como usted proporcionó la solución, no puedo sino confirmar lo que desde el principio sospechaba: usted estaba detrás de semejante superchería, por lo que le exijo que justifique la solución en el formato correspondiente, y que haga una cita cuanto antes conmigo para tomar las medidas pertinentes al respecto.

Atentamente,
H. Carrillo
Director de Control y Optimación de Recursos

H. Carrillo
Director de Control y Optimación de Recursos
Presente

Me he despedido ya de los sitios que se me han vuelto tan entrañables en el breve lapso que aquí laboré: el Patio de la Fundación, el Extemplo, el Soto Coro, el Patio de las Novicias, el de los Gatos. Entregué esta carta a su secretaria calculando mis pasos con el tiempo que tardará usted en leerla. Atravieso ahora el centro del Gran Claustro. Usted se aproxima al final de estas líneas, yo a la puerta que da salida a San Jerónimo.

A veces la única manera de llegar a un destino es tomar la ruta que apunta en dirección contraria. Sor Juana ingresó al convento que había en este edificio porque quería estudiar y, por ser mujer, no le era permitido. Sólo al sembrarse entre estos muros durante cuatros siglos logró finalmente verse inscrita en una universidad. Hay respuestas que no caben en una celda, especialmente en las de sus formatos. Para cuando termine de leer, habré cruzado el umbral de vuelta a la calle, la vida, el mundo.

EN EL NOMBRE DE LOS OTROS
Luis Jorge Boone

Luis Jorge Boone (1977) es uno de esos raros escritores anfibios, que se mueven con igual soltura tanto en la narrativa como en la poesía. Entre los numerosos galardones que ha obtenido destacan el de Cuento Inés Arredondo en 2005, el de Poesía Joven Elías Nandino en 2007, y el de Ensayo Carlos Echánove Trujillo en 2009. Es autor de la novela *Las afueras* y del libro de ensayos *Lados B*. "En el nombre de los otros" fue tomado del volumen de relatos *Largas filas de gente rara*, editado en 2012.

Para Daniel Sada

La dedicatoria era breve, impersonal, seguida de una firma improbable:

LAURO H. BATALLÓN

Santiago mantuvo el libro sobre la palma de la mano, el brazo
extendido, alejando el objeto extraño de su cuerpo. Parecía comprobar el peso de las palabras en cada página, verificar el gramaje de las
frases para detectar el eje posible de la trampa.

El autor no existía, o bien, había existido, pero en algún lugar de
su imaginación.

Aunque Santiago había escrito cada página, nunca se conside-
ró autor de nada. De una bolsa de papel sacó el resto de sus com-
pras: media docena de libros iguales. El olor a papel viejo, polvo y
humedad lo rodeó como el aura de un difunto. Los ejemplares em-
pastados en cartoné habían perdido el brillo en los anaqueles de la
librería Serrera y Amador, acomodados sin orden entre *bestsellers*,
noveletas románticas, manuales de cocina, tomos sueltos de enci-
clopedias, poemarios, novelas, diccionarios, biblias incompletas.
Pero los ejemplares de *La casa de las viudas imposibles* lo seguían
encantando con el enigma de la imposible reconstrucción de sus

respectivas historias. ¿A quiénes habían pertenecido? ¿Alguien los leyó? ¿Qué razones los llevaron a deshacerse de ellos? ¿Por qué los pusieron en manos del viejo Serrera, siempre más ocupado en atesorar papeles ancianos, amarillentos y quebradizos, que en poner algo de orden en su atestado local?

Mi primo Amador era el ordenado, decía el librero. El que quiera clasificaciones perfectas que vaya a la biblioteca. Aquel comentario, pensaba Santiago al mirar nuevamente la firma falsa, justificaba el orden imperfecto que acumulaba orgánicamente los libros en los estantes, hasta completar la lógica imperceptible pero suficiente que sostenía en pie aquella tumba.

Por el gusto del encuentro. Con un saludo de

Santiago repasaba mecánicamente los trazos gruesos, el color apagado de las palabras, sin tomar en cuenta el mensaje, desplazando la línea de su mirada sobre el vestigio de una trama que podía conjeturar mas nunca conocer.

—Estuve a punto de devolverlas a los estantes. Tiene casi tres meses que no vienes —era un reproche sereno, sin recelo—. Pensé que ya no ibas a volver.

—No lo haría sin antes avisarte, Serrera.

—Cómo no.

El viejo tenía olfato para las mentiras. Decían que vivía en la tienda, durmiendo por la noche sobre los libros, leyéndolos todos, abrigándose del frío con las mismas hojas que servían de nido a ratones y alimañas. Incluso corrían rumores más tétricos: Serrera devoraba libros, y no sólo porque terminara varios al día, sino porque su dieta se componía únicamente de las páginas de su mercancía.

Un amanecer sobre las barricadas, rezaban los lomos oscuros, enterrados en los estantes de La Sulamita. Sin pensarlo, Santiago tomó los ejemplares, los pagó y salió a la calle. Lo protegió de la lluvia guardándolos en su saco hasta abordar un taxi que se detuvo a escasos metros sin que él lo llamara.

Examinó uno de los libros mientras las calles se desplazaban. Los edificios parecían haber sido construidos bajo cascadas. Santiago sostenía el volumen de cabeza, miraba las páginas invertidas como si quisiera alterarlas hasta inventar con ellas otro idioma.

Por la mañana había pasado por Amador y Serrera pero no encontró ninguno de los libros de Batallón. Los dejó encargados con el más joven de los primos, que se los separaba apenas llegaran al establecimiento.

—¿De qué va? —el taxista se refería a su lectura, Santiago alzó los hombros—. Se ve que está largo.

Santiago pensó en los mil novecientos noventa y ocho ejemplares que le faltaban por encontrar de *Un amanecer...* ¿Cómo se recupera un libro que nunca nos ha pertenecido?, pensó, sin decir nada.

La mano de la mujer temblaba, como si el cerillo que sostenía entre los dedos se consumiera por efecto de una lengua de hielo y no de fuego. Delante de ella, hojas y libros se amontonaban en el piso formando un cadáver listo para consumirse hasta la última brizna. Imaginó a la pequeña llama propagándose con urgencia animal.

La palidez de la piel de la mujer sólo contrastaba con el rojo intenso que se reflejaba en sus pupilas. Parecía dispuesta a tirarse al centro de la hoguera apenas el fuego creciera lo suficiente para consumirla. Ya otras veces lo había intentado, sin conseguir nada más que ampollarse las manos con breves llamas. Tenía que deshacerse de los papeles. Tenía que quemarlos todos, y olvidar.

Esa urgencia le venía de vez en cuando. Cada que pasaba más de cinco noches sin dormir, encerrada en su cuarto, llenando hoja tras hoja con palabras salidas de otros libros, de su cabeza y de sombrías lagunas de tiempo que no sabía si inventaba o recordaba, cada vez que dejaba de vivir horas contadas por el reloj para debatirse entre largos estadios de contemplación vacía, aguardando, y frenéticas jornadas redactando lo que acababa de ver pasar ante sus ojos, años en pocos minutos, segundos en varias horas, como si el tiempo no tuviera forma verdadera, sino disfraces que caían uno por uno sin revelar su naturaleza. Cada vez que sucedía deseaba quedarse ciega.

Dominó el temblor de la mano y arrojó la astilla de fuego sobre los papeles. Una serpiente de lumbre empezó a enredarse alrededor de cada palabra mientras el viento azotaba las hojas de los libros.

Atenta como estaba al reptil incandescente que devoraba pliegos y cubiertas, pensó que las voces desaparecían poco a poco. Quiso decirlo, pronunciar ese dictamen, pero no tenía fuerza en la garganta. Hurtó su mirada al pequeño siniestro que sucedía a sus pies. Buscó las estrellas que debían estar allá, lejos, sobre su cabeza, en busca de un tiempo ajeno, conciliador, eterno. Sus pensamientos describían una línea regular y pacífica sobre el manto del cielo nocturno. Estaba sola. Le llegaban voces de fuera, voces que no se desataban en su cabeza, pero que por un segundo, al detectarlas le aterraba la idea de que así fuera. Alguien la llamaba. Decía su nombre. Pero no podía separar sus ojos de la llama, como hipnotizada por el baile de tentáculos amarillos y rojos. Pensó que se quedaría ciega, que estar ahí era como ver el sol en miniatura. Volvieron a llamarla.

Y, aunque no soñaba, despertó.

Entró a la librería-cafetería Luxemburgo, tomó un libro de la mesa de novedades y se presentó ante encargado como el autor. Si no tenía ningún inconveniente, podría firmar ejemplares a quien quisiera.

En cuanto lo vio, el gerente en persona quiso anunciar por el altavoz la presencia de Alberto Matarredonda, autor de *Los dioses que vagan por la tierra*. El libro llevaba la fotografía del autor en la contraportada: boina, saco sport, pipa en mano, anillo de enorme piedra verde en el anular izquierdo, la playa como fondo. Santiago se había teñido la barba para simular canas, había comprado unos anteojos redondos y hablaba con afectación. Todo el conjunto irradiaba impostura, pero nadie parecía notarlo o a nadie le interesaba.

—Maestro, gracias por su libro.

—Es la mejor novela que he leído.

—¿Está escribiendo algo ahora?

—Uno quisiera que el libro no se acabara nunca.

—Maestro.

Conclusión: ninguno ha leído el libro. Era el debut narrativo del autor, así que resultaba poco probable que alguien conociera dos líneas del trabajo de Matarredonda. La fila era larga. Pura gente normal. Las personas se amontonaban alrededor de la mesa, al conseguir el autógrafo permanecían a la expectativa, intercambiaban sonrisas y trataban de leer por encima de hombros ajenos las dedicatorias de otros. Cuando el último fan se marchó, el gerente invitó al Matarredonda apócrifo a tomar algo en la cafetería.

Santiago había ensayado unas cuantas palabras frente al espejo del baño, pasó una tarde inventando ademanes y gestos para que su actuación resultara un poco menos burda. Alegó la necesidad de hacer antes una visita al sanitario. Se lavó las manos y esperó cinco minutos más. Al salir, vio al gerente que lo esperaba a lo lejos, dándole la espalda. Apuró el paso hacia la salida y ya en la calle se echó a correr. Por la tarde abordaría el autobús hacia su ciudad. Mentalmente tachó otra librería a donde no podría regresar nunca.

Marielena vio entrar a Santiago, cerrar la puerta de la calle y sacar de debajo de su abrigo dos novelas iguales. Olvidándose por un segundo de que lo conocía bien, buscó en él algo que le indicara a qué se dedicaba: las manos ásperas de la gente del campo, el espacio debajo de las uñas saturado de grasa de los mecánicos, los delantales ensangrentados de los carniceros, la mirada llena de muertos de los asesinos. ¿Cómo se identifica a un escritor? ¿Es miedo lo que nubla los ojos de todos quienes se dedican a escapar de la realidad inventándose vidas ajenas? ¿O se trata de la pura y simple convicción de que el suyo es un camino de revelaciones y hondas filosofías, mientras el resto del mundo los trata de locos?

—El botín de hoy —Santiago le alcanzó los libros, ansioso por sentir que los entregaba a un verdugo hermoso y bueno.

Al día siguiente cargarían las cajas en la camioneta y enfilarían rumbo al sur, fuera de la ciudad, para abandonar la carretera en algún camino de terracería. Apilarían todo en un montículo cercano, despejado de hierba, y lo rociarían con gasolina.

Marielena miraba por la ventana que daba a la calle; los libros en sus brazos, acunados como niños. El crepúsculo pintaba de un naranja encendido su rostro. En silencio, Santiago predijo que la hoguera de mañana daría los mismos tonos a su piel.

—¿Te dije que mi padre ni siquiera intentó salir de la casa? —el color habitualmente ambarino de su voz se tornó oscuro, como cada vez que lo recordaba—. Mi madre y yo nos abrazábamos, en la calle, llamándolo a gritos. La ventana del piso superior era la de su estudio. Por ella veíamos cómo su sombra ocultaba los destellos del fuego. Iba y venía. Luego dejó de aparecer. Mi madre lloró mucho. Yo no podía dejar de mirar la ventana, hasta que el calor hizo estallar los vidrios.

Santiago no se movía de su lugar, no deseaba perturbarla. Su pudiera, suspendería los latidos de su corazón para que ningún temblor deformara sus recuerdos. Verla hundida en el sufrimiento le resultaba penoso pero fascinante, como contemplar a un animalito que se golpea contra los barrotes de su jaula, intentando huir en vano.

—¿Qué podía estar escribiendo que valiera más que su vida, Santiago? ¿O no pudo decidir qué libros llevarse, y prefirió no dejar ninguno? ¿Cargó demasiados y cayó al piso junto con los volúmenes polvorientos y amarillos? —de cualquier modo lo arrastraron al infierno, pensó Santiago—. Nunca me respondía cuando le hablaba desde la puerta, llamándolo. Para que jugara conmigo, para que me hablara. Cuando me detenía a mirarlo, algo en sus ojos me atemorizaba. Cuando tenía un libro enfrente la mirada se le cargaba de demonios.

Santiago sintió pena por ella de nuevo, pero esta vez libre de curiosidad. La abrazó y le dijo que era una mujer hermosa. Que él nunca, estando a su lado, soltaría su mano para caminar como un condenado hacia el corazón de un incendio. Que mañana quemarían todos los libros de Batallón, que no quedaría nada de su vida como escritor fantasma. Que lo único más fácil que borrar la vida de un hombre era borrar la vida que las sombras nunca tuvieron.

Se conocieron entre los estantes sombríos y claustrofóbicos de una librería de viejo. Él llevaba cuatro horas sin encontrar rastros de su alter ego literario. Ella intentaba recordar todos los títulos de los libros que su padre tenía en la biblioteca, y que lo habían tentado hasta la muerte. La charla siguió a un saludo casual y futuras citas para cacerías librescas conjuntas. Hasta la primera vez que durmieron juntos, Santiago ignoró todo acerca de la muerte del padre de Marielena, un hombre que murió sin dar a conocer uno sólo de sus libros, un escritor que desapareció sin llegar a serlo. Para ese entonces, las novelas de su pasado se juntaban sobre las mesas del departamento, se apilaban discretamente siguiendo la vertical de la pared del fondo, sobre las sillas y la cama.

Cada cierto tiempo la mujer entraba en el delirio y le daba por quemar libros, pilas de libros, como una suerte de venganza pueril. Cuando Marielena desnuda sobre la cama le contó su ritual necesario, en un gesto de desdén y coraje, Santiago le ofreció las páginas de un viejo conocido al que nunca había aprendido a distinguir como amigo o enemigo. Ahora las llamas arrasarían con cualquier duda, suya o de la mujer, devorando el pasado, los recuerdos.

—Estos tienen una firma —Marielena lo miró súbitamente, extrañada; él aclaró—: Alguien lo hizo, como Batallón. ¿Quién crees que pudo ser? ¿Habrá quien sepa y recuerde la mentira? Ver el nombre de otro en este libro me perturba. Creo que la voluntad de una persona puede activar una ficción, pero jamás detenerla. Esa es su desgracia.

—Déjalo, amor. Deja que todo arda —respondió, y besó a Santiago en la frente.

¿Te digo algo, Serrera? Yo escribí todos esos libros. Fui el negro literario de una editorial que cerró hace años, pero que publicó las obras completas de un fantasma. En una borrachera el editor y yo inventamos un autor con una biografía curtida por los viajes y el infortunio, pero salvada por la literatura. Planeábamos hacernos millonarios.

Santiago pensó las palabras, pero no las dijo. Revisó los dos ejemplares de *La casa de las viudas imposibles* y el ejemplar incompleto de *Serpentario*, la única novela policiaca de Batallón, mutilado de las últimas páginas. En una época de su vida, cuando pasó los treinta años, quiso dedicarse a escribir, pero no estaba en sus pretensiones convertirse en un escritor. Con todo lo de vedette que tienen, exhibiéndose en lecturas públicas, peleando guerras sin sentido con críticos y colegas, paseándose en fiestas y cocteles, el asunto le causaba repulsión.

El trato fue entregar una novela por año. La última, *Un amanecer…*, la escribió a los treinta y seis. Se despidió y no volvió a toparse con Batallón hasta que entró por accidente al local de los dos primos y encontró a uno de ellos limpiando el polvo que parecía germinar puertas adentro. Cinco años antes de su encuentro con Marielena, Santiago había entrado a la librería de segunda mano buscando refugio de la lluvia y encontró que la puerta de cristal daba hacia un pasado de ocultamientos y temores. Porque esa había sido la razón de su desapego: estar expuesto, desnudo y confeso ante los demás.

Pero poco después, cuando la impostura se terminó, se sintió tentado por aquello mismo que lo había asqueado, y lo que empezó como una broma –hacerse pasar por escritores más o menos desconocidos y ofrecer autógrafos– le reveló un día que aún ansiaba la fama que su heteronimia le había negado. Estampar nombres ajenos era mordisquear la superficie de una fruta que había despreciado absurdamente hace tiempo.

El otrora escritor fantasma recordó a Marielena. Supo entonces que el fuego verdaderamente purifica y que pronto el pasado dejaría de tener tanta importancia. Sería un cambio, voltear sus ojos por primera vez hacia el futuro.

–Son noventa pesos.

¿Cuál sería el precio original de los libros? ¿Cuánto deja de valer cada palabra en el plano inclinado del tiempo?

–Te encargo si llegan otros. Vuelvo en uno o dos meses.

–A ver si nos encuentras. Mi primo insiste en cerrar la librería. Dice que un día tanto papel viejo se nos va a caer encima.

Santiago escuchó a Serrera hablar de su socio como si este no hubiera muerto hace años. Vio a través de los cristales de letras invertidas que la llovizna no tardaría en desatarse. Todo es precario, pensó, y salió sin decir nada. Quizás un muchacho le había dedicado a su enamorada la novela de Batallón por un simple juego. Quizás alguien más tuviera su misma necesidad embustera de saludar con libro ajeno. Con seguridad no era el único escritor frustrado que pronto caminaría por las aceras desiertas, bajo la fría precipitación otoñal. Miró hacia atrás. Las gotas empezaron a deslavar los letreros de las vidrieras de la librería. Ni siquiera esa lluvia lograría apagar el fuego que ardía desde hacía tanto en lugares tan inaccesibles como la memoria. Le pareció que las letras desvanecidas del letrero hacían justicia a un lugar donde no sólo se acumulaban libros usados, sino donde el pasado se volvía un nudo imposible de entender, un laberinto cuya alma era un vacío callejón sin salida.

ESPEJOS
Bibiana Camacho

Bibiana Camacho (1974) es exbailarina y encuadernadora. Su novela *Tras las huellas de mi olvido* fue finalista del Premio Antonin Artaud. Fue becaria del FONCA y actualmente es miembro del Sistema Nacional de Creadores de Arte. Utiliza el nombre de su abuela como pseudónimo porque siempre le pareció un gran personaje literario. "Espejos" fue extraído del volumen de cuentos *Tu ropa en mi armario*, publicado en 2010.

Alguien tenía que hablar con los dueños del edificio por la falta de mantenimiento y la molesta escasez de agua. Los vecinos decidieron que yo era la indicada para hacerlo en nombre de todos y nadie quiso ayudarme.

Llamé varias veces durante una semana pero no atendieron el teléfono. No tenía intención de trasladarme desde el sur de la ciudad a la colonia San Rafael, en la calle Rosas Moreno. Era un rumbo que ni siquiera conocía, pero luego de varios intentos fallidos en el teléfono decidí cambiar la estrategia: me aventuré un sábado a medio día. Me trasladé en metro hasta la estación San Cosme; en cuanto caminé buscando el número, me sentí incómoda, ¿cómo era posible que los dueños de un edificio en una colonia tranquila y próspera vivieran en un sitio tan deteriorado? La casa de los dueños parecía pequeña, modesta y muy antigua. Toqué el timbre varias veces antes de que una mujer mal encarada abriera la puerta.

—Busco a los Katerinov.

—Pase.

Me condujo a través de un pasillo largo y angosto, cuyos muros estaban tapizados de espejos sobrepuestos. Nuestros reflejos distorsionados se confundían y parecíamos una misma persona hecha de retazos. Dimos vuelta en un lugar donde no distinguí ninguna puerta. Llegamos a una sala amplia con piso de madera. Había varios sillones de terciopelo rojo estilo Luis XVI, un par de mesas con superficie de vidrio y ningún adorno. Las paredes, también cubiertas por espejos, parecían no delimitar el espacio.

La sirvienta me condujo del brazo y me sentó en un taburete pequeño e incómodo entre dos sofás. Desapareció atrás de mí. En su ausencia escuché golpeteo de trastes. La cocina debía estar cerca, pero yo sólo veía espejos y mi reflejo en ellos.

Poco después regresó con una charola en la que había fruta picada, carne seca, un vaso de leche y pan.

—Sírvete. Los señores no tardan —dijo mientras señalaba la charola que depositó sobre el suelo, como si fuera para un animal. Cuando quise reclamar, la criada había desaparecido por otro muro de la habitación donde tampoco distinguí ninguna abertura. Permanecí quieta en espera de ruidos: el rechinido de una puerta, voces o pasos. Como no escuché nada me levanté y recorrí la sala. No encontré el lugar por donde entramos, ni por donde la sirvienta iba y venía. Rodeé la habitación acariciando los espejos con mis dedos, tratando de hallar una salida. De pronto me pareció percibir un movimiento que se desvaneció casi de inmediato. Di la vuelta y miré en todas direcciones sin encontrar otra cosa que no fuera mi monótono reflejo distorsionado.

Me senté en un sofá al lado del taburete y, con el pie, empujé la charola debajo de una mesa. Cuando levanté la vista tenía enfrente a una mujer pequeña y canosa que me tendía la mano:

—Buenos días. ¿Cómo estás? ¿No te gustó la comida?

—No tengo hambre, gracias.

"Y aunque la tuviera no me comería esa porquería", pensé; mientras buscaba en los muros el lugar por el que la mujer habría entrado.

—Yo soy la señora Katerinov. Usted es una de nuestras inquilinas, ¿verdad?

—Sí. Siento mucho molestarla, pero tenemos algunos problemas. La limp…

—Perdone que la interrumpa, pero no quisiera que hablara del edificio si mi esposo está ausente. ¡Katerin! —gritó tan fuerte que los espejos se estremecieron.

La casera me escrutaba de arriba abajo, como si yo fuera un fenómeno de circo. ¿Qué tanto me veía esa bruja de nariz aguileña, labios delgados y ojos pequeños?

—Tienen muchos espejos.

—Mmmh, son lindos, ¿no crees? Así nunca olvidamos quiénes somos.

—Sí, no lo había pensado de ese modo.

—¿Cómo te llamas?

—Erika.

—¿Qué departamento ocupas?

—El G.

Entonces se levantó, dijo que iba a buscar a su marido y desapareció entre los espejos. Me acerqué al sitio por el que se marchó y, mientras empujaba los cristales en busca de una puerta que no hallé, un hombrecillo pequeño, delgado y canoso, que no supe de dónde salió, me tendió la mano:

—Así que usted es Erika. ¿No le gustó la comida? —dijo mientras miraba la charola debajo de la mesa.

—No tengo hambre, gracias.

—Ahora viene la señora para que podamos hablar.

Me sonreía cordial y parecía más accesible. Igualito que su mujer; la única diferencia perceptible era el cabello corto y las orejas grandes y puntiagudas.

Estaba espantada, los habitantes de la casa parecían moverse con soltura a través de los espejos donde yo no encontraba puerta o abertura alguna. Pregunté cualquier cosa para distraer mis temores.

—Nunca había escuchado el apellido Katerinov, ¿es de origen ruso?

—Sí, efectivamente. Nacimos en un pueblo cercano a Moscú, pero no tiene caso que le diga el nombre; seguramente ni siquiera sabrá dónde se encuentra.

Pues no, con toda seguridad no lo sabría, pero ese no era motivo para que no me lo dijera. Me revolví en el sillón tratando de disimular la incomodidad y esbocé una mueca en un intento por sonreír.

—Supongo que esperaremos a su esposa para platicar del edificio.

—Sin duda. Siempre tomamos las decisiones entre los dos.

—Espero que no tarde.

—¡Katerina! —gritó tan fuerte que me lastimó los oídos—.Siempre hace lo mismo cuando tenemos que hablar de algo importante, se larga. Voy a buscarla, está sorda, ¿sabe?

Desapareció. Y esta vez no me esforcé por identificar el lugar por donde se había ido. Escuché sus gritos cada vez más lejanos y apagados, como si la casa fuera inmensa. Ya casi eran las dos de la tarde y ni siquiera había tenido oportunidad de exponer el motivo de mi visita. Recogí mi cabello con ambas manos y lo sostuve por un momento en la nuca. Paciencia, ya estás aquí, pensé. De pronto la vieja apareció frente a mí, como si siempre hubiera estado en la sala. Me levanté del susto.

—¿En dónde se metió el bueno para nada de mi marido?

—Fue a buscarla. De hecho la llamó, pero…

—Y te dijo que soy sorda. El muy tarado —miraba las paredes, como si pudiera encontrarlo en los espejos.

—Siéntate voy a buscarlo.

—No se vaya, mejor lo esperamos aquí, no debe tardar.

—No, no. Tú no lo conoces, tengo que ir por él. Ahora vuelvo.

Ya no me importaba exponer los problemas del edificio; sólo quería irme, pero no sabía cómo salir de ese laberinto de espejos y resonancias por el cual los Katerinov aparecían y se esfumaban.

El reflejo del reflejo causaba un espejismo, como si la habitación donde me encontraba no tuviera límites. De pronto los espejos empezaron a tintinear. A lo lejos escuchaba a los Katerinov que discutían, pero el timbre de sus voces era tan parecido que apenas lograba distinguir quién decía qué cosa: *ven viejo inútil, tú tampoco sirves para nada, no voy a hacer lo que dices sólo porque tú lo dices, ya ensuciaste los pantalones otra vez, son míos y hago con ellos lo que quiero, viejo puerco, vieja amargada, como si no fuera suficiente haber vivido toda mi vida contigo, me dejas solo con todos esos espejos, eres cruel, no voy a salir, haz lo que quieras...*

Los gritos cesaron. Alguien lloraba. El tintineo se apaciguó. Volví a recorrer la habitación en busca de alguna salida. De pronto apareció la señora Katerinov.

—Lo siento querida. Veré que se resuelva lo del edificio —dijo mientras se atoraba un mechón de pelo atrás de una gran oreja puntiaguda. Iba a preguntarle si efectivamente conocía los problemas del edificio cuando se marchó sin despedirse.

La criada me condujo a través de un muro donde según yo no había puertas ni orificios. Nos encaminamos por un pasillo que parecía diferente al anterior, más largo y estrecho. La malhumorada mujer empujó un espejo y salí a la calle. Antes de que se cerrara la puerta escuché un adiós cantarín y cuando miré dentro vi al señor Katerinov reflejado en los espejos, despidiéndose con la mano.

Ya en la calle, caminé hacia la derecha y luego regresé a la izquierda. No reconocí la calle, ni la casa de los viejos. Las fachadas, la calle y el ambiente parecían de otra época. Mareada y con dolor de cabeza creía ver espejos por todos lados. De pronto escuché un estruendo de cristales rotos que duró varios segundos. Me alejé lentamente, como si mi desorientación hubiera ocasionado el desastre e intentara huir sin levantar sospechas. Cuando creí estar lo suficientemente lejos me eché a correr sin mirar atrás hasta el metro San Cosme.

A los pocos días los problemas del edificio se resolvieron. Y aunque los vecinos me nombraron emisaria si surgía otro inconveniente, nunca regresé con los Katerinov.

NOCHES DE ASFALTO
Norma Macías Dávalos

Norma Macías Dávalos (1970). Estudió Ciencias de la Comunicación y un diplomado en Creación Literaria en la Sᴏᴳᴇᴍ. Es profesora de guionismo en la Universidad Intercontinental y dibujante de animación. En su narración "Noches de asfalto", ofrece una soberbia y terrible parábola sobre los seres nocturnos que se agremian para sobrevivir ante los ataques del verdadero vampiro: la ciudad que los utiliza y los degrada, los infecta y los convierte en semejantes a ella misma, ya no en su papel de madre nutricia sino de loba devoradora. Los niños de la calle forman un ejército de códigos particulares: sobreviven a través de valentía y estrategia. El cuento apareció en *Criaturas de la noche* (1998), antología del Instituto de Cultura de Coahuila para conmemorar los cien años de la publicación de la novela *Drácula*.

Nuestros días empiezan al salir el alumbrado público de los callejones de la Merced. Abrimos los ojos cuando el voceador de la tarde canta el asesinato de alguna madre y el encarcelamiento de alguno de nuestros posibles padres. Los cerramos cuando la barredora pasa por las avenidas levantando la basura para que se venga a incrustar aquí donde dormimos.

No somos malos, sólo somos seres de la noche. Lavamos parabrisas en los cruceros y cuando se hace muy tarde y no hay quién nos dé una caridad, salimos a robar carteras de peatones que andan por el centro de la ciudad sin saber que es nuestro.

Hoy hay dos más en el refugio; acaban de llegar, por eso no están tan flacos como nosotros. Son dos hermanos de siete y cinco años que se escaparon de su casa para que el padre no golpeé al niño y no viole a la hermana. Sí, hay monstruos en los hogares. La *Puta* no quería que los recibiéramos porque dice que ya somos muchos y esto apesta a caca cada vez más. Yo decidí que se quedaran: el que lo necesite será recibido mientras este sótano abandonado alcance, y cuando no, habrá lugar en las alcantarillas que maneja el *Topo*.

Pico camina a la boca de la noche al tiempo que me hace una seña con el dedo medio. La *Puta* dice que ese chavo ya anda muy mal, que de tanto *tíner* se le disolvió el cerebro y nada más salta como pollo haciendo reír a los demás. La *Puta* no sabe lo que es el hambre, con lo que gana revolcándose tiene para que las tripas no se le peguen.

Pico y sus amigos irán al espectáculo de la semana. Hoy se enfrentan los de República del Salvador con los de Mesones, por las esquinas para trabajar; ellos son bandas de día, pero las noches les dan refugio también. Unos venden pulseras de chaquira y piden limosna a los turistas, el problema es que el gordo que los regentea quiere más y no está dispuesto a compartir la zona ni el bolsillo de los clientes con los payasitos a los que controla su exesposa. Pleito entre viejos y, como siempre, los niños con sus navajas pagarán el precio.

El *Manco* me invita una *chela*, pero yo prefiero seguir tirado en el jergón que huele a piojos y a orín. Estoy muy débil. La *Puta* me dice que quizá tengo SIDA; la *Puta* es una estúpida y me advierte que un chavo de los *Caguenses* acaba de morir de eso en el hospital. Lo levantaron del Eje Central ya desmayado y con manchas cafés en la cara. La *Puta* lo dice con los labios todos fruncidos de cicatriz blanca porque quiere comprobar si soy marica. Yo la ignoro, siempre hay que ignorarla a menos de que se esté muy caliente. ¿Quién habrá sido el muerto? ¿Al que le decían *Jamones*? No me acuerdo. Pero tendré que hacer memoria un día que me sienta mejor.

Me hago el dormido y escucho la respiración agitada del *Mocos* que tampoco se ha movido del piso. Ayer unos policías le quitaron su mercancía y lo molieron a patadas nada más porque trató de defenderse. La *Puta* dice que lo violaron, pero la *Puta* siempre inventa, como le trae ganas al *Mocos* es capaz de decir cualquier cosa. ¿Para qué le harían algo así? Apenas tiene trece años. Es el único que terminó la primaria y, a veces, enseña a leer a los más chicos. Lo que no sé es por qué el *Mocos* lloró toda la noche. Así nadie querrá creerme que lo mejor es buscarse una chamba honesta, vendiendo mercancía por su cuenta, sin tener padrotes. Yo sé que si no hacen algo por salir, se quedarán en esta tumba para siempre.

Dicen que soy un sobreviviente, que a mi edad ya todos han estado en orfelinatos, en la tutelar y hasta en la cárcel. Yo, en cambio, soy el padre de estos veinte, soy casi su dios porque les doy qué comer y los saco de sus broncas. Lo único que quiero es que aprendan a vivir en este *perrísimo* mundo. Si no se cuidan, sobre todo de la "justicia", pronto acabarán con un plomazo en el pecho. Alguien se rio entre alcoholes alguna vez "si hubiera justicia no estaríamos aquí".

La niña nueva se despierta llorando al sentir que una rata le olfatea los pies. Que aprenda: si no estamos alerta, seríamos el alimento de las ratas. Las dos plagas de la ciudad luchamos por ganar territorio en este asfalto.

La niña se talla las manos en su vestido sucio. Le pido con señas que se aleje hacia la ventana. Tomo mi resortera y de una pedrada mato a la rata.

La niña sale a la calle con miedo; escucho voces afuera; se ha encontrado con otras de su edad más expertas en pasearse a media noche y se va con ellas.

El hermanito se acerca a mí y lloriquea… tiene hambre. Yo tampoco he comido desde antier; he tenido que racionarme porque es mes de la patria, la gente ha gastado todo en la escuela de los hijos y, sin dinero, ninguno de los míos se ha alimentado en abundancia.

El niño tiene la mirada extraviada y camina a tientas por el lugar. Alguno le dio un *chemo* ayer para que se olvidara del hambre. Vuelvo la cabeza y no veo a nadie en el cuarto, todos han salido a gozar la noche, y *Mocos* duerme de cara a la pared.

Saco un trozo de pan duro que tengo entre mis ropas y se lo entrego al niño que lo mete en su boca triturándolo con ansiedad. La saliva empieza a correrme por entre los dientes y me escurre del labio. No puedo contenerme más y sin distraer al niño muerdo su cuello con suavidad. Absorbo, trago, mi mente comienza a latir, no puedo detenerme tan fácil como otras veces; seguiré aunque tenga que conseguirle dos kilos de fruta, un bistec entero; quiero abandonarme por primera vez sin pensar en ellos.

Una mirada me hace volverme hacia la puerta. Es la *Puta* que trata de esconderse el miedo y mirarme retadora mientras descubre mi crimen. Me han delatado las pequeñas manchas de sangre que llevo en los labios. La *Puta* me envidia y haría lo que fuera por tener mi lugar frente al grupo. Desaparece corriendo hacia el rayo de luna.

Miro al niño que respira suavemente, en semiconciencia, sonríe al verse flotar en un hogar con amor y alimento, lo que yo siempre he deseado soñar. Busco entre mis pertenencias y encuentro un billete de cincuenta pesos; lo escondo entre sus ropas y salgo a la calle.

Mi mirada se ha aguzado, pero la cabeza me da vueltas, me siento drogado como siempre que ellos tienen todavía el resistol pegado a la sangre. La *Puta* me sonríe a lo lejos triunfante, esta vez hay que tomarla en serio porque está acompañada de su amigo policía que apesta a sudor y a ajo.

Imagino lo que es capaz de inventar, pero algún día comprenderá que perdieron mucho sin mí.

Un sudor frío me resbala por la espalda mientras me interno entre los callejones corriendo a toda velocidad. No sé si encuentre salvación; las brumas me nublan la cabeza. Escucho la sirena de la patrulla muy cerca. Sólo tengo que llegar a alguna guarida antes de que salga el sol.

Sí, los voy a extrañar.

PERRO CALLEJERO
Luisa Iglesias Arvide

Luisa Iglesias Arvide (1986). Egresada del diplomado en Creación Literaria de la escuela de escritores de la SOGEM, fue guionista y locutora en el Instituto Mexicano de la Radio. Becaria del programa Jóvenes Creadores del FONCA (2009-2010), y de la Fundación para las Letras Mexicanas entre 2011 y 2012. Actualmente cursa estudios de Creación Literaria en la UACM y es guionista en Radio UNAM, donde hizo *Navidad al rojo Red*, una radionovela de comedia oscura con *rock & roll*, chamanes, taxidermistas y elefantes perdidos en la ciudad. Actualmente estructura una serie de minificciones radiofónicas sobre hombres lobo, fantasmas, replicantes, *gremlins* y otras criaturas. "Perro callejero" es un texto inédito.

La tristeza en mis edificios y yo, sigo a la espera del 11.2 que dure un par de minutos, que tiemble, que todo desmoronado se me caiga y me deje la ciudad desierta. Por el ventanal del Miralto en la Torre Latino, las luces del mundo apenas se encienden. Abro mi cartera, me quedan doscientos pesos y nada más; pido un Matusalem campechano y como todos en el restaurante, intento localizar mi casa desde el cielo, a través de los cristales; recorro las avenidas más largas.

Pego mi nariz húmeda al vidrio; desde aquí la urbe no me huele a nada.

Está anunciado y las familias en el Miralto se abrazan. Las parejas se piden matrimonio y ordenan postres con sus nombres delineados en chocolate, para festejar quizá, que cumplirán su católico *hasta que la muerte los separe*. Pegan sus dedos al cristal y marcan corazones dactilares, huellas de cuánto se quisieron. Yo sólo pego la nariz. No recuerdo dónde está mi casa, sólo mis edificios tristes, mis rascacielos tambaleantes. Anoche las noticias anunciaban, y los reporteros "¿Con quién pasará usted la noche de la gran sacudida?" preguntaron a los pocos televidentes que no se encontraban atorados ya, a la mitad de su huida, en el tránsito de las carreteras a Querétaro, Puebla y Cuernavaca. Y aquí sigo, en la punta del centro, en "la jeringa de heroína", como la llamaste la última vez que cenamos y pedimos cubas campechanas, hace tanto, recuerdas; pues aquí sigo, preguntándome con quién estarás llorando, a quién estarás abrazando la última noche.

El restaurante está lleno, el señor del bigote grueso y su esposa delgada, la familia de los tres niños gritones, la mujer con los ojos grandes de avispa, la risa carrasposa de su novio, los peinados que tardaron tanto tiempo en levantarse con pasadores y *spray*, los tacones de charol de la mesera de la esquina, el delantal negro del mesero, quisiera tanto ese Matusalem, la sonrisa de muchos dientes del joven que picotea las costillas de su abuela para hacerla reír; en el Zócalo se despiden con fuegos artificiales.

—¿Podemos subir al mirador? —le pregunto a Alfonso por tercera vez.

—Desde aquí podemos ver todo. Es peligroso arriba —dice sin prestarme demasiada atención. Recorro avenidas por la ventana; pirotecnias, y te voy a extrañar mucho, Bellas Artes.

Periférico es tan largo, la femoral profunda de nuestra cuidad triste. Yo conducía nuestro auto por el segundo piso y amenazaste de nuevo con lanzarte del asiento del copiloto. A dónde querías lanzarte. Querías que te atropellaran, querías asustarme, querías hacerme llorar. Pero estaba cansada de pedirte perdón; más cansada de que tú no lo pidieras. No frené. El automóvil se acercó a los bordes de nuestra avenida flotante y saltaste. No recuerdo haberte visto otra vez. Y es que Periférico lleno de polvo, es una línea tan larga, una cicatriz suicida. Y desde aquí todo pareciera tan pequeño.

Vuelvo a sentarme en la mesa para dos personas, su mantel y las manchas ambarinas de cerveza y Coca Cola light. Alfonso no me abraza, revisa impaciente la pantalla de su teléfono. No hay señal desde hace cuatro horas, la cobertura se habrá saturado de despedidas. El mesero se acerca a la mesa, nos entrega un Matusalem y otro refresco de dieta; no le gusta tomar, dudo que a Alfonso le guste abrazarme.

—No tienes que preocuparte por el dinero, pide algo de comer —me dice. Y es que al caerse todo, quién va a pagar por una sopa de cebolla o un pastel con bordes de chocolate.

—Ahí está tu casa —señalo un edificio blanco en la colonia Condesa. El alumbrado público hace luciérnagas en la ventana.

Alfonso menea la cabeza y deja su teléfono sobre el mantel.

—Mi casa es la que está por allá —él apunta hacia un extremo lejano—. ¿Ya encontraste la tuya?

Me levanto de la mesa y camino por la superficie cuadrada, con la mirada perdida en las luciérnagas, no sé qué estoy buscando pero me gusta sonreírle a la gente. Cuántas casas tengo, cuántas casas no tengo. Tan lejanas en la pequeña cuadrícula de la ciudad. El hogar de mis padres con bóvedas de ladrillo en Tepepan, mi cuarto de azotea en la Roma, mi departamento de una recámara en la Doctores donde viví con dos brujas que comían en exceso tacos de suadero, "tienes que pagar la renta", "te tocaba lavar los platos", mi guardilla en la Narvarte tan sola, mi edificio en la Verónica Anzures. Mi favorita siempre fue nuestra casa en el Eje 1 Norte, desde aquí puedo ver el quiosco de la Santa María, tiene que ser ese, estoy segura. Nos dijeron: "Es una residencia porfiriana", recuerdas, tapizamos las paredes con patrones de cebra y atardeceres en la playa. La gente nos miraba extraño.

Por la noche nos hacíamos perros callejeros y corríamos por las avenidas largas, con las patas lanudas húmedas de agua de charco. Todo nos olía delicioso, el asfalto y toda la Santa María hasta llegar a los mercados. Recuerdas, cuando mordiste el trompo de pastor y salimos corriendo de la taquería. El mesero nos gritaba "mugrosos perros", y nosotros aullamos de risa hasta la cuadra siguiente. Me gustaban tus dientes. Creo, eras una cruza de Border Collie y Pastor Australiano; no puedo asegurarlo, me he detenido en las veterinarias a observar esos diagramas con razas caninas que cuelgan de sus paredes. Nunca encuentro de dónde vienes. Recuerdo tu nariz mojada frotándose con la mía.

Creo que la gente nos miraba extraño porque sabían que nos hacíamos perros. A lo mejor les daba envidia eso de tener que ser personas todo el tiempo.

Se rompe un vaso. La señora guapa de las hombreras se lleva las manos a la boca roja. Nadie más se preocupa demasiado, para qué limpiarlo. La pareja en la mesa contigua termina de cenar. Siempre me ha gustado el sonido de los cubiertos en los restaurantes. Y las luciérnagas de la ciudad. Te quise mucho, Eje Central, con tu *Wawis* y tu *Balalika*, y nuestros recorridos a las tres de la mañana.

Me encontraste en una jaula del control canino de Iztapalapa, supongo, has de haber pensado que tendríamos cachorros interesantes y me rescataste. Prometiste que no dejarías que volvieran a atraparme, que no me sacrificarían y luego te lanzaste por la ventana de nuestro automóvil. Pero así lo han hecho todos, no me sorprende; somos perros callejeros.

Encuentro mi reflejo en el ventanal. Mi cabello castaño y mis ojos con el delineador escurrido. Saco un Kleenex del bolsillo de mi pantalón y trato de acomodarme el maquillaje. No he llorado, es que no dejo de pasarme las manos por la cara; se me olvida que cubrí de pintura mis párpados. A nadie le importa. Un hombre embriagado llora y todos hacen bromas para que se le pase, gritan y aplauden "¡Once punto dos, once punto dos!" Desde el cielo la capital es una cuadrícula mal hecha.

El dueño del Miralto celebra con sus amigos en la mesa central. Debe ser él, desde aquí puedo oler su loción costosa y su whisky chorreado en la camisa. Abraza a los meseros y les dice que se quiten los delantales. A partir de este momento todos, meseros, invitados, sobre todo los niños, y quien tenga ganas de ponerse hasta la madre, pueden pasar a la barra y servirse lo que quieran. Ya nadie atiende más las mesas, sólo brindan, se sirven otro chinchón dulce, sacan de la cocina botanas saladas, cacahuates. Y la cristalería choca, salud, tantas veces que pareciera el piso cuarenta y tantos una caja musical.

Creo que a Alfonso no le gusta abrazarme porque lo percibe; ha de ser eso. A veces, cuando salgo de la regadera y me recuesto junto a él, alcanzo a escuchar el inspirar empachado de sus fosas nasales. Un par de veces ha dicho que *algo* huele a perro mojado cuando buscamos cobijo de la lluvia en la parada del autobús. Le fastidia que le brinque encima, que soy muy tosca, dice a veces. "Que tus uñas son muy largas, deberías de cortártelas", "que te siento rasposas las piernas, ¿hace cuánto que no te las rasuras", "que eres muy ansiosa, no sabes quedarte en un mismo lugar", "no quiero salir a la calle ahorita, ¿por qué la urgencia?", dice a veces.

Te ha de pasar igual. Dime, ¿hace cuánto que no te haces perro? Las primeras veces que temblaba te encontré debajo de la cama, encogido con los ojos bien abiertos. No pasaba de algunos cristales rotos y libros en el piso. Así fueron los primeros temblores, cosas rotas. Acaricié tu pelaje y te lamí la nariz. Tú me lamías la cara, ¿recuerdas?, pasabas horas hablando de volcanes y sacudidas y capas tectónicas. Saltabas en la cama de gusto, "no pasó nada" me decías, y yo te extraño tanto, perro, dónde estarás, con quién estarás, qué serás ahora. Los temblores se volvieron más frecuentes y dejaron de asustarte. Nuestra casa vieja porfiriana se rompió poco a poco. Nos estamos perdiendo, dije mientras limpiabas los escombros del movimiento oscilatorio, todos los días tiembla dije. Quise acariciarte y me mordiste.

Alfonso me encontró corriendo tras las llantas de un coche. Me puso algunas vacunas, inyecciones, y yo pensando en tu jeringa, en nuestra Torre Latino. Nunca hablamos del asunto, creo que se avergüenza de mis ladridos, los llama "exabruptos", los confunde con gritos, a veces con berrinches.

Hace tanto que no me pongo en cuatro patas.

Todos los días tiembla, antes no era así. Cada vez se rompen más cristales, y mis queridos rascacielos tristes. Ya me acostumbré. Poco a poco todo se fractura.

Lo miro sentado al otro lado del Miralto. Alfonso me cuida, estoy segura que le encanto como mascota. Hace unos días me llevó al parque; no quiso correr conmigo, me esperó en una banca y me recibió de vuelta con una botella de Gatorade. Sigue con su teléfono, qué no entiende, a quién estará buscando. Con quién querría Alfonso pasar la noche, en qué humana-humana estará pensando. Me acerco a él, le doy un trago a su Coca y le beso la frente. Él se levanta y me acompaña a la ventana del Sur.

—Si todo pasa —dice y señala una montaña al borde de las luciérnagas, donde todo pareciera dormir—, si nada nos pasa, te llevaré a vivir conmigo. Ahí, tendremos una casa grande con jardín para que puedas brincar todo lo que quieras.

Quiero lamer su mejilla y meter mi cabeza entre sus brazos; pero sé que no le gusta. Lo dejo que me tome de la cintura.

—Hasta que se acaba el mundo me lo dices.

No me quiero ir de la capital. Soy un perro callejero y no recuerdo dónde está mi casa. Él sostiene mi rostro con sus manos, sus ojos verdes parecen azules, creo que sabe de mis pupilas, creo que adivina que sólo puedo ver las cosas blancas y negras.

—No es perfecto —continúa al tiempo que me quita el cabello de la cara—. Pero no sé cómo alcanzarte.

—¿A dónde vamos?

Los ventanales vibran y los invitados en la Torre guardan silencio por un momento. Nos abrazamos fuerte. ¿En dónde estarás? Los cubiertos se caen de la mesa. Y yo recuerdo cuando me trajiste aquí, a la jeringa, y me inyectaste. Alfonso me toma del brazo y corremos al centro del Miralto. Los vidrios crujen. Me hablaste de la Torre Latino, recuerdas, que querías escribir sobre la Torre. Nos inyectamos y nos volvimos perros. Me dijiste, cásate conmigo y la ciudad es nuestra. Un anillo, nuestros nombres delineados en chocolate. Y nos enlodamos las cuatro patas y tapizamos las paredes con playas y cebras. El piso se balancea y no hay amortiguador que detenga el once punto dos de nuestra próxima caída. Las personas se empujan, pero no van a ninguna parte, sólo quieren alejarse del cristal. La vajilla rota pasea por el suelo. Alfonso me abraza y todo va a estar bien, me acaricia la cabeza. Pero tú y yo recorrimos las avenidas largas y dormimos enroscados en el asfalto, y me prometiste que me cuidarías y saltaste. Se va la luz. Las luciérnagas salen volando y la ciudad negra, y todos los callejones en los que te quise tanto. Te voy a extrañar, Tlalpan, sobre todo a ti, Tepepan. ¿Dónde estás, perro? Se caen los rascacielos y nos caemos todos, ¿lo estás viendo? La vertical polvorienta convulsiona hasta el piso y los vidrios se nos vienen encima. Compré mi vestido con una cola larguísima y un velo para que lo rompiéramos con los colmillos y lo llenáramos de saliva. Nunca me lo puse. Siento el cascajo y las astillas de madera, el cemento y las mesas rotas. Ya no encuentro a Alfonso, ya nadie habla. La urbe negra huele a sangre, a polvo y a quemado.

Todo se nos vino abajo. Ahora y entonces.

Pero la ciudad era nuestra, perro.

¿Cuántos quedan? ¿Quién sigue despierto? Debe de haber alguien, pero todo está tan callado. Háblenme. Mis corvejones, mis belfos, mi lomo, mi cola larga, parda. Estoy tan sola. No puedo moverme, será que ya no importa. Quiero dejar de pensar, me duele todo, me duele pensar.

¿Cuántos kilómetros caminaste sobre el segundo piso? ¿Qué dirección tomaste?

Ciudad negra vestida de novia.

Femoral profunda.

El resto de mí, sepultado, y sólo mi mano izquierda a la intemperie, abandonada de mi cuerpo y de mi condición canina, siente el lengüetazo de un perro callejero.

Índice

287

La narrativa de **Bernardo Esquinca** (Guadalajara, 1972) se distingue por fusionar lo sobrenatural con lo policiaco. En Almadía ha publicado la Trilogía de Terror, conformada por los volúmenes de cuentos *Los niños de paja, Demonia* y *Mar Negro;* la Saga Casasola, integrada por las novelas *La octava plaga, Toda la sangre* y *Carne de ataúd,* y la antología *Ciudad fantasma. Relato fantástico de la Ciudad de México (XIX-XXI).*

Vicente Quirarte nació en la Ciudad de México en 1954. Algunos de sus libros de ensayo son *Peces del aire altísimo, Vergüenza de los héroes, Elogio de la calle. Biografía literaria de la Ciudad de México, Enseres para sobrevivir en la ciudad* y *Del monstruo considerado como una de las bellas artes. Razones del samurái* reúne su poesía publicada hasta el 2000; después vieron la luz los poemarios *Zarabanda con perros amarillos* y *Nombre sin aire*. Ha escrito las piezas dramáticas *El fantasma del Hotel Alsace. Los últimos días de Oscar Wilde, Retrato de la joven monstruo* y *Hay mucho de Penélope en Ulises*. Entre sus reconocimientos se encuentran el Premio Nacional de Ensayo José Revueltas 1990, el Premio Xavier Villaurrutia 1991 y el Premio Iberoamericano de Poesía Ramón López Velarde 2011. Doctor en literatura mexicana por la Facultad de Filosofía y Letras de la UNAM, es investigador del Instituto de Investigaciones Bibliográficas de la misma institución y miembro de número de la Academia Mexicana de la Lengua.

25 MINUTOS EN EL FUTURO. NUEVA CIENCIA FICCIÓN NOR-
TEAMERICANA
Pepe Rojo y Bernardo Fernández, *Bef*

EL FIN DE LA LECTURA
Andrés Neuman

JUÁREZ WHISKEY
César Silva Márquez

TIERRAS INSÓLITAS
Luis Jorge Boone

CARTOGRAFÍA DE LA LITERATURA
OAXAQUEÑA ACTUAL I Y II
VV. AA.

Títulos en Ensayo

MUDANZA
Verónica Gerber Bicecci

UN DICCIONARIO SIN PALABRAS
Jesús Ramírez-Bermúdez

ÁRBOLES DE LARGO INVIERNO
LA FRAGILIDAD DEL CAMPAMENTO
L. M. Oliveira

CURIOSIDAD. UNA HISTORIA NATURAL
UNA HISTORIA DE LA LECTURA
LA CIUDAD DE LAS PALABRAS
Alberto Manguel

UNA CERVEZA DE NOMBRE DERROTA
EL ARTE DE MENTIR
Eusebio Ruvalcaba

EL IDEALISTA Y EL PERRO
INSOLENCIA, LITERATURA Y MUNDO
EN BUSCA DE UN LUGAR HABITABLE
Guillermo Fadanelli

LA MEXICANIDAD: FIESTA Y RITO
LA GRAMÁTICA DEL TIEMPO
Leonardo da Jandra

EL LIBRO DE LAS EXPLICACIONES
Tedi López Mills

CUANDO LA MUERTE SE APROXIMA
Arnoldo Kraus

ÍCARO
Sergio Pitol

CIUDAD
FANTASMA
RELATO FANTÁSTICO
DE LA CIUDAD DE MÉXICO (XIX-XXI)
Antología
de Bernardo Esquinca
y Vicente Quirarte
se terminó de
imprimir
y encuadernar
el 1º de noviembre de 2017,
en noviembre en los talleres
de Litográfica Ingramex,
Centeno 162-1,
Colonia Granjas Esmeralda,
Delegación Iztapalapa,
Ciudad de México.

Para su composición tipográfica se emplearon las familias Bell Centennial
y Steelfish de 11:14, 37:37 y 30:30.
El diseño es de Alejandro Magallanes.
El cuidado de la edición estuvo a cargo de Karina Simpson.
La impresión de los interiores se realizó sobre papel Cultural de 75 gramos.